허준—동의보감을 편찬하다

서연비람은 조선 시대 왕궁 내, 강론의 자리였던 서연(書筵)에서 강관(講官)이 왕세자에게 가르치던 경전의 요지를 수집하여 기록한 책(비람備覽)을 말합니다. 서연비람 출판사는 민주주의 국가의 주인인 시민들 역시 지속 가능한 과거와 현재, 미래의 이치를 깨우치고 체현해야 한다는 믿음으로 엄선한 도서를 발간합니다.

역사와 문학 비람북스 인물 시리즈

허준─동의보감을 편찬하다

초판 1쇄 2023년 09월 29일
지은이 유시연
편집주간 김종성
편집장 이상기
펴낸이 윤진성
펴낸곳 서연비람
등록 2016년 6월 29일 제 2016-000147호
주소 서울시 강남구 남부순환로 2909, 201-2호
전자주소 birambooks@daum.net
ⓒ 유시연 2023, Printed in Korea.

ISBN 979-11-89171-62-9 44810
ISBN 979-11-89171-26-1 (세트)

값 9,800원

역사와 문학

비람북스 인물시리즈

허준

동의보감을 편찬하다

유시연 장편소설

서연비람

차례

머리말   7

1. 봄날   11
2. 먼 길   43
3. 의원이 되는 길   61
4. 십 년 세월 동안   81
5. 오해   95
6. 세상 밖으로   107
7. 내의원에 입시하다   127
8. 바람의 물결   146
9. 의서 연구에 눈을 뜨다   168
10. 전쟁이 일어나다   183

11. 여진족   206

12. 의병 궐기하다   224

13. 환궁   238

14. 유배   257

15. 다시 봄   293

16. 동의보감을 완성하다   306

장편소설 허준 해설   317

허준 연보   327

장편소설 허준을 전후한 한국사 연표   331

머리말

　허준은 스스로 계급 사회의 신분 차별을 극복한 입지전적인 인물이다. 허준의 일대기를 따라가다 보면 멀리는 그리스 로마신화에 나오는 영웅의 일대기를 닮아있다. 영웅의 일대기란 원래 고귀한 신분이나 태어날 때 비천하게 태어난다. 어려서 온갖 고생을 하며 시련을 겪는다. 위기에 처할 때마다 강한 정신력과 지혜로 위기를 벗어난다. 시련을 극복하고 원래의 고귀한 신분을 회복하거나 평탄한 나날을 보낸다.

　허준의 살아온 이야기는 영웅의 스토리와 닮아있다. 그는 무관 계급인 아버지 허론과 이복형제 속에서 어느 정도 혜택을 받으며 성장한다. 구암 허준을 처음 알게 된 것은 드라마 허준을 통해서이다. 허준의 일대기를 장편소설로 써야겠다는 결심을 굳힌 후 가장 고민되는 부분이 기존에 나온 책과 드라마 내용이 겹치는 부분이었다. 어려웠던 것은 픽션과 논픽션의 경계를 뛰어넘어야 하는 부분이었다. 역사의 굵은 줄기를 주춧돌로 삼아 뛰어난 인물의 이야기를 창작하며 나 또한 중세 시대로 들어가 그 시대 백성들과 함께 호흡하고 생활하는 가운데 착시 현상을 일으켰다. 소제목 '전쟁이 일어나다'를 써놓고 한동안 아팠다. 임진왜란은 조선 백성에게 너무나 큰 환란이고 고통이었기에 같이 통증을 느꼈다. 시대의 무게는 육중한 무게로 필자를 압박했다.

임진왜란 때 피난하는 왕을 호종하여 의주로 향하는 허준을 따라 필자도 압록강이 가까운 의주로 마음이 향했다. 가토 기요마사(가등청정)가 점령한 함경도는 두만강과 가까웠고 두만강 건너에 여진족 부락이 있었다. 가토 기요마사의 성(城)이 있는 규슈 지역에 다녀온 적이 있다. 구마모토성은 가토 기요마사의 영지였는데 입구에 청동으로 만든 그의 동상이 있었다. 조선에서 데려간 기술자들이 일본인들과 같이 쌓은 성곽은 요새 같았다. 일찍이 백제 기술자들이 일본에 성곽 쌓는 기술을 전래한 이래 조선의 성곽기술은 임진왜란 때에도 전수되었다.

여진족은 수시로 국경을 넘어 조선 마을을 침범했는데 조선 땅에 귀화하여 마을을 이루어 살기도 하였다. 넓고 넓은 요동벌판, 연해주 땅을 지배했던 조선이 기울면서 청일 전쟁, 청러 전쟁을 통해 우리나라가 일제에 강제로 합병되

며 그 넓은 요동 벌판은 슬그머니 러시아와 중국이 편입시
켜버렸다. 굵직한 역사의 소용돌이 한가운데에서 치열하게
살다 간 허준이라는 인물을 만나며 그 인물의 존재감이 컸
기에 시종일관 가볍지 않은 시간을 보냈다.

조선 백성을 위한 『동의보감』은 중국과 일본을 넘어 세
계가 주목하는 의서가 되었다. 한창 뜨거운 여름에 더위를
참아가며 허준의 발자취를 좇았다. 허준은 약초에 대해서
도 해박한 지식이 있었고 치료를 하며 임상경험과 치료결
과를 세심하게 기록하여 둔다. 그의 업적 중에 특히 빛나는
것은 약재가 비싸 치료를 포기한 백성들을 위해 한 가지 약
재인 단방 치료를 연구하고 권하는 장면은 따뜻한 인간애
가 느껴진다.

이 글을 마치며 내의원 시험 출제에 도움을 준 장재민 선
생님에게 감사드린다.

2023년 초여름에

유시연

1. 봄날

　나무들에 봄물이 올라 푸르스름해졌다. 대웅전 앞마당 삼 층 석탑의 이끼에도 햇볕이 내려앉아 쉬고 있었다. 바람이 대숲을 쓸고 지나가자 처마 끝에 풍경이 울었다. 오랜만에 외삼촌 김시흡을 따라 나들이를 나온 허준은 꽃피고 새순이 돋는 봄날의 풍경에 흠뻑 빠져들었다. 석탑을 돌며 놀던 허준의 눈에 노랑 꽃잎이 펄럭이며 명부전 편액이 달린 건물 뒤로 사라지는 게 보였다.

　"노랑나비인가."

　허준은 눈을 끔벅이며 다시 한번 명부전 담장의 기왓장을 바라보았다. 나비는 보이지 않았다. 허준은 어느 사이 담장을 따라 돌며 건물을 기웃거렸다. 동백꽃 한 송이가 툭 하고 발치에 떨어졌다. 허준은 동백꽃을 집어 들고 기둥 뒤를 흘깃거렸다. 주련이 씌어진 오래된 소나무 기둥 뒤에서 노란 천이 보였다가 쏙 들어갔다. 조금 후 진달래꽃잎 같은 자색 치마가 펄럭하고 움직였다. 머리를 땋아 내린 소녀가 마루에 앉아 두 발을 까닥거리며 놀고 있었다. 허준은 순간 노랑나비 한 마리가 날아오는 환각에 눈을 감았다 떴다. 그 순간 소녀와 허준의 눈이 마주쳤다.

"어머."

소녀의 외마디 소리에 비단 가죽신이 흙바닥으로 휙 날아갔다. 허준이 비단 신을 주워 마루에 놓아주고는 멀찍이 떨어져 앉았다.

"제 오라버니는 아니겠지요?"

"오라버니를 만나러 왔나 봅니다."

예닐곱 살쯤 돼 보이는 소녀가 초롱초롱한 눈을 빛내며 허준을 빤히 쳐다보았다.

"어머니가 오라버니 영혼을 위로해 준다고 연등도 달고 재도 올린다고 했어요."

"아하, 오라버니가 저세상에 있나 보군요."

허준은 소녀의 표현이 재미있어서 웃음이 나왔다. 소녀는 불쑥 나타난 허준이 제 오라비인 줄 알았는지 자꾸 요모조모 살폈다. 바람이 불어 명부전 문이 삐걱거리며 열렸다. 제단에 촛불이 흔들렸다. 십대 왕이 도열한 벽과 지장보살상이 있고 천장에는 흰 연등이 달려 있었다. 소녀가 연등을 가리켰다. 허준의 시선이 소녀가 가리키는 연등을 쳐다보았다. 하얀 한지에 이름이 적힌 등이 천장에 매달려 있는데 마치 흰 연꽃이 가득 피어 있는 것 같았다.

"우리 오라버니 등이 저기에 있어요."

"마음이 아프겠습니다."

"어머니는 오라버니가 좋은 곳에 갔다고 하셨습니다."

"뉘 집 가문의 여식인지."

"한양 사는 안동 김가입니다."

소녀가 똑 부러지게 말하고는 입술을 야무지게 닫았다.

"양반댁 아기씨가 혼자 여기 있어도 됩니까."

소녀의 얼굴이 발그레해졌다. 그 순간 소녀는 허준의 손에 든 동백꽃을 보았다.

"곱습니다. 이름이 무엇입니까."

"동백"

"동백? 정말 어여쁩니다."

허준이 동백꽃을 내밀었다. 소녀의 입에서 감탄이 흘러나왔다. 붉은 동백이 소녀에게서 한 송이 꽃으로 피어난 듯했다. 대숲에 바람이 지나가는 소리가 쇄아아 들려왔다. 주지 스님을 만나러 온 외삼촌은 나올 기미가 보이지 않았다. 약재를 담아 주지 스님에게 전하고 차를 마시며 바둑을 둘 터였다. 바둑을 두며 시간이 가는지 오는지 모를 정도로 두 사람은 세상 돌아가는 이야기를 바둑돌에 얹었다. 지난번에는 정오 무렵 왔다가 객방에서 자고 그다음 날 돌아간 적도 있었다. 허준은 내심 삼촌이 지난번처럼 객방에서 묵어 갔으면 하고 기대를 했다.

"우리 오라버니랑 닮았습니다."

소녀가 댕기 머리를 어깨너머로 잡아당겨 동백을 비단 끈에 매달았다. 명부전 문이 삐걱거리고 풍경이 울렸다.

"숙정아,"

"네, 어머니."

어디선가 소녀를 부르는 소리에 그녀가 일어났다. 소녀는 고개를 가볍게 숙여 목례하고는 일어나 사라졌다. 노랑나비 한 마리가 날아가는 것처럼 가볍게 걸어갔다.

"안동김가, 숙정."

허준은 입속으로 그 이름을 나지막하게 불렀다. 아랫마을 초가에서 저녁연기가 피어오르는 게 아득히 멀어 보였다. 산사에 어둠이 내려앉았다. 허준은 상좌승을 따라 공양간으로 갔다. 고사리와 묵은 산나물 두어 가지가 나온 나물밥상이 차려져 있고 상좌승이 마주 앉았는데 삼촌은 주지스님 방에서 식사를 하고 있었다.

"저, 서울 손님은 가셨습니까."

"서울 손님이라면."

"아들 제를 지내러 온 어머니와 어린 아기씨가 있지 않습니까."

"아하, 가회동 마님 말씀이십니까. 그분들은 따로 식사하고 계십니다. 우리 절이 어려울 때 도와주시는 분들이요. 그런데…… 관심이 있으십니까."

"무슨 말씀인지 모르겠습니다."

"도련님, 소승의 눈은 못 속입니다. 정신 차리십시오. 세도가 안동김씨 가문의 귀한 따님입니다."

주지 스님을 모시는 상좌가 어림없다는 식으로 핀잔을 주었다. 허준은 촛불이 켜진 손님방을 힐끔거리며 밥을 먹는 둥 마는 둥 했다. 나비 소녀는 기척이 없었다. 손님방 문간 섬돌에 가지런히 놓인 비단 꽃신 두 켤레만이 적막하게 깊어져 가는 밤을 지킬 뿐이었다.

객방으로 돌아온 허준은 김시흡에게 다정하게 물었다.

"숙부님, 서울에서 오신 손님들은 언제까지 이곳에 머무르십니까."

"네가 그분들을 어찌 아느냐."

"낮에 명부전에서 아기씨를 만났습니다."

김시흡이 허준을 빤히 바라다보았다. 그러고는 의미심장한 미소를 지었다.

"준아, 야심한데 불을 끄고 이만 잠을 자자꾸나."

"예, 숙부님."

허준은 등잔에 불을 입바람으로 불어 껐다. 사방이 어두웠다. 희미한 달빛 그림자가 창호지 문에 비치며 밤이 깊어갔다. 부엉이 우는 밤 허준은 낮에 본 소녀의 맑은 눈과 붉은 댕기, 야무진 말투를 떠올렸다. 잠이 오지 않았다. 어머니는 허준을 끝으로 동생을 두지 않았고 큰어머니 소생 역시 사내아이 둘이었다. 나비소녀 같은 여동생이 있었다면 덜 외로웠을까. 어쩌면 삼촌을 따라 외가에서 긴 시간을 보내지는 않았을지 모른다.

날아 밝자 새 떼가 기와지붕을 타 넘으며 시끄럽게 울어댔다. 빗질이 된 대웅전 앞마당이 환했다. 세수를 하기가 무섭게 허준은 명부전으로 달려갔다. 적막이 고여 있는 명부전 뜰에 노란 민들레가 피어 있었다. 마루에 앉아 먼 능선을 바라보는데 막막함이 몰려왔다. 공양간 굴뚝에서 연기가 솟고 풍경이 흔들렸다.

주지 스님이 한지에 곱게 싼 꾸러미를 내밀었다.

"햇차라서 맛이 괜찮을 걸세."

"매번 차를 얻어가서 민망하이."

김시흡과 주지 스님이 자별을 했다. 허준은 뒤를 자꾸 돌아다보았다. 산문을 나서는데 상좌 스님이 숙정을 업고 허둥지둥 뛰어오고 그 뒤를 얼굴이 하얗게 질린 부인이 종종걸음으로 뒤따라왔다.

"어인 일인가."

"아기씨가 발을 삐끗했습니다."

"어디 내가 좀 봐도 되겠나."

김시흡은 상좌승의 대답을 듣자마자 품에서 꾸러미를 꺼내어 펼쳤다. 구침이 나란히 꽂혀 있는 침갑이었다. 낯을 찡그리는 숙정의 이마에 땀이 맺혔다. 김시흡이 숙정의 발목에 침을 놓는 사이 허준은 뒤에 뻘쭘하니 서 있고 부인이 숙정의 다리를 붙잡고 앉아 한숨을 쉬었다.

"어이할꼬. 대감이 기다리실 텐데."

부인이 한숨을 길게 내쉬며 먼 하늘을 바라보았다.

"괜찮아질 겁니다."

"이 은혜를 어찌해야 하올지요."

"은혜랄 것까지 뭐 있겠습니까."

그 사이 상좌승이 뛰어가서 주지 스님을 모시고 왔다. 숙정이 일어나서 조금씩 걸었다.

"마님, 하루 더 묵으며 상황을 봐야 하겠습니다."

"그래야겠습니다."

산문을 막 벗어난 곳에서 벌어진 일이었다. 숙정이 부인의 팔을 잡고 천천히 걸어 다시 사찰로 들어갔다. 허준은 숙정의 뒷모습을 힐끔대며 산을 내려오는 데 마음이 무거웠다.

"뭘 꾸물대는 거냐. 어서 가자."

"예."

초여름의 숲이 우거지며 날이 더웠다. 그날 이후 허준은 숙정의 모습을 떠올렸으나 김시흡은 먼 길을 떠나고 홀로 동분서주하며 큰집과 작은 집을 오고 갔다. 가끔 김시흡의 심부름으로 절에 다녀오곤 했다. 잘 말린 약재나 쌀을 말 잔등에 싣고 절에 다녀왔다. 때때로 숯을 망태기에 담아 갖다줄 때도 있었다. 여름이 깊어 갈 무렵이었다. 바위 계곡을 세차게 흐르는 물소리가 시원했다.

"숙정 아기씨는 왔다 갔나요?"

"으흠, 인제 보니 도련님 흑심이 있습니다."

"그게 아니라 그냥 궁금해서…… 발목이 삔 건 다 나았는지요."

"대감이 침술 하나는 끝내줍디다. 다음날 멀쩡히 걸어서 산문을 내려갔습니다.”

“다행입니다. 삼촌이 그 소식을 들으면 기뻐하겠어요.”

“도련님, 외가는 대대로 약재로 유명한 집인디 많이 배워 두십시오. 혹시 압니까. 약재로 조선을 들었다 놨다 할지.”

“그깟 약재가 다 무슨 소용이 있겠습니까. 글공부를 해야……”

허준은 여기까지 말하다가 그만 말문이 턱 막혔다. 자신은 글공부를 해도 아무 쓸모가 없는 신분임을 자각했기 때문이었다. 상좌승은 아마도 집안 내력을 알지도 모를 일이었다.

“무슨 한숨이 그리도 깊어집니까.”

“막막해서 그럽니다.”

“좋은 집안 내력을 배워서 써먹으십시오. 도련님 외가는 대대로 한방 약재와 치료술로 유명했습니다.”

“그걸 어찌 압니까.”

“주지 스님께 들었습니다.”

허준은 어머니나 삼촌에게 그런 말을 듣지 못했다. 그냥 집안에 약재가 많고 일반 백성집 보다 그 방면으로 조금 더 신경을 쓰는구나 싶었기에 대수롭지 않게 여겼었다. 사실 지난번 숙정에게 침을 놓는 김시흡을 보고 의외라서 놀라

기는 했다. 비로소 허준은 어린 시절 배앓이를 하거나 머리가 아플 때 어머니가 무슨 풀인가를 끓여서 먹이던 걸 기억해냈다. 어머니가 배를 쓰다듬어주면 금세 나았고 그냥 자연스럽게 받아들였다. 외가에서 보낸 지 해가 바뀌었는데 허준은 본가로 떠날 생각을 못 하고 있었다. 김시흡의 입에서 그 말이 나오기를 기다렸으나 무슨 일인지 아무 말이 없었다. 어머니가 보고 싶었으나 허준은 내색하지 않았다. 손맛이 좋은 어머니는 집안의 일을 해내느라 몸이 성할 날이 없었다. 안채 큰어머니는 특히 어머니를 부리며 쉴 틈을 안주는 분이었다. 고달픈 어머니의 일상이 허준은 보기가 싫었다.

"도련님, 제 말대로 하시오. 잘 배워서 어의가 되시오."

"어의?"

"임금님의 병을 고쳐주는 의관 말입니다."

"에이, 내가 어찌 그런 막중한 일을 할 수가 있겠습니까. 어의라니 말도 안 됩니다."

"아무것도 안 해보고 안 된다고 하는 분은 도련님밖에 없을 겁니다. 지금 작은 숙부댁에 머무르고 있지 않습니까. 큰 숙부댁에 가보셨지요?"

"심부름으로 한 번 갔었습니다."

"그곳에서 뭘 보셨습니까."

허준은 노비 돌쇠를 따라 큰 숙부댁에 다니러 갔을 때의 정경을 떠올려 보았다. 너른 마당에 들어선 순간 꽃과 열매와 온갖 풀냄새가 진동하던 것을 떠올렸다. 굴뚝 뒤로 대바구니에 가득 널려 있던 이름 모를 식물과 뿌리들은 대단했었다. 외따로 떨어진 집은 흙벽과 통나무로 되어 벽이 휑하니 들여다보였는데 온갖 약재가 선반에 놓여 있고 서까래에도 자루가 걸려 있었다. 약초 냄새로 덮힌 통나무집에서 나온 허준은 마당을 바삐 오가는 약재상과 노비들을 보며 큰 숙부댁이 상단을 운영하는 게 아닌가 하는 의문을 품었다. 큰 숙부가 건넨 보따리에는 이름 모를 귀한 약재가 들어 있을 터였다.

허준은 상좌승이 건네준 차를 받아 천천히 말을 몰았다. 차마 숙정의 근황을 입에 담지 못하고 돌아서야 했다. 귀가하기 전 허준은 명부전 마루에 앉아 먼 능선을 한참이나 바라보았다. 동백을 머리띠에 꽂은 숙정의 새치름한 얼굴과 붉은 뺨과 야무진 입매가 또렷이 살아나며 그날의 만남을 그려보았다. 노랑 저고리와 자색 치마의 펄럭임, 비단 가죽신의 날렵함과 흰색으로 감침질 된 소맷부리의 곡선이 떠오르며 허준은 가슴 안에 멍울이 생기는 듯했다.

허준이 사찰을 다시 찾은 것은 해가 바뀌고 볕이 따스하게 내리쬐던 봄날이었다. 김시흡과 함께였다. 서울 시전(市廛)에 다녀온 김시흡은 어머니의 안부와 아버지 허론 대감의 안부를 물어왔다. 새임지인 북쪽으로 떠난 아버지는 허준의 글공부를 물었다고 했다.

　'아버지는 대체 무슨 생각으로 소자의 글공부를 물었을까.'

　허준은 의문이 들었으나 여덟 살 무렵 아버지의 부임지를 따라다니던 기억을 되살렸다. 천자문[1]과 소학[2]을 직접 가르쳤던 아버지는 엄격한 무인의 모습이었고 문무를 겸임한 강직한 성품이었다. 하지만 안방마님은 달랐다. 영광 김씨 양반가 서녀였던 어머니의 단아한 성품과 음식 솜씨와 바느질 솜씨에 지레 주눅이 들었는지 사사건건 어머니에게 트집을 잡았다. 허준은 어린 나이였으나 어머니의 입지를 짐작하고 가슴에 그늘이 졌다.

1　천자문(千字文): 중국 양(梁)나라의 주흥사(周興嗣)가 한자 천 자를 모아 지은 책. 사언 고시(四言古詩) 250구로 되어 있음.

2　소학(小學): 주희(朱熹)의 문인(門人)인 유청지(劉清之, 1139년~1195년)이 8세 안팎의 아동들에게 유학을 가르치기 위하여 1187년에 편찬한 책.

담장 밖으로 도령의 글 읽는 소리가 낭랑하게 울려 퍼졌다. 허준은 기왓장 위로 발뒤꿈치를 들고 훈장이 선창하는 『소학』의 내용을 따라 읊고 있었다. 형 허옥의 목소리와 아우 징의 어눌한 소리가 섞여 나왔다.

"준아, 예서 무얼 하느냐."

"아버님."

허준이 놀라 뒤로 자빠졌다. 아버지 허론이 뒷짐을 지고 허준을 바라보았다. 허준은 가슴이 뛰고 얼굴이 달아올랐다. 짙은 눈썹에 형형한 눈빛의 허론 대감은 무인(武人)의 기개를 갖췄으나 미소 짓는 표정은 온화했다. 아들에 대한 아버지의 마음이 그의 표정에 그대로 드러나 보였다. 나라의 소임을 맡아 집을 떠나 임지에서 생활하던 허론 대감이 잠시 집에 머무는 동안 문안 인사를 여쭙는 순간에도 허준은 아버지의 얼굴을 똑바로 바라보지 못했다. 여덟 살 어린 소년에게 아버지의 기억은 없었다. 어머니의 조신한 행동 때문인지도 몰랐다. 형에게 순종하고 아우를 극진히 보살펴야 한다. 언어를 배우기 시작한 때부터 귀에 틀어박힌 말이었다. 어머니의 훈육은 오로지 형과 아우를 잘 따르고 도우라는 것이었다. 허준은 의미도 모른 채 어머니의 훈육을 받으며 자랐다. 성장하면서 허준은 집안 분위기와 자신의 처지를 알아버렸다. 누가 말하지 않아도 자연스럽게 체득된 것이었다.

"글공부하였더냐. 내일부터 천자문을 떼도록 하여라."

아버지 허론이 큰기침하며 사라지자 허준의 가슴이 방망이질 치며 뛰놀았다. 허준은 그대로 별채로 달려갔다. 어머니를 찾았다.

"어머니, 어머니."

"웬 호들갑이냐."

"소자, 내일부터 글공부하라고 아버님이 명하셨어요."

뒤뜰 텃밭에서 채소를 가꾸던 어머니가 돌아보았다. 그 눈에는 기쁨인지 두려움인지 복잡한 표정이 담겨 있었다. 어린 허준은 어머니의 석연치 않은 태도에 불안한 눈동자를 굴리며 주눅이 들어 손톱을 물어뜯었다. 어머니가 선뜻 글공부를 격려하고 도와주었는지는 기억이 어렴풋했다. 한 가지 기억나는 것은 허준의 학업이 일취월장 형과 아우보다 앞서자 안방마님이 어머니를 질타하였다는 사실이었다.

"자네는 집안의 법도를 어떻게 배운 게야."

"무슨 말씀이온지요."

"정말 모른단 말인가. 내 이럴 줄 알았네. 쯧쯧. 형을 제치고 잘난 체하는 꼬락서니라니……."

"우리 준이 말씀입니까. 제 불찰입니다. 잘 타일러서……."

"됐네. 내일부터는 같이 공부하는 일이 없을 게야."

"마님, 잘못했습니다. 한 번만 용서해 주세요."

"잘못을 안다니 되었네만 그래도 같은 방에서 공부하는 것은 안 되겠네. 알아들었나."

"마님……."

돌아서는 안방마님의 치맛자락에서 찬바람이 일었다. 하인 노복들이 슬금슬금 피해서 어디론가 사라지고 어머니의 그림자만이 남아 조용히 흔들렸다. 울음을 삼키는 어머니의 두 어깨가 조금씩 떨렸다. 굴뚝 뒤에 서서 허준은 이 상황을 목격하고 가슴에 커다란 옹이가 박혔다. 그날 밤 어머니는 아버지를 찾아 간곡한 부탁을 했다.

"대감, 준이를 임지에 데려가 주십시오."

허론대감은 소실을 물끄러미 바라보다가 헛기침만 내뱉었다. 집안이 시끄러운 게 영 불편했다. 언질을 받지 못한 어머니는 그날 밤 장독대에서 정화수를 떠 놓고 두 손을 모아 빌었다. 며칠 후 허론 대감은 허준을 데리고 임지로 떠났다. 삼 년여의 생활은 허준에게 새로운 세상을 보여주었다.

임기가 끝나 집으로 돌아온 허론 대감은 얼마 후 다시 새로운 부임지로 떠나고 허준은 남겨졌다. 떨어져 있는 사이 형과 아우와도 서먹서먹해졌다.

"아버지의 사랑을 독차지하니 좋더냐."

"형님."

"누가 네 형이냐. 나는 너 같은 아우를 둔 적이 없다."

"형님, 노여움을 푸십시오. 모든 것은 이 아우 탓입니다."

"네 놈만 없었어도 우리 형제가 아버지의 사랑을 받았을 게다. 썩 꺼져라! 보기도 싫다."

"형님, 오해십니다."

"썩 꺼지래두!"

허준은 비칠거리며 형 앞에서 물러났다. 멀찍이서 그 모습을 지켜본 어머니의 얼굴이 벌게지며 주저앉았다. 그날 밤 어머니는 몸져누웠다. 허준은 울면서 어머니의 옷자락을 붙잡았다.

"어머니, 일어나셔요. 어머니가 누워계시면 소자는 어찌합니까."

"준아, 내 걱정은 말고 마음을 굳게 먹어야 한다."

어머니가 허준의 두 손을 꼭 잡아서 가슴에 갖다 대었다. 어머니의 심장이 빠르게 뛰었다. 다음날에도 어머니는 일어나지 못하고 누워 있었다. 허준이 따뜻한 물을 한 사발 가져다주었으나 한 모금 마시고는 다시 드러누웠다.

"준이 있느냐."

그때 담양 외가의 작은 숙부 김시흡의 목소리가 들렸다. 허준은 방문을 활짝 열었다. 김시흡을 보자 눈물이 쏟아졌다. 그는 누워 있는 어머니와 꾀죄죄한 허준의 몰골을 보고 짐작하는 게 있다는 듯이 혀를 찼다. 그러고는 밖을 향해 고함을 질렀다.

"아무도 없느냐!"

노비 막정이 다가와 허리를 숙였다.

"공맹을 숭상하는 양반가에서 어찌 사람대접을 이리하느냐. 당장 쌀죽을 쑤어 오너라."

"그게, 저어, 안방마님이……."

"이노옴! 내 말이 말 같지 않으냐. 시키면 시키는 대로 할 것이지 감히 말대꾸해. 대감마님이 오면 내 시비를 따져 물을 게야."

"송구합니다."

노비 막정이 안채로 달려가는 게 보였다. 허준은 울다가 눈물을 쓱 닦고는 김시흡을 쳐다보았다. 그 눈에는 자랑스러움이 가득했다. 김시흡은 사흘을 묵으면서 어머니를 간병했다. 김시흡의 정성이 통했는지 누워 있던 어머니가 일어났다. 어머니의 얼굴은 핼쑥했으나 원기가 돌아온 듯 조금씩 식사를 했다. 김시흡은 소지품에서 인삼을 꺼내 어머니에게 내밀었다.

"이제 그만 저는 본가에 가봐야겠습니다. 이것을 달여 꿀을 넣어 드십시오. 준이를 생각해서라도 정신 바짝 차리세요."

"고맙네. 아우가 아니었으면 어쩔 뻔했나 싶네."

"누님의 재주가 아깝습니다. 이 댁에서 이런 대접을 받다니."

"고맙네."

어머니가 무명 치맛말기로 눈물을 찍어냈다. 그러면서 말을 이어갔다.

"늘 아우에게 미안했네. 내 어머니가 소실로 들어가는 바람에 아우가 마음고생이 심했을 텐데."

"물론 서운하기야 했지요. 하지만 누님은 제 핏줄입니다."

"길 떠날 채비는 마쳤는가. 한 가지 부탁이 있네."

"말씀하세요."

"준이를 데려가 주게나."

"준이를요?"

김시흡이 허준을 돌아보았다. 허준의 얼굴이 당혹감으로 빨갛게 변했다.

"준이는 성품이 곧고 강직한 면에서 부친을 빼닮았네. 저 성격에 무슨 일을 벌일지 모르겠네."

"알겠습니다. 준이를 데려가 잘 가르치겠습니다."

"아우만 믿겠네."

어머니가 김시흡의 손을 잡았다. 두 사람의 시선에 따스한 기운이 피어올랐다. 허준은 복잡한 심경으로 김시흡을 쳐다보았다. 그 눈에는 원망인지 서러움인지 안도의 심정인지 모를 표정이 담겨 있었다. 어머니가 꾸려준 봇짐을 메고 허준은 김시흡을 따라 담양 외가로 갔다.

김시흡이 주지 스님과 바둑을 두는 사이 노비 돌쇠가 지게에 짊어진 인절미와 기지떡을 공양간에 내려놓고 도로 가버렸다. 허준은 여기저기 기웃거리며 경내를 돌아다녔다. 명부전 돌담에 참새 떼가 앉아 시끄러웠고 풍경이 울렸다.

"도련님, 혼자 참선하십니까."

상좌승이 다가와 인절미를 나눠주며 말을 걸었다. 허준은 반가워서 두 발을 까닥까닥 흔들며 옆에 앉으라고 손짓했다. 상좌승은 무슨 일인지 한숨을 길게 내쉬었다.

"스님, 걱정이 있으십니까."

"하루하루가 어려워집니다. 우리 절 사정도 나빠지고요."

"……."

"조선은 성리학이 기본이념인 나라입니다. 그러니 불사

도 없고 시주도 줄어들고."

"서울 마님은 행차를 안 하시는지요."

"말도 마십시오. 그 댁이 한순간에 멸족되었습니다."

"멸족이라니요. 무슨 말씀이신지."

"역모에 몰려 가문이 문을 닫았습니다. 노비들도 뿔뿔이, 가족들도 뿔뿔이 흩어졌지요."

"숙정아기씨 소식은 들으셨습니까."

"아기씨로서도 환난을 피할 수가 있겠습니까."

허준은 쿵 하고 바윗덩이가 내려앉는 듯한 충격을 받았다. 어디선가 노비가 되어 험한 일을 하고 있을 숙정을 생각하자 허준은 가슴이 쓰려왔다. 그날 밤 허준은 잠을 못자고 한숨을 쉬었다. 김시흡이 허준을 보고 이유를 물었다.

"서울 마님과 숙정 아기씨 소식을 들었습니다."

"인생사 새옹지마이니라. 잡념을 잊고 아버지의 말씀대로 글공부에 전념하거라."

"제가 글공부를 해서 어디에 써먹겠습니까."

"내일부터 큰 숙부댁에서 일을 배워라. 나는 한동안 서울에 올라가 벗들도 만나고 혜민서 관리들을 좀 만나야겠다."

"한동안 숙부님을 뵐 수 없나요."

"어머니를 생각하며 강건하게 버텨라."

그날 밤 허준은 밤을 꼬박 새웠다. 밤새가 울고 바람이 스산하게 불었다. 김시흡이 서울로 떠나고 허준은 돌쇠를 따라 큰아버지 댁으로 갔다. 이십여 리 떨어진 숙부댁에 도착하자 돌쇠는 돌아가고 달랑 허준 혼자 남았다. 아무도 허준에게 관심이 없었다. 노비들이 묵는 문간방 담 옆으로 말 고삐를 묶어두는 외양간이 있는데 허준은 그곳에서 말과 대화를 나누며 시간을 보냈다. 그러다가 큰 숙부의 부름을 받고 약재 창고를 보게 되었다. 수많은 풀과 나무뿌리와 열매와 꽃잎을 말린 창고에는 박하 냄새와 건초 냄새가 가득했다. 허준은 건초 냄새를 들이마시며 이름이 적힌 봉지들을 살펴보았다.

"지금부터 경서 공부에 치중하여라. 약재를 알려면 학습이 중요하다."

"예, 숙부님."

그날부터 허준은 외숙부 집안에 비치된 서책을 가까이했다. 책을 읽다가 지치면 창고로 들어가 건초 냄새를 맡거나 마구간에서 시간을 보냈다. 하루가 금세 지나갔다. 눈을 뜨면 집안 사람들과 먼 길에서 돌아온 말 울음소리로 시끌시끌했다. 허준은 틈틈이 일꾼을 따라 약재 포장을 도왔다. 작은 숙부는 언제 오시려나. 허준은 아무리 고민해도 갈 곳도 없고 할 일도 없었다. 어느 날 숙부가 불렀다.

"준아, 내 너를 눈여겨보았느니라. 총명하고 뛰어난 머리를 가졌어. 내일부터 나를 따라 나들이를 좀 다니자꾸나."

"예 숙부님."

허준은 큰집에서 약재를 사 모아 포장을 해서 한양 도성으로 보내며 직접 집에서 약초를 기르거나 만들기도 한다는 것을 알았다.

"도성 시전에서 우리 집 약초는 알아주느니라. 상급으로 대우를 받지. 혜민서에도 납품하고."

"궁에도 우리 약재가 간다고요?"

"아무렴. 영광 김가 문중의 약재는 최고로 친단다."

큰아버지는 만면에 호탕한 웃음을 지으며 허준을 바라보았다. 따스하면서도 자신감에 가득 찬 눈빛이었다.

"이곳에서 잘 배워 도성에 자리를 잡도록 하여라."

"제가 잘할 수 있을까요."

"벼슬을 못하더라도 호구지책은 있어야 하지 않겠느냐."

비로소 어머니가 외가에 보낸 이유를 확연히 알 수 있었다. 양반도 양민도 아닌, 반 만 양반인 허준으로서는 먹고 살 길이 막연했던 것을 어머니는 걱정하였던 것이다. 과거 시험을 볼 수 없고 철저하게 상것으로 살아갈 수도 없는 어정쩡한 경계의 신분인 허준은 선택할 길이 없었다.

"예, 큰아버님, 해보겠습니다. 잘 가르쳐주십시오."

초여름이 가고 선선한 바람이 불었다. 한양 도성에 갔던 김시흡이 찾아왔다. 허준은 너무나 반가운 나머지 달려가 김시흡을 와락 끌어안았다. 눈에는 눈물이 글썽글썽했다.

"사내대장부가 눈물이나 질질 짜서야 어디 되겠느냐."

"반가워서 그럽니다."

"하하, 우리 준이 그사이 장성하였구나."

"또 떠나십니까."

"이런, 이런, 오자마자 가라고 떠미는 것이냐. 내 너의 재주가 뛰어나다고 형님께 들었다."

"과찬이십니다. 주지 스님에게 가시면 저도 데려가십시오."

"너는 예서 할 일이 있지 않느냐."

허준은 시무룩한 채로 고개를 숙였다. 김시흡은 허준을 두고 본가로 돌아갔다. 상좌승도 궁금하고 숙정 아기씨 생사도 궁금했다. 역모로 몰리면 죽거나 노비로 살아야 했다. 허준은 가만히 한숨을 내쉬었다. 다시 바쁜 하루가 시작되었다. 허준은 약재를 관리하는 틈틈이 경서 공부를 했다.

그의 실력은 출중하여 큰 숙부를 도와 약재 이름을 기록하고 장부 정리를 했다. 나이는 어렸지만 어떤 것이든 빨리 깨우쳤다.

허준이 큰댁에 머문 지도 오 년여가 지났다. 오랜만에 김시흡이 허준을 보러 왔다. 허준은 버선발로 뛰어나가 김시흡을 맞아들였다.

"절에 가야겠다."

"저도 같이 가는 거죠. 기다려 주십시오. 금방 나오겠습니다."

허준은 방으로 뛰어가 깨끗한 겉옷으로 갈아입었다. 마구간에서 말고삐를 풀어 잔등에 짐을 실었다. 보리쌀 한 가마와 쌀 서 말, 콩 두 말을 싣고 허준은 김시흡과 같이 말을 탔다. 평소 같으면 노비 돌쇠가 지게를 지고 김시흡이 말에 올라 세월아 네월아 가는 길이었다. 김시흡의 뒤를 따라가거나 나란히 걸으며 허준은 만감이 교차함을 느꼈다. 김시흡과 처음으로 사찰에 갔을 때 숙정을 만났고 그 이후 그녀의 노랑나비 같고 자색 진달래꽃 같은 모습을 잊을 수 없었다. 역모에 몰린 집안이었다. 살아있기만을 간절히 바랐다.

"스님, 오랜만에 뵙습니다. 그간 적조하였습니다."

"뉘시온지."

“내 조카 준일세.”

“아, 그 도령 말인가. 자세히 보니 기억이 나는구먼.”

주지 스님은 노쇠하여 예전의 모습은 온데간데없었다. 백발이 성성했고 볼이 홀쭉했으며 지팡이를 짚고 다녔다. 상좌승이 안보였다.

공양간에 쌀과 보리, 콩을 부려놓고 허준은 명부전으로 발걸음을 옮겼다. 순간 허준은 두 눈을 의심했다. 흰 옷자락이 펄럭이며 담장 안으로 사라지는 게 보였다. 허준은 빠른 걸음으로 명부전을 향했다. 살짝 문이 열린 명부전 제단에 촛불이 펄럭이고 누군가 그 앞에 무릎을 꿇고 앉아 두 손을 모은 채 간절히 염원하고 있었다. 허준은 옛날 생각이 나서 조용히 마루에 걸터앉아 먼 능선을 바라보았다.

“흑흑.”

안에서 울음소리가 들려왔다. 그 소리는 풍경소리에 묻혔다가 다시 들려오고 끊어졌다가 다시 들려오기를 반복했다. 허준은 가만히 귀를 기울였다. 누가 명부전 제단에 앉아 우는가. 아주 오래전 동백꽃 같고 진달래꽃 같던 소녀의 모습이 떠올랐다. 일어서려는데 문이 열리며 울음소리의 주인공이 나타났다.

“어머나.”

여인이 놀라 주저앉았다.

"놀라게 했다면 미안하오."

허준은 흰 무명옷을 입은 여인을 쳐다보았다. 허준과 여인의 눈이 마주쳤다. 두 사람은 동시에 아, 하고 비명을 질렀다.

"숙정 낭자 아니시오."

"사람을 잘못 보았습니다."

여인은 짚신을 신자마자 종종걸음으로 달아났다. 허준이 멍하니 여인의 뒤태를 쫓으며 앉아 있었다. 분명 숙정이었다. 바람이 불며 향냄새가 묻어왔다. 허준은 공양간에서 공양주 보살에게 명부전에서 만난 여인에 대해 물었다. 공양주보살은 아무것도 모른다고 고개를 세차게 저었는데 그 눈에는 의심의 눈초리가 가득했다. 뭔가 경계하는 눈빛이었다. 조금 후 젊은 스님이 허준 앞에 마주 앉아 같이 밥을 먹었다. 김시흡은 주지 스님 방에서 함께 저녁 식사를 했다.

"여기 있던 상좌스님은 어디로 가셨습니까."

"하산했습니다."

"하산이라구요? 그게 무슨 말인지 자세히 말해보십시오."

"모릅니다. 아무것도 묻지 마십시오, 먹을 게 없어 며칠

씩 굶주리다가 하나둘 떠나고 이 절에는 주지 스님과 소
승……만 있습니다."

허준은 젊은 스님을 빤히 쳐다보았다. 분명히 여인을 보
았는데 그 여인은 누구란 말인가. 허준은 아무것도 묻지 말
라는 젊은 스님의 말에 아무것도 물을 수 없어서 밥만 먹었
다. 어느 사이 스님은 사라지고 공양간에는 허준 혼자 남았
다. 먹던 그릇을 씻어 선반에 올리고 대웅전 마당으로 나왔
다. 초저녁달이 떠오르고 있었다. 허준은 삼 층 석탑을 천천
히 돌았다. 어디선가 향불 냄새가 훅 끼쳐왔다. 명부전에서
본 여인이 탑돌이를 했다. 허준은 여인의 발자국을 좇아 탑
을 돌았다. 가까워지려 하면 멀어지고 멀어지려 하면 가까
워지며 여인과는 일정한 거리가 있었다.

"소생은 허준이라 합니다. 낭자 성함은 어떻게 되시오."

"……."

여인은 침묵했다. 허준은 다시 한번 더 자기소개를 했다.

"허준이라 하오. 숙정 낭자 맞지요? 제 눈은 못 속입니다."

"소녀는 정임이라 하옵니다. 더는 묻지 마소서."

"정임."

허준은 예상과 다른 대답에 당황했다. 정임이라 밝힌 여
인은 바람과 같이 사라졌다. 향불 냄새만이 석탑 주위를 떠

돌았다. 밤은 깊어 소쩍새 울음소리가 들렸다. 그날 밤 허준은 김시흡에게 여인에 대해 물었다. 김시흡은 잠시 망설이다가 입을 열었다.

"네가 본 게 맞느니라."

"그럼 그 낭자가 숙정인가요."

"정임이라 했다."

"정임은 또 무엇입니까."

"자세한 건 알려고 하지 마라. 정임으로만 알고 있어라."

허준은 더 이상 묻지 못했다. 숙정이 맞다면서 정임이라니. 허준은 김시흡의 코 고는 소리를 들으며 잠이 오지 않아 뒤척였다. 달빛이 창호지를 뚫고 방 안으로 깊숙이 들어왔다. 허준은 겉저고리를 꿰어 입고 밖으로 나갔다. 석탑을 천천히 돌고 있는데 어디서 훅하고 향불 냄새가 풍겨왔다.

"정임 낭자."

허준은 허공에 대고 나지막한 소리로 불렀다. 자박자박 발소리가 났다. 허준이 귓가에 속삭이는 소리가 들렸다.

"소녀를 따라오셔요."

허준이 뒤돌아보자 흰 치마가 펄럭이며 명부전 쪽으로 사라지고 있었다. 허준은 향불 냄새를 따라갔다. 달빛이 비치는 명부전 마루에는 그녀가 가만히 앉아 어두운 밤을 응시하고 있었다. 허준은 그녀 옆에 앉았다.

"제 오라버니는 아니겠지요?"

"숙정 낭자, 그대가 맞구려."

"예, 숙정입니다."

"첫눈에 알아봤습니다. 그간 고생이 많았겠구려."

"돌아가신 부모님 위패를 이곳에 모셨습니다."

"그럼 이곳에 쭉 계셨습니까."

"있었다고도 없었다고도 할 수 없는 세월이었습니다.".

"연통을 하시지 그랬습니까."

"연통이라구요? 그런 무책임한 말씀을 하지 마십시오. 역모로 몰렸습니다. 어떻게 그런 말씀을……."

돌연 정임이 울기 시작했다. 그녀는 어깨를 떨며 흐느꼈다. 허준은 어찌해야 할지 몰라 가슴이 타들어 갔다.

"정임."

허준은 안타깝게 낯선 이름을 불렀다. 정임의 울음은 고요히 느리게 강물처럼 흘러갔다. 밤바람이 차가웠다. 허준은 어찌할 바를 모르다가 그녀의 손을 덥석 잡았다. 그녀가 어깨를 심하게 떨었다. 허준은 그녀의 두 어깨를 끌어당겨 안았다. 그녀가 저항 없이 허준의 가슴에 얼굴을 기댔다.

차가운 정임의 얼굴이 허준의 가슴에서 비둘기 날개처럼 파닥였다.

"마음껏 우시오. 내가 낭자를 지켜주겠소."

한참을 울던 정임이 울음을 그쳤다. 살그머니 허준의 품에서 떨어져 나와 몸을 웅크렸다. 바람이 불고 풍경이 흔들리는 소리가 맑게 들려왔다. 달빛에 정임의 얼굴이 눈물로 범벅이 되어 얼룩이 졌다. 정임은 지나간 일들을 조곤조곤 들려줬다.

"아버님은 역모로 몰려 유배를 갔다가 그곳에서 돌아가셨습니다. 어머니와 저는 절에 왔다가 관군에게 어머니는 잡혀가고 저는 용케 몸을 피했지요. 주지 스님이 정임이라는 이름을 주셨어요. 공양간에서 일하던 여인 이름이었지요. 오래전에 그 여인은 죽어서 묻혔는데 관청에 신고를 안 하고 미루었답니다. 그러다가 제가 여인의 호패를 갖게 되었습니다. 정임이라는 호패를요."

"정임이라… 그 이름이 참으로 정겹습니다."

"가끔 도련님을 생각했습니다."

"나도 낭자를 생각했습니다. 본가로 돌아갈 때 같이 가십시다. 어머님이 기뻐할 것입니다."

"저는 두렵습니다."

"심려하지 마십시오."

허준은 다시 한번 정임을 꼭 껴안았다. 정임의 가슴이 뛰었다. 밤새가 우는 소리가 들렸다. 이슬이 축축하게 내렸다. 달이 지고 주위가 어두웠다. 칠흑 같은 어둠 속에서 허준은 정임의 손을 꼭 잡았다. 건너편 골짜기에서 범종 소리가 아련하게 들려왔다. 새벽 예불을 알리는 목탁 소리가 났다. 정임이 일어나 공양간 뒷방으로 가고 허준은 객방으로 돌아왔다. 김시흡은 세상모르고 자고 있었다.

다음날 허준은 김시흡 앞에 무릎을 꿇고 지난밤의 일을 고했다. 크게 나무랄 줄 알았던 김시흡이 가부좌를 한 채 눈을 감고 생각에 잠겨 있다. 김시흡이 천천히 눈을 떴다.

"준이도 장가갈 나이가 되었지. 네 처지에 양반가 규수를 아내로 맞기에는 무리가 있고 참한 양인 규수를 얻어주려고도 했다. 네 뜻이 그러하다면 누님께는 내가 잘 말씀드리겠다."

"숙부님."

허준은 감격에 겨워 볼이 실룩거렸다. 김시흡이 허준을 데리고 주지 스님 방으로 갔다. 주지 스님은 야윈 뺨에 눈을 감은 채 염주를 굴리고 있었다.

"스님께 청이 하나 있네."

"이 사람 이렇게 진지한 걸 보니 큰일이 난 거로구먼. 말해보시게."

"정임 낭자를 우리 준이에게 주시게나."

"허허, 이 사람, 주고 말고가 어딨나. 인연 따라 사는 게지."

"고맙네."

"언제 데려가려나."

"본가로 갈 때 절에 다시 들르겠네."

"그렇게 하시게. 나무관세음보살."

주지 스님이 다시 염주를 돌리며 눈을 감았다. 허준은 공양간에서 정임을 만나 다시 올 때까지 기다려달라고 하고 산을 내려왔다. 정임이 산문 밖에까지 따라 나와 배웅을 했다. 그녀의 얼굴이 근심과 걱정, 기대와 설렘으로 복잡했으나 허준은 기쁨에 취해 그런 기미를 살피지 못했다.

2. 먼 길

가을볕이 고왔다. 무성했던 나뭇가지가 붉고 노란 단풍으로 물들어 천지가 한 해의 끝나감을 축복하는 듯하였다. 허준이 정임을 데리고 본가로 돌아오자 어머니가 버선발로 뛰쳐나왔다. 곱던 어머니의 얼굴은 주름으로 덮였고 몸집은 왜소해져 어린아이가 되어가는 듯 가냘팠다. 어머니는 정임을 보고 놀란 표정을 지었으나 곧 마음을 가다듬었다. 김시흡이 저간의 사정을 설명했고 어머니는 아무 말 없이 정임의 손을 잡아주었다. 정임은 고개를 숙인 채 두 손을 모아 잡고 가만히 서 있었다. 그 모습이 물속을 들여다보는 한 마리 학 같았다.

"숙부가 돌아가기 전에 혼례를 치러야겠다."

어머니는 허준의 혼인을 서둘렀다. 원래 혼인예식은 신랑이 사주단자를 가지고 신붓집에 가서 혼례를 올리고 며칠 밤을 처가에서 보내는 게 관례였다. 정임의 사정이 여의 찮아서 약식으로 치렀다. 별채 마루에 병풍을 두르고 소반을 놓았다. 상 한가운데에는 백자 사발에 정화수가 담겨 있다. 비단 한복을 입고 쪽 찐 머리에 다소곳이 앉아 있는 정임은 못 본 사이 성숙한 여인이 되어 있었다. 아침 햇살이 두 사람을 축복하듯 밝게 비춰주었다. 한로(寒露)가 지난 바람이 별채 마루를 지나가자 백자 사발에 담긴 물이 흔들렸다. 허준과 정임이 마주 보고 섰다. 김시흡의 지시에 따라 정임은 허준을 마주 보고 두 번 깊은 절을 했다. 허준이 소매가 넓은 옷을 들어 올려 두 번 예를 표했다. 다시 신부가 두 번 절을 하니 곧 네 번 큰절을 올렸고 허준이 화답하여 두 팔을 들어 올려 예를 표했다. 신부가 신랑에게 술을 따라 올렸다. 두 사람은 천지신명께 고하고 부부가 되었다. 어머니가 직접 빚은 술을 잔에 담아 건네주었고 두 사람이 나누어 마셨다. 약식으로 간소하게 치른 혼례식이었지만 허준은 충만함으로 가득 차오르는 심경을 주체하지 못했다. 어머니의 얼굴에도 잔잔한 미소가 피어났다. 어머니와 김시흡이 신부의 절을 받았다. 한복을 입은 정임은 고왔다. 어머니가 새색시 시절에 입었던 한복을 밤새 고쳐 정임에게 물려준 것이어서 의미가 남달랐다.

어머니는 비단 주머니에서 옥가락지를 꺼내 들었다.

"이 가락지는 너를 위해 준비해 둔 거다. 잘 간수하여라."

정임이 공손히 가락지를 받아 들고 한참을 들여다보았

다. 정임의 눈에 눈물이 고였다. 김시흡이 돌아가고 허준과 정임, 어머니 세 식구가 남은 집은 분위기가 따뜻했다.

그날 밤 허준은 정임의 손을 꼭 잡고 지난날을 회상했다. 한 마리 노랑나비 같았던 소녀 숙정. 그리고 성숙한 여인이 되어 다시 만난 정임의 모습은 어여뻤다. 정임은 죽은 오라버니의 영혼이 두 사람을 맺어 준 것 같다고 말한 적이 있었다. 꿈 같은 날들이 지나갔다.

어느 밤 허준은 어머니에게 불려갔다. 먹색 대마 치마에 흰 무명저고리를 입은 어머니가 정좌하고 앉아 아들 준을 기다리고 있었다. 허준이 머뭇거리며 무슨 일이냐고 여쭙다가 보퉁이 하나를 발견하고 무릎을 꿇고 앉았다. 어머니는 깨끗하게 손질한 옷을 허준 앞에 밀어놓았다. 나이가 들었음에도 어머니는 아들이 어린 소년으로 보이는 듯 못미더워했다.

"준아."

"네, 어머니. 무슨 일로 소자를 부르셨습니까."

어머니는 잠시 허준을 바라보다가 가라앉은 목소리로 차분하게 말했다. 나비촛대에 촛불이 고요히 깜박였다.

"대감마님도 안 계신 터, 윗대 조 재실이 있는 산음에 내려가 있거라. 그곳에서 살아갈 방편을 마련해 보고. 사당을 관리하는 막쇠가 있거늘."

"……."

허준은 아무 말 없이 어머니 김 씨를 쳐다보았다. 어머니는 분명 숙부 김시흡에게 무슨 말을 들었을 터였다. 허준이 외가에서 보낸 칠 년의 세월은 그냥 흘려보낸 게 아니었다. 어머니는 무슨 속셈이 있으신가. 허준은 정임이 언뜻 떠올랐다. 그의 나이 열여덟이면 한 가정을 너끈히 거느리고도 남을 연배였다. 언제까지나 어머니 옆에 머무를 수는 없었다. 아버지가 안 계신 집에서 의붓형이나 아우와의 관계, 큰어머니 밀양 손씨를 보는 것도 부담스러웠다.

"장부로서 세상에 났으면 할 일이 있지 않겠느냐. 내 대감에게 일러 이방 자리 하나 천거해달라고 부탁은 했다만."

어머니의 눈에 결연한 의지가 서려 있다. 깊은 눈빛에 담긴 어머니의 심경을 허준은 읽을 수 있었고 어떠한 이유로도 거스를 수 없다는 것을 알았다. 허준은 큰절을 하고 부복해 섰다. 아들을 바라보는 어머니의 눈빛에 알 수 없는 그림자가 흔들렸다. 슬픔인지 대견함인지 모를 어머니의 표정은 가을볕에 흔들리는 물그림자처럼 고요하고 잔잔했다. 어머니가 작은 항아리에서 엽전 몇 냥을 꺼내어 무명

주머니에 담았다. 이번에는 윗목에 놓인 대바구니에서 말린 약초 몇 가지를 넣었다. 어릴 적 배앓이를 자주 하는 허준을 위해 그의 어머니가 만들어서 준비해 둔 말린 삽주 뿌리와 감초 같은 약재였다. 허준이 뛰어놀다가 무릎을 다쳐 왔을 때도 어머니가 약을 발라 준 기억이 났다.

그날 밤 허준은 정임과 마주 앉았다. 두 사람 사이에 긴 침묵이 이어졌다. 막연히 약재 관련 일을 하거나 침술을 배워 호구지책으로 삼을 요량을 했으나 뭔지 모를 가슴 속에 허전함이 들어찼다.

"부인, 미안하오. 집을 떠나 의원의 길을 찾아봐야겠소."

"서방님 결심이 섰다면 그리하십시오."

허준은 사찰의 주지 스님과 큰 숙부에게서 들은 산청의 명의 유의태를 떠올렸다. 그 이야기를 들은 지도 오래되었지만 한 번도 잊은 적이 없었다. 허준은 정임의 어깨를 끌어당겨 안았다.

"고생시켜 미안하오. 조금만 참읍시다."

등잔불을 끄고 누웠으나 허준과 정임은 잠들 수 없어 뒤척였다. 한숨 소리가 깊어 갔다. 새벽닭이 홰를 칠 때쯤 겨우 눈을 붙였다. 어머니는 이른 아침부터 분주하게 아침을 준비했다. 밥이 잘 넘어가지 않고 모래알을 씹는 듯했다.

허준은 어머니에게 큰절을 올렸다.

"어머니, 자리 잡으면 모시러 오겠습니다. 그때까지 강녕하십시오."

허준은 목이 메어 말이 잘 나오지 않았다. 대감마님도 없고 허준도 없는 집에서 어머니의 고달픈 인생이 펼쳐질 것은 자명했다. 안방마님에게 불려 가 온갖 궂은일을 도맡아 할 어머니가 걸렸지만 당장 모실 형편이 안 되어 자괴감이 들었다.

"먼 길 가는데 서둘러라."

어머니가 길을 재촉했다. 허준은 방에서 등을 돌리고 앉아 조용히 울고 있는 정임을 보자 마음이 쓰려왔다.

"부인, 내 자리를 잡으면 데리러 오겠소. 그때까지 어머니를 잘 보필해 주오."

"제 걱정은 마시고 어서 떠나세요. 어머니는 제가 잘 모실게요."

정임이 눈물을 닦고 맑은 미소를 지었다. 그 웃음이 가을 햇살 같았다. 허준은 괴나리봇짐을 지고 정임과 어머니를 떠나 길을 나섰다. 한양 장터를 지나 사대문을 나섰을 때는 진시(오전 7~9시)가 지나 있었다. 등에 짊어진 짚신 두 켤레가 흔들거렸다. 막연히 이날이 올 것을 예상하기는 했다. 구체적으로 무언 해야 하는지 생각해 둔 것은 있었다. 과거시험을 볼 수 없는 처지였으나 아버지 허론의 배려로 그는 경서를 배웠다. 무과 시험을 봐서 궁궐 수비대에 들어가는 것도 생각해 보았다. 그렇지만 썩 내키지 않았다. 할아버지 허곤이 벼슬살이했던 경상우도는 허준에게 친근했다. 하지만 허준의 발걸음은 무거웠다. 어머니를 두고 가는 심경이 착잡했다. 온갖 궂은일을 하는 어머니의 손가락은 늘 젖어 있고 마디가 굵어 마른 나뭇가지 같았다. 솜씨가 야무져서 바느질이며 음식을 도맡아서 할 정도여서 허씨 문중에 큰 잔치가 있을 적에는 어머니의 솜씨가 빛을 발했다.

고뿔에 시달리거나 자잘한 잔병치레를 하는 허준을 위해 어머니는 별채 뜰에 약초를 재배했다. 귀한 식물이 아니라 평범한 민가에서 쉽게 얻을 수 있는 것들이었다. 당귀, 황기, 곰취, 작약, 부추, 씀바귀, 고들빼기, 민들레, 달래…… 온갖 식물을 길러 어린잎은 나물로 먹었다. 아버지 허론 대감이 특히 어머니가 만든 나물을 즐겼다. 때때로 자다가 배가 아프다고 깨어나 우는 허준에게 어머니는 따뜻한 물에 꿀을 넣어 먹였다.

허준은 혼자 남아 있을 어머니를 생각하며 마음이 착잡하고 어수선했다. 사람들이 복작대는 시장통을 벗어나니 시야가 훤히 트인 들길이 나타났다. 밭두렁에 콩잎포기가 누렇게 말라가고 빈 들판에는 바람이 휭했다. 잠자리가 날아다니고 풀벌레가 풀숲을 뛰어다녔다. 집집이 야트막한 초가에서는 흰 연기가 피어올랐다. 다리가 아파 잠시 느티나무에 기대어 쉬고 있노라니 멀리 뭉게구름이 산등성이 능선위로 피어오르고 저녁노을이 붉게 지고 있는 게 보였다. 어두워지기 전에 주막을 찾아야 했다. 광주를 지나 달래네 고개를 넘을 때였다. 어디선가 둔탁한 음성이 날아왔다.

"보따리를 내놓아라!"

목소리는 가까이에서 들렸다. 허준은 소리를 따라 움직였다. 조금 후 발자국 소리가 흩어지며 복면을 한 무리들이 나타났다.

"웬 놈들이냐!"

허준이 호기롭게 소리쳤다. 험상궂게 생긴 사내들이 허준을 에워쌌다. 직감으로 산적 떼라는 것을 짐작했다.

"죽고 싶지 않으면 보따리를 내놓으시지."

그중 한 놈이 소리쳤다. 허준은 앞뒤 잴 생각이 없이 주위에서 나무작대기를 집어 들었다. 작대기가 허공을 한 바퀴 돌며 한 놈이 어이쿠, 하고 쓰러졌다. 순식간의 일이었다. 네다섯 명 되는 사내들이 주춤하며 뒤로 물러났다. 그들은 눈짓을 주고받더니 한꺼번에 덤벼들었다. 허준이 커다란 참나무를 등에 두고 방어하며 공격했다. 할아버지 허곤에 이어 아버지 허론에 이르기까지 무인 집안에서 자란 그는 아침저녁으로 무술 연습을 하는 기합 소리를 들으며 자랐다. 아버지의 수하들이 무술 훈련을 하는 장면을 보며 흉내 내기를 하곤 했다. 허준은 한 놈씩 쓰러뜨렸다. 저녁 해가 막 산등성이로 넘어가 숲은 어둑어둑했다.

"이놈이 목숨 아까운 줄 모르나 보구나."

"하늘이 무섭지 않으냐. 이놈들!"

"네 놈 목숨이나 걱정해라."

다시 그들이 둥그렇게 허준을 향해 다가왔다. 허준이 작대기를 휘두르며 공격을 했다. 순간 뒤에서 몰래 다가온 한 놈이 허준의 머리를 가격했다. 정신이 가물가물해지며 기억이 사라졌다. 뒤통수에 심한 통증이 느껴졌다. 그대로 쓰러졌다.

"이놈들, 물러가지 못할까!"

허준이 쓰러지는 순간 허공에서 카랑카랑한 음성이 들려오며 바람 소리가 났다. 허준의 눈앞에 있던 사내들이 일시에 쓰러지며 신음을 내뱉었다. 허준은 의식이 가물가물 멀어지며 정신을 잃고 말았다. 허준이 눈을 뜬 것은 한밤중이었다.

"정신이 드나보오."

잿빛 승복을 입은 스님이 허준을 들여다보며 반가워했는데 허름한 산막이었다. 심마니나 사냥꾼이 이용하는 산막같았다. 낮은 천장 아래 횃대에는 스님의 장삼이 걸려 있고 바닥은 멍석이 깔려 있었다.

"여기가 어딥니까."

"안심하시게. 먼 길 가는 선비인 듯한데 오늘은 이곳에서 하룻밤 신세 질 참이네."

"이 은혜를 어찌 다 갚아야 하올지……."

허준이 고개를 숙여 절을 했다. 허준이 일어서려다가 어지러워서 다시 드러누웠다. 토할 것처럼 속이 메슥거렸다. 스님이 허준의 맥을 짚더니 고르지 못하다고 혼잣말로 중얼거렸다.

"아무래도 내출혈이 있나 보구먼. 하룻밤 쉬며 지켜봐야겠네."

허준이 뒤통수를 만지자 광목천으로 동여매어져 있고 피를 흘린 듯 끈적거렸다. 스님이 허준을 일으켜 세워 앉히더니 바랑에서 흰 쌀을 몇 알 손바닥에 놓아주었다.

"이거라도 먹게나. 길을 나서면 갖고 다니는 내 양식일세."

그러고는 쌀을 씹어 먹었다. 생쌀을 먹는 소리가 조용한 방안에 흩어졌다. 허준은 허기가 졌다. 아침에 조반을 먹고 출발한 후 하루 종일 굶었던 터였다. 생쌀을 조심스럽게 깨물었으나 낯설었다. 한참 깨물어 먹다 보니 구수한 뒷맛이 남았다. 입안이 까끌까끌했다. 스님은 가부좌를 하고 앉아 두 손을 양 무릎에 올려놓고 혼자 중얼중얼했다. 허준이 다시 드러눕자 스님이 물었다.

"어딜 가시는 게요."

"경상도 산음 땅으로 갑니다."

"나는 금강산 유점사에서 오는 길이오. 혜월이라 하오. 생초에 사는 지인을 찾아가는 중이오. 그나저나 오늘 큰일 날 뻔하셨소."

"스님, 신세를 졌습니다."

"신세랄 게 있겠소. 사람 사는 세상에 서로 주고받으며 사는 게지요."

"시절이 하수상한데 혼자 길을 떠나다니."

허준은 용천부사로 떠난 허론 대감 이야기와 어머니 김씨, 서자로 태어난 자신의 처지를 한숨 쉬듯 이야기했다. 마음이 허약해져서 이런저런 이야기를 경계도 없이 한 듯했다.

날이 밝자 허준은 이마에 둘렀던 무명천을 벗어버렸다. 어지럼증이 가신 듯했다. 혜월이 바랑을 부스럭거리더니 거무스름한 가루를 꺼내놓았다. 손바닥에 가루를 쏟아붓고는 한입에 털어 넣었다. 그러고는 물 한 모금을 마셨다.

"스님, 무엇입니까."

"내 양식이라오."

"양식이 이상합니다."

"이건 검은콩, 들깻가루, 찹쌀을 볶아서 만든 가루라네."

허준은 혜월을 따라 가루를 한 줌 입안에 털어 넣고 물을 마셨다. 고소한 뒷맛이 남았다. 나쁘지 않았다. 간단하게 조반이 해결되어 두 사람은 떠날 채비를 마쳤다. 그들은 이른 조반을 먹고 출발했다. 혜월의 걸음이 빨라 저만치 앞서 갔는데 어느 사이 보이지 않았다. 허준이 스님, 스님, 뒤쫓아 가며 불렀다.

절기가 상강에 접어들었다. 기러기 떼가 하늘을 까맣게 날아가고 나뭇잎이 떨어져 낙엽이 쌓였다. 용인 양지 죽산 음죽 충주를 지나자 산세가 험해졌다. 월악산 신선봉에는 안개인지 서리인지 봉우리가 하얗게 변해 있었다. 기온이 급격히 떨어졌다. 월악산은 골짜기가 깊고 산이 가팔라진 바위로 뒤덮여 있었다. 민가는 보이지 않고 주막도 나타나지 않았다. 어두워질 무렵 그들은 문경새재로 넘어가는 마을의 초입 주막에 짐을 풀었다. 마침 방이 하나 비어 있었다. 흙벽으로 된 방은 그을음 냄새가 났다.

"저리 가, 저리 가!"

혜월이 바랑을 벗어 놓으며 윗목 장롱 주변을 향해 손짓했다. 방안에는 아무도 없고 허준과 혜월 두 사람의 짐만 달랑 놓였다. 허준은 고개를 갸웃거리며 물었다.

"스님, 아무도 없는데 누굴 보고 말씀하시는 겁니까."

"귀신보고 말했네."

"귀신이 있다구요?"

"내 눈에는 귀신이 노닥거리는 게 보이네."

"에이, 농담이시겠지요."

"허어, 이 사람, 남의 말을 그리 허투루 들어서야. 내 눈에는 귀신이 보인다네."

"무섭지 않습니까."

"무섭기는. 죽은 귀신보다 산 사람이 더 무서운 세상이네."

허준은 일리가 있다는 듯 고개를 끄덕끄덕했다. 열흘 남짓 걸어오는 동안 민심이 흉흉한 것을 느낄 수 있었다. 추위가 다가오는데 마을마다 집집의 굴뚝에서는 연기가 솟지 않았다. 백성들이 굶는다는 증좌였다. 날이 저물자 방물장수들이 모여들어 북새통을 이뤘다. 방안은 사내들의 땀 냄새, 담배 냄새와 오래 묵은 먼지 냄새가 뒤섞여 정신이 없었다. 국밥을 시켜 먹은 일행들이 모여 앉아 엽초를 한 대씩 피웠다. 금세 방안이 연기로 가득 찼다. 허준이 기침을 했다.

"우리, 한바탕 놀아볼까."

일행 중 누군가가 봇짐에서 골패를 꺼내어 놓았다. 서른두 개의 네모난 나무로 만든 놀이도구였다. 네 명이 둥그렇게 둘러앉고 한 명은 뒤에 비스듬히 누워 있었는데 뭔가 불편한 듯 배를 움켜쥐고 고통스러워했다. 허준은 그들 뒤에서 어깨너머로 구경하고 혜월은 벽을 보고 돌아누웠다.

처음 패를 떼어 물주(物主)를 정한 다음 패를 방바닥에 엎어놓고 섞었다. 각각 5개씩 떼어 앞에 놓은 후 물주는 다시 2개를 떼어내고 그중에서 1개를 펼쳐 보였다. 막 시작하려는 찰나 뒤에 비스듬히 누웠던 사내가 배를 움켜쥐고 뒹굴기 시작했다.

"아이고오, 아이고오!"

모두들 손에 들었던 골패를 내려놓고 소리 지르는 사내 쪽으로 둘러앉아 무슨 일이냐고 웅성거렸다. 사내는 통증이 심한지 배를 움켜쥐고 진땀을 흘렸다. 일행 중 한 명이 주모를 불러 의원을 불러달라고 청했으나 깊은 산골에 어디 가서 의원을 부르냐며 난감해했다. 혜월이 일어났다.

"소승이 환자를 좀 보겠소이다."

혜월이 소리치는 사내의 맥을 짚고 얼굴을 살폈다. 사내는 식은땀을 흘리며 어지럼증을 호소했다. 혜월이 바랑에서 두루마리 천을 꺼내더니 바늘보다 작은 침 여러 개를 꺼내 손바닥에 꽂았다. 조금 후 사내의 굳었던 표정이 펴지며 편안했고 느리게 뛰던 맥이 돌아왔다. 허준은 어머니가 싸준 약초를 끄집어낼까 어쩔까 망설였는데 사내의 상태가 호전되자 다시 일행들의 놀이에 관심을 두었다. 그들은 한바탕 회오리가 지나간 방에서 엽초를 말아 피우거나 구석에 새우처럼 구부린 채 웅크려 잠을 청했다. 좁은 방안에 사내들의 퀴퀴한 냄새가 가득했다.

"스님, 의술은 언제 배우셨습니까."

"의술이라 할 게 뭐 있나. 내 친구 유의태와 다니며 어깨너머로 침술을 익혔을 뿐이네."

"유의태란 분이 명의인가 봅니다."

"의원으로서 그 양반은 성인이라네. 가난한 백성들을 위해 의술을 베풀며 은자처럼 산다네."

"소인도 그분을 뵐 수 있을까요."

"의원이 되려고?"

"스님을 보며 뭔가 제가 할 일이 생긴 듯합니다."

"이번에 나와 함께 가세나. 내 자네를 천거해 줄 터이니. 의술을 배워보게."

허준은 어느덧 자신이 가야 할 길을 찾은 것 같아 기뻤다. 어려운 시절에 가난한 백성들을 위해 의원이 되는 길도 나쁘지는 않을 것 같았다. 허준은 혜월과 이야기를 계속 나누고 싶었다. 촛불이 꺼지고 창호지 문으로 달빛이 새어 들어왔다.

"거, 잠 좀 잡시다."

두런두런 말소리에 일행 중 사내 하나가 짜증을 내며 뒤척였다. 허준은 입을 다물었다. 그도 눈을 붙여야 다음날 일찍 새재를 넘을 것이었다. 이튿날 방물장수 일행이 서둘러 조반을 먹고 떠났다. 허준도 혜월과 봇짐을 짊어졌다.

문경새재는 높고도 멀었다. 고개를 한참이나 오르고 또 올랐는데 하늘이 보이지 않았다. 낮인데도 숲은 어두웠다. 호랑이가 튀어나올 것처럼 나무가 빽빽했다. 산적 패거리가 출몰한다는 고개였다. 긴장하고 넘는데 여우 울음소리가 들려왔다. 깊은 골짜기로 길이 나 있었다. 경상도 선비들이 한양으로 과거 보러 오가던 길이었다. 산속에는 머루 다래가 익어갔다. 두 사람은 머루와 다래를 따 먹으며 허기를 달랬다. 밤송이가 떨어져 발밑에 나뒹굴었다. 알밤을 주워 바랑에 집어넣었다. 한 됫박은 주운 것 같았다.

새재를 넘어 문경 함창 상주 무주 장수 함양을 거쳐 산청에 이르렀을 때는 보름이 가까웠다. 날이 저물어 문중 재실에 당도했다. 그곳에서 하룻밤을 유숙했다. 가노 막쇠가 사당 옆 오두막에 기거하며 터를 돌보고 있었다. 허준은 먹을 갈아 언문을 썼다. 어머니에게 편지를 써서 엽전 몇 냥을 주어 막쇠 편에 보냈다. 정임의 안부도 곁들여 물었다.

어머님 전상서

어머니, 그사이 강녕하신지요.

소자는 무사히 도착하여 막쇠 편에 안부를 여쭙습니다.

남쪽으로 내려오면서도 어머니가 걱정되었는데 천지신명께 어머니를 도와달라고 청했습니다.

남쪽은 겨울 채비에 들어갔습니다.

빈 들에 서리가 내려앉고 기러기 떼가 북쪽을 향해 날아갑니다.

마침 길동무를 만나 의지하며 왔던 터라 소자도 불안하지 않았습니다.

내일이면 이제 소자도 의원의 길에 한 발 디밀을 것입니다.

고생스럽더라도 기다려주십시오.

언젠가는 어머니를 모실 것입니다.

제 처 정임이도 잘 보살펴 주십시오.

소자는 다음에 또 안부를 전해 올리겠습니다

뵈올 때까지 평안하십시오.

불초 소생 준 올립니다.

3. 의원이 되는 길

동짓달 초입에 허준은 혜월을 따라 생초 유의태 집안으로 들어갔다. 재실에서 삼십 리 떨어진 거리였다. 유의태가 혜월을 사랑채로 모시고 서로의 근황을 묻는 동안 허준은 방을 둘러보았다. 황제내경, 체질의학, 침술요법 같은 책이 책장에 있고 인체를 그린 도감이 벽에 붙여져 있어서 연구를 하는 방 같았다. 서안에는 촛대와 벼루, 붓 먹이 놓여 있는데 초서로 쓴 고대 의서도 보였다. 의서뿐만 아니라 중국의 사서와 의미를 알 수 없는 인도나 고대 소아시아에서 가져온 듯한 문양의 책이 있었다. 머리에 천을 또아리처럼 휘감은 남자의 그림이 있는 책 표지에서 눈을 떼지 못하자 유의태가 곁눈질을 잠깐 해주었으나 그뿐 혜월의 말에 고개를 주억거리며 유쾌한 듯 웃었다.

허준은 아버지 허론의 서재에서 형과 같이 놀던 때를 떠올렸다. 아버지의 서안에는 촛대가 있고 벽에는 긴 칼이 걸려 있었는데 칼집을 만지작거리다가 형이 일러바친다고 으름장을 놓기도 했었다. 아버지의 서재에도 책장 가득 다양한 책이 빼곡했다. 아버지는 무인이었지만 사서삼경과 고대 사상이 담긴 책을 섭렵했다. 은은한 묵향이 배어 있는 유의태의 서재와 서슬 퍼런 장도(長刀)가 두 개 나란히 놓여 있는 아버지의 서재는 분위기가 달랐다. 묵향과 한약재 향이 배어 있는 유의태 서재에서 허준은 문득 아버지의 결기와 깊은 눈동자 속에 감추어진 자애를 깨달았다. 혜월은 유의태를 만난 기쁨에 허준을 잊은 듯했다. 유의태의 눈빛은 강렬했으나 온화한 미소를 머금었는데 그가 너털웃음을 웃을 때마다 가슴을 덮은 흰 수염이 흔들렸다.

"아참, 내 소개할 사람이 있네. 인사드리게나. 앞으로 잘 가르쳐서 신의(神醫) 편작1을 만들어 보게나."

"나더러 장상군2이 되란 말인가."

"안될 건 또 무엔가. 보름간 동고동락하며 지켜보았으니 믿어도 되네. 수제자로 삼아 이 나라 백성을 구해주게."

허준은 유의태에게 큰절을 올렸다. 장상군은 뭐고 편작은 또 무엇이란 말인가. 두 사람의 아리송한 대화를 들으며

---

1 편작(扁鵲, BC401~BC310): 약 2500년 전 춘추전국시대에 살았던 발해군(현 중국 허베이성과 산둥성) 출신의 명의(名醫)이다.
2 장상군(長桑君): 춘추전국시대 신인(神人). 장상군이 편작에게 약을 주어 복용하게 하여 눈이 밝아졌다는 고사(古事)가 있다.

허준은 다가올 운명에 대해 막연한 마음을 추슬렀다. 유의태가 허준을 힐끗 쳐다보다가 조부와 부친의 함자를 묻고는 수염을 쓰다듬으며 문하생을 불렀다.

"병기야, 허준을 데리고 나가 할 일을 알려주어라."

"네, 스승님."

병기라고 불린 사람은 허준과 비슷한 댕기머리 총각이었다. 허준이 물러나 와 둘은 통성명하고 숙소로 안내를 받았다. 허준은 봇짐을 내려놓고 병기를 따라 장작을 팼다. 겨울 추위를 대비하여 땔감을 준비하는 일이 급했다. 허준은 일을 하다가 허리를 펴고 하늘을 쳐다보았다. 서자이긴 해도 양반의 후손이라 하인들이 일을 하고 직접 노동을 해 본 일이 없는 그로서는 장작을 패는 일이 고됐다. 등허리에 땀이 났다. 환자들이 누워 있는 방을 따뜻하게 하고 탕을 끓일 수 있도록 아궁이에 불씨가 늘 살아있어야 한다고 병기가 일러줬다. 환자들의 방인 구민당(救民堂)은 문하생 숙소 옆에 딸려 있는데 언제라도 들여다볼 수 있게 가까운 듯했다. 빨랫줄에는 환자들을 치료하고 싸매는 천이 수십 장 걸려 펄럭였다. 잘 마른 천을 걷어 차곡차곡 개어놓는 것도 허준의 일이었다. 특별히 해야 하는 일은 없었으나 무슨 일이든지 닥치는 대로 해야 했다. 혜월이 사흘 머물고 합천

해인사로 떠나갔다는 말을 병기로부터 들었을 때 허준은 허전했다. 인사라도 하고 갈 것이지 무정한 마음이 들었다.

그날 저녁 문하생 숙소에서 허준은 정식으로 인사를 나눴다. 함안에서 온 한정수, 진주 출신 정영태, 구례 출신 조달수, 산청 근방에서 온 박수온이었다. 한정수가 오 년 된 문하생으로 오래 있었고 정영태, 조달수가 삼 년, 병기가 일 년 된 막둥이였다. 한정수는 몰락한 양반의 자손이라 문과시험을 준비하다가 뜻이 있어서 의원의 길을 택했으며 정영태는 아비가 지방 관아의 이방이고 조달수는 가난한 농부의 자식이었다. 박수온은 허준과 같은 서자 출신이었다. 할아버지 허곤이 산청부사를 역임한 터여서 허준은 박수온에 대해 친밀감을 느꼈다. 박수온도 허씨 집안을 알고 있었다.

첫날 이후 허준은 유의태를 볼 수 없었다. 환자는 한정수가 주로 돌보고 정영태와 박수온이 보조를 맡았다. 병기는 잔심부름하거나 뒤치다꺼리했다.

"스승님은 스님 따라 떠났을 거요."

"어디로 떠났다는 게요."

"그건 모르지요. 금강산으로 훌쩍 떠나거나 의서를 구하러 명국에도 다녀오신 적이 있으니까."

허준은 스승 유의태가 생초에서는 이태로 불린다는 사실과 원래 이름이 이태라고 하는 것을 들었다. 그런데 어째서 사람들은 유의태라고 하는지 궁금했다. 병기에게 물었으나 그는 고단한 몸으로 틈만 나면 부족한 잠을 채우려 객방으로 달려가 드러누워 잠에 취해 허준의 질문을 시큰둥하게 받았다.

"병기야, 식초와 천을 갖고 오너라."

"예, 형님."

늦은 밤 축 늘어져서 등에 업혀 온 환자가 들이닥쳤다. 한정수가 먼저 환자의 맥을 짚어보고 혓바닥을 살펴본 후 눈동자를 까뒤집어 보았다. 동공이 풀려 있어서 허준이 보기에도 심각한 상태임을 알 수 있었다. 특이한 것은 목과 팔에 할퀸 자국이 있는데 깊이 패 있었다.

"사, 산속에 사는 약초꾼인데 사, 산에서 짐승에게 물렸습니다."

"어떤 짐승이오."

"그, 그건 모르겠소. 어두워서…… 눈빛이 노랗게 안광을 발산하고 턱이 길며 시커먼 짐승이었소."

"병기야, 청심환 준비하거라."

"예, 형님."

한정수가 침을 소독하고 손톱 밑에 침을 놓아 피를 뺐다.

"이 자는 물린 상처보다도 놀라서 기절한 듯하네. 먼저 혈을 풀어주고 심장을 안정시키는 청심환을 먹인 뒤에 상처를 소독하면 될 것이다. 기가 약한 사람은 침을 이기지 못할 수도 있어서 상태를 봐가며 사혈을 해야만 해."

한정수가 설명하고 옆에서 박수온이 기록을 했다. 환자의 상태와 처방을 적었다. 허준은 아궁이에 불씨를 살려 물을 끓이고 약탕기를 준비해 놓았다. 불을 지펴놓고 한정수의 설명을 들으러 구민당으로 뛰어갔다. 한정수가 흘깃 허준을 쳐다보고는 다시 침을 놓았다. 박수온이 기록한 처방을 허준은 어깨너머로 들여다보았다. 한정수가 처방한 약재를 달여 오라고 조달수에게 시켰다. 조달수가 허준을 눈짓으로 불러내고는 귀엣말로 속삭였다. 한정수 형님에게는 비밀이네. 자네에게 기회를 줄 터이니. 그러고는 약탕기에 약재를 넣고 지키고 앉아 있으라고 말했다. 조달수는 숙소로 사라졌다.

"네 이놈!"

허준이 약탕기 앞에 앉아 졸다가 천둥소리에 놀라 벌떡 일어났다. 한정수가 손을 양 허리에 짚은 채 눈을 부릅뜨고는 소리쳤다.

"앗!"

허준은 허둥거렸다. 약탕기에 물이 바작바작 졸아들고 있었다. 놀라서 허둥거리는데 한정수가 다시 한번 고함을 쳤다.

"네 놈이 실성했구나. 환자의 약을 태워 먹다니. 스승님이 알면 쫓겨날 게다."

"형님, 잘못했습니다. 한 번만 용서해 주십시오."

허준은 그 자리에 엎드려 사죄했다. 약재가 타버린 것보다도 쫓겨난다는 말이 두려웠다. 허준은 한정수의 바짓가랑이를 붙잡았다. 그때 조달수가 파랗게 질린 표정으로 한정수 뒤에 서서 안절부절못하는 게 보였으나 허준은 무조건 빌었다.

"다시 약재를 끓이거라."

허준에게 한 말인지 조달수에게 한 말인지 알 수 없는 한정수의 언질에 두 사람은 후다닥 움직였다. 허준은 그날 이후 구민당에는 얼씬하지 말라는 언명이 떨어졌다. 스승 유의태가 없는 동안 수제자인 한정수의 말은 곧 유의태의 뜻이었다. 허준은 스스로도 한심스러웠다. 약재를 태우다니, 의원이 되려는 자로서 있을 수 없는 일이었다. 번뇌에 괴로웠다. 술이라도 마시고 싶었으나 곧 자신을 다스렸다. 어머니와 정임을 생각해서라도 참아야 했다.

다음 날 새벽 허준은 땔감을 구하러 지게를 지고 산으로 올랐다. 무작정 산등성이를 향해 올라갔다. 낙엽이 층층이 쌓여 발이 푹푹 빠지는 길도 없는 곳이었다. 참나무와 소나무 갈비에 누워 하늘을 쳐다보았다. 자신이 한심했다. 파란 하늘에 흰 구름이 무심히 흘러갔다. 파란 하늘을 배경으로 나뭇가지들이 꼬불꼬불 얽혀 서로를 지탱하고 있었다. 등성이 나무들은 모두 심하게 구부러진 채 서로에게 기대어 옹송그렸다. 허준은 경전을 읽으며 사상을 나누던 친구들을 떠올렸다. 한낮이 지나도록 허준은 산속에서 꼼짝하지 않았다. 날이 저물어 갈 무렵에야 허준은 태풍에 부러진 나뭇단을 한 짐 지고 산을 내려왔다. 병기가 반갑게 허준을 보며 어딜 다녀왔냐고 의원을 접고 가버린 줄 알았다고 걱정했다.

짐승에게 물린 환자는 이튿날 돌아가고 그날 오후에 목이 부어 말을 못 하거나 음식을 삼키지 못하는 환자들이 들이닥쳤다. 환자를 각각 침상에 누이고 한정수가 진료하는데 환자마다 처방이 달랐다. 허준은 가까이 가지 못하고 들락날락하며 귓등으로 한정수의 설명을 들었다. 급성으로 인후가 붓거나 만성이 되어 숨을 잘 쉬지 못하는 경우에도 처방이 달랐다. 목의 안과 밖이 벌겋게 부어오르거나 목구멍이 막혀 염증이 생긴 경우에는 치료하기 어려운데 이날 두 환자 중에 급한 환자는 이를 악물어서 물을 잘 넘기지 못하고 위급해진 경우였다. 응황, 울금, 껍질 벗긴 파두를 기름을 빼어 열네 알을 절구에 빻아 가루를 내어 식초에 푼 밀가루 풀에 반죽하여 녹두알만 한 환을 만들었다. 차를 끓인 물에 일곱 알씩 먹게 하고 식초에 약을 개어 콧구멍에 밀어 넣어주었다. 환자가 이를 악물고 약을 삼키지 못해 다시 약을 갈아서 참대 대롱으로 목구멍에 조금씩 불어넣어주었다. 환자는 뭉친 가래를 뱉어내고 설사했는데 곧 정신을 차렸다. 병기가 동지섣달에는 목구멍이 막혀 업혀 오는 환자가 많다고 허준에게 알려주었다. 허드렛일하면서 구민당을 기웃대는 허준이 딱해 보였는지 한정수 형님에게 가까이에서 치료하는 것을 지켜볼 수 있게 사정을 해보라고 넌지시 조언했다.

그날은 유독 환자들이 많았다. 산에 나무하러 갔다가 높은 절벽에서 떨어진 사람, 술을 마셔서 코가 벌겋게 된 사람, 배가 아파 배변이 잘 안돼서 온 사람들로 구민당이 꽉 찼다. 한정수가 손이 부족하였는지 정영태, 조달수, 박수온을 옆에 끼고 진료하였고 처방을 받아 각각 약재를 준비했다. 허준은 병기와 손발을 맞춰 장작불을 더 지피고 따뜻한 물과 천을 준비했는데 약재를 만지는 것은 할 수 없었다. 물을 길어오는 일만으로도 벅찼다. 약재라면 자신 있는 허준으로서는 앞으로 나설 수가 없었다.

스승 유의태가 돌아온 것은 섣달이 끝나갈 무렵이었다. 한 달이 지난 시점이었다. 한정수가 유의태에게 불려 갔다 온 것을 빼면 조용했다. 그즈음 허준은 병기와 같이 지게를 지고 산에 오르는 일이 일상이 되었다. 도끼를 들고 쓰러진 나무를 토막 내어 묶음으로 지고 오는 일이 매일이다시피 했다. 참나무는 오래 타고 화력이 좋았지만 단단해서 도끼질이 힘들었다. 소나무와 잡목을 잘라 노끈으로 묶어 한 짐씩 지고 내려오면 배가 고팠다. 어머니로부터 언문 편지가 당도한 것은 산에서 내려와 허리를 펼 때였다. 재실 관리인 막쇠로부터 전해 받은 언문 편지를 붙잡고 허준은 가슴이 먹먹해왔다. 정임이 어머니를 도와 바느질을 배우거나 약초 재배를 배우며 지내고 있다는 소식은 허준에게 살아갈 힘을 주었다.

땔감과 환복을 빠는 일로 겨울을 보내고 나니 어느 사이 봄이 왔다. 버들개지가 피고 연두색 새순이 가지마다 돋았다. 허준은 박수온과 짝을 이뤄 약초를 캐러 나섰다. 봄과

가을이면 문하생이 교대로 약초를 캐러 산을 헤집고 다닌다는 것과 깊은 산속에서 산삼을 발견하기도 하였다고, 오래 묵은 산삼 뿌리를 캔 동기가 구민당으로 돌아오지 않고 그대로 줄행랑을 놓았다고 이야기하며 박수온이 씁쓸하게 웃었다. 아마 자신도 갈등하였을 것 같다고, 굶주리는 노모와 동생들을 생각하면 욕심을 냈을 것 같다고 담담하게 말해서 허준은 놀랐다. 자신은 어떠한가. 어머니의 고생 그늘에서 몸은 편안한 세월을 보내왔다. 아버지 임지를 따라다니거나 외가에서 숙부에게 경전을 배웠으니 혜택 받은 양반집 자손이긴 하였다. 몸은 편안했으나 마음은 고달팠다. 차라리 마음이 편하고 육신이 고달픈 길을 택하고 싶다는 생각이 들었다. 허준은 박수온의 뒤를 쫓아 산속으로 깊이 들어갔다. 박수온은 수종에 대해 해박했다. 생초에서 가까운 인근 산자락을 찾아 길을 나섰다. 박수온이 닳아서 반들거리는 물푸레나무 지팡이를 건네주고 앞서서 길을 갔다. 입춘이 지나기는 했으나 초봄의 바람이 차가웠다.

"독초는 약성이 강하다는 것만 기억하게."

"식물에는 조금씩 독성이 있다고 알고 있네. 우리가 오늘 채취하는 약용식물은 어떤 것인가."

"아직 순이 돋지 않아 약효가 퍼지지 않은 구기자나 도라지 더덕 산삼이나 겨우살이와 봉령 등일세.”

“순이 돋지 않은 약초를 어찌 구별하는가.”

“모든 화초와 나무는 일 년에 두 번 성장하네. 봄과 가을. 그러므로 봄에 한 번 여름 장마 지나 구월에 한 번 약재를 채취하는 걸세. 물론 박하 잎이나 산초 개복숭아 같은 것은 여름에 구하지.”

허준은 들을수록 신묘한 이야기였다. 상인들이 거래하는 약재는 만져보거나 포장을 싸는 일은 해봤지만 박수온의 이야기는 날것 그대로 생소한 이야기였다. 선뜻 의원이 되겠다고 뛰어든 것이 무모하다는 생각이 들었다. 걷다 보니 배가 고팠다. 햇살은 따스했지만 골짜기의 바람이 매섭게 몰아쳤다. 설명하느라 제대로 약초를 얻지 못한 박수온에게 미안해서 허준은 쉬어가자는 말을 못 했다. 회오리바람이 휘몰아치며 모래 먼지가 부옇게 시야를 어지럽혔다. 정오를 지나며 바람결이 더 매서웠다. 붉은 모래 먼지가 회오리를 일으키며 눈을 뜰 수가 없었다. 피할 곳을 찾다가 봉분을 발견했다. 능선 아래 무덤 몇 기가 나란히 엎드려 있는데 봉분이 예사롭지 않았다. 일반 가정에서 볼 수 없는 봉분 크기에 무덤 둘레는 돌을 쌓아 올렸는데 고구려 무덤 양식과 비슷했다.

"끼니를 해결하고 하산할 준비를 해야겠네."

"아니 벌써 하산인가."

"산골의 어둠은 화살처럼 빨리 온다네."

허준은 박수온을 따라 어느 무덤 앞까지 와서 주위를 두리번거렸다. 박수온이 엎드려 재배하고는 돌로 된 석문을 끙끙대며 밀더니 허리를 숙이고 안으로 몸을 들이밀었다.

"들어오게나. 영혼들의 안식을 방해하지 말고. 추위를 피하기에는 안성맞춤이지.'

"이 사람아, 무덤 안에서 쉬자는 말인가. 나는 싫소."

"여기는 가야인의 가족묘일세. 어차피 다 조상들의 묘 아닌가. 후손이 잠시 쉬어가겠다는데 그분들도 내치지는 않을 것이네. 잠시만 바람을 피하세."

허준은 무덤 입구에서 망설이다가 절을 하고 기어서 안으로 들어갔다. 무덤 안에는 돌로 된 관 형상의 자리가 두세 개 있는데 계단처럼 층으로 이루어져 있었다. 먼저 고인이 된 분을 상석에 모시고 그다음 차례로 아랫단에 모시는 가족묘였다. 박수온이 바랑에서 주먹밥을 꺼내어 허준에게 건넸다. 허준이 주먹밥을 먹기 전에 밥알을 떼어내고 고수레했다. 박수온이 고수레하고 같이 주먹밥을 먹었다. 겉보리 쌀이 까끌까끌 목에 걸려 간지러웠다. 무덤 속은 비어 있었으나 자꾸 신경이 쓰여 제대로 밥이 넘어가지 않았다. 혜월 스님이 있었으면 귀신을 알아보았을까. 문득 혜월이 궁금해졌다.

하산하는데 저녁 해가 빠르게 이동하고 있었다. 더덕과 산도라지 몇 뿌리, 겨우살이 덤불을 바랑에 넣어 부지런히 걸었다. 어두워서 구민당에 도착하자 고뿔 걸린 환자들로 기침 소리가 안팎에 요란했다. 병기가 아궁이에 불을 땔 때다 말고 생강이 부족한 듯하다고 말했다. 고된 하루가 저물어 가고 있었다.

봄이 깊어 갈 무렵 허준은 박수온과 다시 산행에 나섰다. 이번에는 조달수와 병기가 합류했다. 정영태는 자기는 빼 달라며 무릎이 안 좋아 산을 못 타겠다고 사정했다. 봄나물 채취가 주목적이었다. 나물을 뜯어말려서 사계절 양식으로 쓰고 환자들의 식사나 문하생의 끼니를 해결하기 위한 연중행사였다. 커다란 자루를 한두 개씩 바랑에 챙겨 넣고 지게를 졌다. 산나물과 약용을 구별하는 것은 무의미했다. 모든 새순이 약이고 먹거리였다. 병기가 신이 나서 앞에 나서며 연둣빛 푸릇한 잎사귀를 꺾었다. 허준은 눈치껏 그들을 따라 봄햇순을 땄다. 이름도 기억 못 하는 수많은 잎들, 조선의 산은 그 모든 어린 순을 매달고 천지사방 잎을 틔우고 꽃을 피웠다.

산마늘, 천마, 명아주, 미역취, 곰취, 가시오가피, 산지구 엽초, 다래순, 삽주, 곤드레, 산뽕잎, 씀바귀, 참당귀, 황기, 병풍취, 기린초, 우산나물, 아주까리, 노박덩굴, 두릅, 가죽 나무, 잔대, 고비, 참나물, 도라지, 개미취, 엄나무 순, 머 위, 엉겅퀴, 비비추는 약용으로도 쓰이지만 주로 식용으로 쓰였다. 뿌리나 나무 몸체를 잘라서 약재로 쓰는 식물은 봄 에 잎과 꽃을 보아야만 알 수 있다. 울금, 갈근, 칠해목, 마 가목, 느릅나무, 하수오, 엄나무껍질, 헛개나무, 감초, 겨우 살이, 백봉령, 어성초 뿌리, 화살나무, 계피, 돼지감자, 골 담초, 광나무, 벌나무, 으름덩굴, 신선목, 싸리나무, 노간 주, 노박덩굴, 만삼, 버드나무, 백작약, 녹나무, 삼백초 근…… 지금 알려주는 식물들은 뿌리와 열매, 어린 순을 모 두 식용과 약용으로 쓸 수 있는 것들이지. 허준은 박수온의 설명에 정신이 어질어질하였다. 지금까지 허준이 알던 것 과 또 다른 이름들이 많았다.

"자네는 어찌 그리 식물 이름을 많이 안단 말인가."

"이런 것쯤이야 기본이지. 어릴 적에 양식이 떨어져서 먹 던 것들이네. 어머니는 좁쌀 한 줌에 산나물을 한 아름 넣 어 한 솥 끓여내곤 했지. 좁쌀은 눈 씻고 찾아봐도 없고 산나물만 먹었다네. 신물이 나도록 먹었지."

허준은 가만히 박수온의 설명을 들었다. 점점 더 깊은 골짜기로 들어가는데 겨울을 이겨낸 약재를 찾아 캐야 한다고 박수온이 지팡이를 툭툭 쳤다. 허준은 박수온이 걸으면 따라 걷고 서면 같이 서고 하며 그림자처럼 행동했다. 그 모습이 딱했던지 그가 확실한 것 한두 가지 기억했다가 채취해 보라고 말했다. 허준은 쑥스럽게 웃었다. 거초 약재는 많이 봤어도 생약재는 낯설어서 허준은 당황스러웠다. 푸릇푸릇 살아 있는 연초록 이파리는 접해 본 적이 별로 없어서 종류별로 돋아난 햇순이 모두 똑같아 보였다. 사람의 얼굴이 다 다르듯이 나무도 이파리도 모두 자기만의 얼굴이 있다고 그걸 생각하라고 조언했다. 그때부터 특징을 관찰하기 시작했다. 조금씩 다른 게 보이기 시작했다. 세 잎짜리, 다섯 잎짜리, 톱니바퀴 모양, 둥그런 모양 갖가지 형상의 잎들이 모여서 숲을 이루고 있었다.

봄나물을 뜯으러 산을 헤집고 다니다 보니 여름이 왔다. 비가 그친 뒤에는 버섯을 채취하러 깊은 산속으로 들어갔다. 버섯을 따는 일은 잎을 따는 것보다 더 어려웠다. 독버섯인지 식용인지 알 수가 없었다. 화려할수록 독버섯이라는 말도 다 맞는 말은 아니었다. 산촌에서 자란 박수온이 도와주지 않았더라면 허준은 헷갈려서 힘들었을 것이다. 비 온 뒤의 숲은 이끼로 덮여 있고 미끄러웠다. 암반보다 낙엽이 더 미끄러웠다. 말굽버섯, 뽕나무버섯, 느타리, 참나무, 표고, 목이, 석이, 영지, 상황…… 종류도 다양했다. 버섯을 채취하여 말려 두었다가 약재로 썼고 열매 또한 그런 식으로 갈무리했다. 나무 한 그루에서 피어나는 새순과 꽃과 열매와 뿌리가 모두 약이 되기도 하였으니 오가피나 엄나무 같은 경우였다. 자연에서 나는 생명체는 버릴 게 없었다. 허준은 피곤한 몸을 짚더미에 기대어 지난 시간을 돌아보았다. 의원의 길을 간다고 유의태 문하에 들어섰건만 침술이니 뜸이니 치료법은 배우지도 못하고 허드렛일만 하는 세월을 보냈다. 먼 산 위로 흘러가는 구름을 바라보며 막막한 인생 같아 허망함이 몰려왔다. 자신이 선택한 길이 맞는지 스스로에게 물어보았으나 달리 뾰족한 방도가 없었다, 그나마 진급을 한 것이라면 약재를 다루는 창고지기가 되었다는 것이었다. 약재 창고에 들어서면 박하 향 같기도, 마른 잎 냄새 같기도 한 세상의 온갖 약재가 말라가는 냄새로 가득 찼다. 잘 마른 잎과 나무와 열매를 구분하여 이름을 써서 무명이나 삼베 주머니에 매달아 놓은 장소는 보물 창고였다. 허준은 스승 유의태의 책장에서 본 의학서가 눈

앞에 늘 어른거렸다. 중국에서 들어온 귀한 서책을 어떻게든 읽어보고 싶어 애가 탔다. 막쇠가 갖다준 사상집들도 손때가 묻어 얼룩이 질 정도로 읽고 또 읽었다.

정원에는 여름꽃들이 한창이었다. 자색 자귀와 배롱꽃이 피어 나른한 오후에 잠겨 있고 제비 새끼들이 처마 밑을 날아다니는 정경마저도 쓸쓸한 심경을 자아냈다. 옥잠화가 꽃봉오리를 밀어 올리는 나른한 정원의 한 모퉁이에서 허준은 무의식중에 화초의 이름을 떠올리는 자신을 발견하고 헛웃음이 나왔다. 작약, 기린초, 도라지꽃이 피어 있고 연못에는 꽃창포와 부들, 연꽃이 여름의 더위를 달래주고 있다. 꽃을 바라보되 약재를 먼저 떠올리는 허준에게 어느덧 자신감이 붙어 혼자서도 산행을 할 수 있었다. 답답하면 지게를 짊어지고 산을 올랐다.

입추를 지나 처서가 되자 날씨가 변덕을 부렸다. 서리가 오기 전에 열매를 채취해야 했다. 새로 들어온 문하생과 한정수만 남기고 정영태, 조달수, 박수온, 이병기, 허준이 지게를 짊어지고 깊은 산속으로 들어갔다. 지리산 깊숙이에서 한 해 동안 쓸 열매와 뿌리를 구하러 출동하였다. 나뭇잎이 누렇게 낙엽이 되어 떨어지는 풍경을 보며 또 한 해가 가는구나 싶어 감회가 새로웠다. 잎사귀는 지고 뿌리에 영양이 모이는 계절이었다. 백봉령을 비롯하여 뽕나무, 산백초근, 당귀와 황귀, 둥글레, 우슬, 만삼, 하수오의 뿌리와 마가목 열매, 은행, 오미자, 구기자, 찔레, 제피, 소태나무, 맥문동, 까마중, 산수유의 열매를 종류별로 담았다. 참나무 군락지에는 도토리가 수북이 떨어져 쌓여 있다. 멧돼지가 구덩이를 판 흔적을 만나며 더 깊이 산속으로 들어갔다. 지리산은 깊고도 높았다. 가야산, 왕산, 자굴산, 웅석봉을 다닐 때와는 다른 넓고 깊은 어머니의 품속 같았다. 심마니들이 묵는 오두막에서 하루를 묵으며 일행은 떡을 한 덩이씩 나누어 먹었다. 깊은 산에서 며칠씩 보낼 때는 마님이 떡을 해서 싸 주었는데 잔칫날에나 맛보는 귀한 떡을 먹으며 고됨을 잊었다. 아침에 일어나니 높은 산에는 무서리가 내렸다. 산속을 헤매며 허준은 삼 년이 꽉 찬 세월을 보냈음을 상기했다.

이틀을 산에서 머물고 내려온 다음 날 허준은 유의태를 찾아갔다. 서책을 뒤적이던 유의태가 넌지시 바라보며 무슨 일이냐는 듯 눈으로 물었다.

"스승님, 도성을 떠난 지 올해로 삼 년이 되었습니다. 본가에 들러 처와 어머니를 모셔 올까 합니다."

"삼 년이라…… 한 달 말미를 줄 터이니 다녀오도록 해라."

"감읍할 따름입니다."

"거주할 집은 마련하였느냐."

"다행히 그리 멀지 않은 곳에 오두막을 구해놨습니다."

"다행이구먼."

허준은 큰절하고 물러 나왔다. 어머니의 얼굴이 어른거렸다. 정임은 잘 지내고 있는지 비로소 가족 생각에 가슴이 아려 왔다. 화살같이 지나가 버린 삼 년이었다. 겨울 땔감을 구하러 매일이다시피 험한 산을 헤매어 다닌 일, 장작을 패고 물을 긷고 언 손을 불어 가며 피고름 묻은 환자의 옷을 빨고 약초를 캐러 다니느라 산중에서 산짐승을 만나 혼비백산했던 일들이 한순간에 떠올랐다. 유수와 같은 세월이었다. 봇짐을 꾸려 문하생들에게 인사를 하고 길을 나섰다.

4. 십 년 세월 동안

"어머니, 절 받으십시오."

보름 만에 도착한 본가에서 어머니 앞에 무릎을 꿇고 큰 절을 올리는 허준의 가슴이 미어터질 듯 먹먹했다. 어머니가 두 손을 맞잡아 일으켜 주며 고생했다고 잘 견뎌주었다고 등을 쓰다듬었다. 저만치 정임이 두 손을 가지런히 모아 잡고 수줍은 듯 고개를 숙이고 서 있다. 넓은 이마와 초승달 같은 눈썹, 깊고 고요한 눈동자에는 사려 깊은 진중함이 배어 있었다. 여름 뜰의 옥잠화같이 흰 피부는 귀티가 났고 목에서 어깨로 흐르는 둥근 곡선은 어여쁘게 자란 집안의 여식으로 보일 만큼 선이 고왔다. 허준은 힐끔힐끔 정임에게 곁눈을 주며 벅찬 감정을 주체하지 못했다. 심장이 쿵쿵거리며 폭포수가 바윗돌을 때리듯 세찬 소리가 내부에서 흘러나오는 듯하여 두 손을 가슴팍에 대고 지그시 눌렀다.

허준의 요동치는 가슴과는 별개로 집안은 적막이 감돌았다. 담장 밖으로 가지를 길게 뻗은 감나무가 마지막 남은 홍시 몇 알을 등불처럼 매달고 있는 풍경이 더욱 집안을 고즈넉하게 몰고 갔다. 그날 밤 허준은 어머니와 도란도란 담소를 나누었고 정임이 그 옆에서 조용히 그들 모자의 말을 귀담아들었다. 유의태 집에서의 일들, 지리산과 왕산을 오르내리며 채취한 산야초 이야기에서부터 옛 조상들이 살았던 흔적이 고스란히 녹아있는 가야 설화를 들려주다가 어느 사이 눈꺼풀이 자꾸 무거워졌다. 허준은 밤이 깊어 호롱불을 끄고 잠에 들었다.

며칠이 지나 집 안 정리를 끝낸 허준은 어머니와 정임을 데리고 길을 나섰다. 허준의 발걸음은 하늘을 날아갈 듯 가벼웠다. 들판과 언덕과 숲을 지나 고개를 넘어가는 허준은 힘든 줄 모르고 길을 안내했다. 아내 정임을 바라보는 허준의 눈빛이 동백꽃처럼 타올랐다. 허준과 정임을 바라보는 어머니의 눈빛에도 봄볕 같은 따스함이 말갛게 고였다. 앞서거니 뒤서거니 두런두런 이야기하며 그들 세 사람은 산길을 갔다.

산음에 도착한 때는 상강 무렵이었다. 서리가 허옇게 내린 들판을 바라보며 입동이 시작됨을 체감했다. 막쇠가 빈집 아궁이에 불을 지펴놓아 방안은 훈훈했다. 어머니는 마당을 둘러보며 주머니에 고이 간직해 온 씨앗을 대바구니에 담아 선반에 올려놓았다. 이제 봄이 되면 화단과 텃밭에는 어머니의 화초가 꽃을 피울 터였다. 며칠 후 스승 유의태를 찾아뵈었더니 뜻밖에도 침술 환자를 도우라고 말했다. 가슴이 벌렁거렸다.

"스승님, 청이 하나 있습니다."

"말해보거라."

"스승님 서가에서 의학서 공부를 하고 싶습니다."

"흠, 필요한 일이지. 그렇게 하도록 해라."

허준은 순순히 허락한 유의태에게 큰절을 올리고 날개가 달린 듯 뛰다시피 숙소로 돌아와 문하생들을 만났다. 모두들 다시 만난 허준을 동기간 보듯이 반겨주었다. 조금 후 한정수가 허준을 불렀다.

"침술 강의가 있을 터이니 빠짐없이 참석하라는 스승님의 전언이다."

환자를 앞에 놓고 유의태가 침통에서 천에 둘둘 말린 침을 하나 뺐다.

"몸이 허할 때는 침을 곧바로 놓아서는 아니 된다. 우선 정신을 집중하여 침 자리를 찾고 환자에게 호흡을 가다듬어 날숨을 쉬게 한 다음에 침을 놓는다. 침을 비틀거나 돌리면 아니 된다. 그렇게 하면 침을 통해 몸속의 정기가 빠져나가게 되느니라. 침을 꽂은 상태에서 기운이 생기는 것을 손끝으로 느끼면 환자에게 들숨을 들이쉬게 하면서 침을 빼느니라. 이때 빠져나간 나쁜 기운이 다시 침 구멍을 통해 들어오지 못하도록 손가락으로 침 구멍을 막아주어야 한다. 침을 꽂은 후에는 일정 시간 그대로 두어야 한다. 좋은 기운이 살아나는 게 느껴지면 그때 빼야 하느니라.”

“손끝으로 기운이 느껴지는 것을 어찌 압니까.”

유의태의 설명에 허준이 물었다. 유의태가 빙긋이 미소 짓더니 좌중을 휘둘러보았다.

“좋은 질문이다. 많은 경험을 통해 저절로 알게 되겠지만 특별히 정신을 집중하여 노력하면 그리되느니라.”

“……”

“일반적으로 구침요법이 있는데 장침, 대침, 호침, 참침, 피침…… 통증이 오른쪽에 있으면 침을 왼쪽에 놓고 왼쪽에 통증이 있으면 오른쪽에 놓느니라. 모든 경우에도 그렇지만 침을 놓기 전에는 반드시 3부 9후맥의 위치를 잘 살펴야만 침술을 정확하게 사용할 수 있고 병을 확실히 치료할 수 있느니라.”

“……”

“정수가 환자에게 자침해 보아라.”

한정수가 유의태의 말에 공손히 무릎을 꿇고 환자 옆에 앉았다. 문하생들이 모두 숨을 죽인 채 한정수의 일거수일투족을 지켜보았다. 한정수는 침을 촛불에 소독한 다음 경혈에 놓았다. 허리가 아파 꼼짝하지 못하는 환자였다. 한정수의 손이 떨렸다. 통점을 찾아 침을 놓는 한정수의 이마에 땀방울이 맺혔다. 얼마 후 환자가 일어나 앉자 조달수의 입에서 환호성이 터져 나왔다. 유의태가 흐뭇한 표정을 지어 보이며 고개를 끄덕끄덕하고는 일어서 나갔다.

　동지섣달이 지나 구정이 다가오자 허준은 유의태 집안에서 마련해준 계란 꾸러미와 기름종이에 싼 소고기 네댓 근을 들고 집으로 갔다. 두 달 열흘 여만이었다. 중증 환자를 빼고는 설이 가까워 오자 환자들도 오지 않았다. 의원은 썰렁했다. 오랜만에 조용한 의원에서 가족이 없는 박수온이 남고 다른 문하생은 구정을 쇠러 본가로 돌아갔다.

　아내 정임은 부엌에서 말린 피마자 잎과 장록을 불려 간장과 들기름을 넣어 무치고 소고기 뭇국을 끓였다. 피마자 기름을 머금은 촛불이 그을음을 피어 올리며 흙벽에 그림자를 드리우는 저녁이었다. 허준은 어머니와 정임의 얼굴을 바라보며 가장의 무게를 절감했다. 더욱 공부에 매진하여 의원이 되리라 다짐했다. 정월의 밤은 깊어 가고 아랫목

이 뜨끈뜨끈한 방에서 허준은 아내 정임과 도란도란 못다
한 이야기를 나누었다. 옆방에서 어머니의 코 고는 소리가
들려왔다. 멀리서 여우 울음이 들려오는 밤이었다.

　다시 봄이 왔다. 산과 들에는 연둣빛 새순이 검은 몸피를
헤집으며 튀어나오고 꽃봉오리가 부드러운 바람을 타고 사
방에서 피어났다. 여기저기 꽃향기가 가득했다. 자루를 지
게에 얹어 산속으로 산야초를 구하러 다니는 나날이었다.
해마다 되풀이되는 행사였지만 또 해마다 감회가 새로웠
다. 늘 다가오는 봄이건만 새로 맞는 봄은 지난해의 봄과
다른 바람의 냄새가 났다.

　며칠 동안 산야초를 구하느라 산을 돌아다니다 오니 의원
에는 환자들이 몰려들고 있었다. 환자를 받느라 박수온이 초
췌해진 몰골로 이리 뛰고 저리 뛰며 바쁘게 움직였다. 지게
에서 자루를 내려놓자마자 허준도 앞치마를 두르고 환자를
치료하는 일에 뛰어들었다. 직접 치료는 못하더라도 옆에서
보조 역할은 알아서 척척 할 정도로 익숙했다. 약재 창고에
서 약을 분류해 놓거나 숯불을 화로에 담아놓고 약탕기에 약
재를 끓일 준비를 했다. 들어오는 환자들이 설사하거나 토하
거나 어지럼증을 호소했다. 음식물을 죄다 토했다.

"역병이 도는 듯하네."

읍내에 나갔던 한정수가 어두운 얼굴로 문하생들에게 말했다. 그는 이미 유의태 거처로 가서 읍내 상황을 보고하고 온 터였다. 어수선한 가운데 현감이 유의태를 찾아왔다. 진주목사로부터 온 파발에는 역병이 돌고 있으니 특별히 백성들을 치료하는 일에 소홀함이 없도록 왕이 전교를 내렸다는 전갈이었다. 현감이 돌아가고 구민당에 나타난 유의태가 환자들의 상태를 직접 챙겼다. 평소에는 한정수에게 맡기거나 조달수, 정영태, 박수온이 돌보았는데 이날은 약재를 챙기고 탕약을 끓이게 한 후 환자 근처에서 지켜보았다. 상태가 호전되는 환자와 중증 환자, 초짜 환자를 구분하여 방을 배정하고 면회를 금지했다. 가족이라도 접근을 금했다. 구민당에는 금줄이 쳐졌다. 환자의 의복은 양잿물에 삶아 장대에 널었다. 수저와 그릇은 물을 끓여 소독했다. 촛대걸이에 불꽃 심지가 밤새 피마자기름을 빨아올리며 어두운 밤을 밝혔다.

많은 사람이 죽었다는 소문이 돌았다. 흉흉한 소문은 의원에도 전달되어 허준은 어머니와 정임이 걱정스러웠다. 돌림병에 걸려 죽은 사람들은 장례를 제대로 치르지 못해 시신을 방치했다. 방치된 시신 주위로 들쥐가 들락거렸다.

파리와 야생 짐승이 시신 근처에 어정거렸고 사람들은 더욱더 집안에 웅크려 나오지 않았다. 현감이 다시 유의태를 찾아왔다.

"유 의원, 내 이렇게 다시 찾아왔소이다."

"어서 오십시오. 현감 나으리."

"읍민들의 상황을 보고하고 백성들의 동태를 살펴야 하는데 어찌하면 좋소."

"안 그래도 백성들이 염려되어 살펴보려던 참이었습니다. 허준과 박수온은 나를 따르고 한정수, 정영태, 조달수, 김병기는 의원을 지켜야 한다."

"염려 마시고 다녀오십시오."

한정수가 허리를 깊이 숙여 배웅했다. 의원을 한정수에게 맡길 만큼 그의 실력을 인정한다는 뜻인가. 허준은 한정수가 부러웠다. 자신은 언제쯤 환자들을 진료하고 처방을 내리는 의원이 된다는 말인가. 허준은 한숨을 내쉬며 치료 도구가 든 바랑을 짊어졌다. 고을을 돌아보며 유의태는 만나는 사람마다 개울물이나 우물물을 그냥 마시지 말고 끓여 먹어야 하며 환자가 있는 경우에는 방을 따로 써야 한다고 소리높여 외쳤다. 허준과 박수온이 유의태와 헤어져 골목골목을 다니며 소리쳤다. 그러다가 고을에서 좀 떨어진

외딴집 마당에 들어섰을 때였다. 고약한 냄새가 진동했다. 누구 있냐고 소리쳐 불렀으나 대답이 없었다. 방문을 열어 보니 죽은 지 꽤 되었는지 피부색이 변한 노인이 누워 있었다. 주위를 둘러봐도 지나가는 사람이 없고 강아지 한 마리 없었다. 허준이 수레를 끌고 와 노인을 이부자리에 둘둘 말아서 공동묘지로 싣고 갔다. 박수온이 뒤에서 밀고 허준이 앞에서 끌었다. 두 사람은 땅을 파서 노인을 묻어주고 노인이 쓰던 이부자리와 옷가지를 마당에서 태웠다.

해가 지고 저녁이 되자 허준은 지친 몸으로 의원으로 돌아왔다. 박수온은 저녁 끼니를 굶은 채 쓰러져 잠이 들고 유의태의 사랑방과 서가에는 밤이 늦도록 촛불이 켜져 있었다. 서가에는 책장에 의서를 비롯한 사서삼경과 동양의 시편이 빼곡히 들어차 있었다. 허준은 방 안에 가득한 먹향과 종이 냄새를 깊이 들이마셨다. 결핍된 뭔가가 충족되는 느낌이었다. '황제내경'을 집어 들었다. 촛불이 깜박이며 그을음이 생겨났다. 등잔에 기름이 거의 다 소진되고 있었다. 첫닭이 울었다. 허준은 몸은 피로했지만 마음은 충만한 희열로 가득 찼다. 매일매일이 고단했지만 일이 끝나면 허준은 서가로 달려갔다. 밤마다 책을 꺼내어 읽고 생각하고 연구했다.

허준이 마당에서 화로에 부채질을 하고 있을 때였다. 본가에서 보낸 막쇠가 어머니의 언문 편지를 전해주고 돌아갔다. 한지에 쓴 어머니의 가지런하고 동글동글한 글씨체를 펼쳐보며 허준은 눈을 크게 떴다.

― 준이 보아라. 며늘아기도 볼 겸 일간 다녀가거라.

생전 편지라고는 보낸 적이 없는 어머니였다. 며늘아기도 볼 겸……에서 허준은 맥박이 뛰고 이마에 땀이 나며 불안해졌다. 무슨 일이 있는 것일까. 왜 정임을 보러 오라는 것인지, 평소의 어머니와 다른 분위기에 마음이 어지러웠다. 다음날 허준은 유의태에게 고하고 말미를 얻어 본가로 갔다.

멀리서 초가를 둘러싼 대나무 잎이 흔들리는 게 보였다. 늦은 봄 죽순을 잘라내도 대나무는 씩씩하게 자랐다. 비가 온 다음 날이면 어른 키만 한 크기로 자라났다. 초여름의 밥상에는 늘 죽순나물이 올랐다. 한양에서 귀한 죽순이 산음과 생초 땅에서는 지천이었다. 대나무 가지가 이리저리 휘어지며 바람 소리가 났다. 허준은 잰걸음으로 집을 향해 달렸다.

초여름의 햇볕이 마당에 가득 밝은 빛을 드리웠다. 반질반질한 장독대가 보이고 화단 앞에서 꽃잎을 따던 정임이 보였다.

"부인."

"서방님."

허준이 부르자 앞치마를 두르고 손에 대바구니를 든 정임이 돌아보며 미소를 지었다. 그 웃음이 너무 밝아 허준은 가슴이 뭉클했다. 가난한 집에 시집와서 어머니를 모시고 고생하는 정임이 늘 안쓰러웠다. 화단에는 여름꽃이 한창이다. 옥잠화, 수국, 도라지, 백일홍, 분꽃, 봉숭아…… 꽃밭 속에 서 있는 정임이 달덩이처럼 고왔다.

"별일 없었소."

"네, 그런데 어인 일이시온지."

"어머니는 어디 계시오."

"뒤뜰에서 머위 대를 뜯고 계십니다."

허준은 어머니를 찾아 집안을 살폈다. 빗자루가 지나간 마당은 말간 햇살이 머물렀고 꽃이 핀 한편에는 참나물, 곰취, 머위, 씀바귀 같은 약초가 푸들푸들 생기를 띠고 있다. 어머니의 손길이 닿은 흔적이었다. 한양에서부터 고이 싸온 씨앗이 산음 고을에서 퍼지기 시작했다.

어머니는 머위 대 껍질을 벗겨 대바구니에 담아놓고 먼 산을 바라보고 있었다. 허준이 부르자 어머니가 왔느냐, 그러고는 다시 또 먼 산등성이 너머를 바라보았다.

"대감마님은 강녕하신지, 이맘때면 산나물을 즐겨 드셨
는데 제대로 드시기나 하실는지."

"어찌 언문 편지를 주셨는지요."

"며늘아기가 임신했구나."

"네? 그게 정말입니까."

허준은 기쁨에 입이 벌어졌다. 어느 사이 정임이 다가와
그런 허준을 바라보았다. 고맙소. 허준은 정임의 손을 덥석
잡았다. 아들과 며느리를 바라보는 어머니의 표정에 평화
가 머물렀다. 기쁨의 상봉 후 어머니와 정임이 바빠지기 시
작했다. 어머니가 나물을 다듬고 정임이 아궁이에 불을 지
펴 솥에 보리쌀을 안쳤다. 밥상에는 삶아서 소금과 들기름
에 무친 뽕나무 잎, 간장에 무친 머윗대, 들깻가루를 넣어
볶은 죽순나물이 올랐다. 지난 설 이후 세 식구가 다시 한
자리에 모여 오붓한 식사를 했다. 허준은 아내 정임의 상태
를 살폈다. 몸은 괜찮은지 아기는 건강하게 자라고 있는지
걱정이 되어 밥을 먹으면서도 자꾸 정임을 주시했다. 허준
과 눈이 마주치자 정임은 볼이 발그레해져서 고개를 숙였
다. 허준이 정임에게 해줄 수 있는 것은 아무것도 없었다.
모든 것을 어머니에게 맡기고 허준은 의원으로 돌아왔다.

허준은 더욱더 의서 공부에 매달렸다. 낮에는 구민당에

서 환자를 돌보고 밤에는 서가에서 의학서를 읽었다. 대대로 전해 내려오는 의학서의 종류는 많았으나 마음에 흡족하게 남는 내용은 없었다. 황제내경만 보더라도 오래된 전통과 우주 만물, 삼라만상, 음양오행 같은 도교적인 배경에서 우주 내적인 원리를 밝히려 애쓰는 학문서였다. 자연요법과 예방치료법을 위시하여 생태학과 연관이 있지만 한편으로는 구체적인 임상 치료의 접근이 아쉬웠다. 기존의 의학서에는 다양한 고가의 약재를 처방함으로써 일반 백성은 엄두를 못 내는 처방이 주로 이루어진 것도 아쉬웠다. 허준은 갈 길이 멀다는 생각에 초조해졌다. 우리 주위에서 구할수 있는 동식물로 약재를 얻도록 한다면 더할 나위 없이 좋을 것이었다.

허준은 지난여름의 자작나무 숲을 떠올렸다. 하얀 몸체의 자작이 산비탈 가득 서 있던 풍경은 무릉도원으로 가는 길목 같았다. 연둣빛 잎사귀들의 쉼 없는 흔들림, 스스로 껍질을 벗어버리며 날아오르려는 몸짓은 허준이 이르고자 하는 어떤 세계였다. 그 이후 힘들거나 두려움이 몰려오면 허준은 자작나무를 떠올렸다. 지난밤 허준은 꿈속에서 자작나무 길을 걸었다. 아침에 꿈에서 깨어 꿈의 의미를 헤아려 보았으나 아무런 단서를 얻지 못했다. 기분은 나쁘지 않았다.

하루하루 바쁜 나날 중에도 시간은 흘러 어느덧 기러기 떼 날아가는 계절이 되었다. 들판에 첫서리가 내린 어느 날 막쇠가 아내 정임이 아들을 낳았다는 전갈을 가져왔다. 함께 있던 구민당 문하생들이 모두 듣고 축하했다. 허준은 그때 자작나무 숲을 떠올렸다. 가슴에 한 줄기 빛이 지나가는 듯한 느낌에 하늘을 우러렀다. 아들이라니, 기쁨과 두려움이 교차하며 불안의 그림자가 언뜻 스쳐 갔다. 자신의 처지를 돌아보면서였다. 서얼 자식은 과거시험의 문턱이 높았고 양반댁 규수와 혼인은 물론 변변한 직업을 가질 수가 없었다. 허준은 어떻게 해서든 자식만은 고생시키지 않으리라는 다짐으로 주먹을 꽉 쥐었다.

5. 오해

　그날 허준은 꿈자리가 사나웠다. 밤새 쫓기는 꿈을 꾸다가 눈을 뜨자 온몸이 후줄근하게 젖어 있었다. 피곤한 몸을 겨우 일으켜 약방으로 갔다. 머리가 어지러웠다. 사랑채에서 머슴이 허준을 부른 것은 막 정신을 차리고 일을 시작하고 있을 때였다. 유의태가 허준을 부른다는 전갈이었다. 약재 창고에서 약초를 분류하다가 허준은 앞치마를 두른 채로 급히 사랑방으로 갔다. 한정수와 새로 들어온 보조 의생 광수가 같이 있었다.

　"스승님, 부르셨습니까."

　"건넛마을 김진사 댁에 좀 다녀오너라. 세 사람이 함께 가도록 해라."

　"무슨 일이시온지요."

　"가보면 알 것이니라."

　유의태에게 인사하고 한정수와 허준, 보조 의생 광수가 길을 나섰다. 각자 자신이 쓰던 의료기구를 천에 둘둘 감아 바랑에 넣었다. 김진사 댁은 정원에 두 그루 소나무가 있고 연못이 있으며 연못을 가로지르는 구름다리가 놓여 있어 행세깨나 하는 집안 같았다. 김진사는 허준 일행을 반갑게 맞아들이며 외아들이 앓아누웠다고 근심스럽게 말했다. 비단 금침에 누워 있는 외아들은 스무 살 안팎의 도령이었다. 먼저 사유를 물었다. 외아들에게 명마를 사주었더니 말을 몰고 나가면 며칠씩 집에 들어오지 않고 선산 묘지막이나 집안 농사일을 하는 외거노비 오두막에서 보내기 일쑤였는데 그만 덜컥 병이나 앓아누운 지 사흘째라고 했다. 한정수와 허준의 눈이 마주쳤다, 동시에 두 사람이 대답했다.

"습병입니다."

"고칠 수가 있겠소?"

"우선 진료를 해보겠습니다."

환자의 얼굴이 부석부석하고 땀이 나 번들거렸으며 몸이 매우 차가웠다.

"뼈마디가 쑤시듯이 아프십니까."

환자가 고개를 끄덕였다. 오줌을 잘 누지 못한다고 옆에서 김 진사가 거들었다. 환자는 이불을 온통 둘둘 말아 감고 있으며 춥다고 했다. 풍습이었다. 감초와 부자 흰삽주, 계지를 썰어 한 첩을 달여 마시게 했다. 우선 땀을 내는 게 중요했다. 환자는 온몸이 무겁고 배가 더부룩하며 팔다리의 뼈마디가 아프다고 했다. 숨이 차고 가슴이 답답해서 정신이 혼미해지거나 어지럽고 구역질 나고 딸꾹질했다.

"습한 바닥에 오래 누웠거나 먼 곳을 가면서 물을 건너갔거나 비를 맞은 일이 있으십니까."

환자가 또 고개를 끄덕였다. 김진사는 족집게처럼 맞추는 허준과 한정수를 보고 얼굴이 환하게 펴지며 금방이라도 나은 듯 허둥거렸다.

"설사하시지요?"

그렇다고 이번에는 김진사가 대답했다. 한정수가 자신 있게 나서서 처방을 내렸다. 흰삽주, 인삼, 함박꽃 뿌리, 부자, 계지, 백봉령, 건강, 감초를 썰어 한 첩으로 하여 생강 다섯 쪽과 대추 2알을 물에 넣어 달였다. 하루가 지나 환자가 차도를 보였다. 한정수가 뒷일을 허준에게 맡기고 의원으로 돌아갔다. 그대로 하면 나을 것이라는 확신이 선 모양이었다. 저녁 무렵이 되자 허준은 다시 처방을 썼다. 몸이 무거운 것을 염려하여 삽주, 후박, 반하, 곽향, 귤껍질, 감초를 썰어 생강 7쪽과 대추 2알을 함께 넣어 달였다. 김진사 아들의 습병은 서서히 잡혀갔다.

"허 의원, 내 모친께서 오래전부터 기갈병을 앓고 계시오. 워낙 오래된 터여서 그러려니 했는데 이번에 허의원이 치료하는 걸 보니 신뢰가 가오. 좀 봐주시오."

"허준은 노마님의 오줌을 받아달라고 했다. 요강에 오줌을 담아 온 것을 허준이 손가락으로 찍어 맛을 보았다. 의생 광수와 김진사가 놀라 눈을 크게 떴다.

"소갈병이오. 소갈병은 오줌이 답니다."

"어찌하면 좋겠소."

"처방을 써드릴 터이니 달여서 드시게 하십시오,"

그날 저녁 허준은 광수를 데리고 구민당으로 돌아왔다. 며칠 후 김진사 댁에서 떡이며 찹쌀 두 되, 콩 한 말, 쌀 두 말, 보리 서 말, 생닭 1마리, 소주 2병을 노비를 시켜 말에 실어 보냈다. 저녁에 퇴근하여 집에 오니 김진사 댁에서 떡과 술, 생닭 한 마리를 보내왔다고 정임이 말했다. 스승님 댁에도 보내고 하여 그 일은 크게 신경을 쓰지 않았다. 그런데 박수온이 근심스러운 낯으로 걱정을 했다. 허준이 출장 치료를 하며 돈을 받는다고 소문이 났다고 했다. 이 일을 스승님이 알고 크게 화를 냈다는 말을 덧붙이자 허준은 마음이 무거웠다. 그 일에 더하여 허준이 환자 오줌을 먹었다는 소문이 퍼졌다. 처음에는 오줌을 맛보았다더라에서 오줌을 마셨다더라로 소문이 번졌다. 김진사 댁 습병을 허준이 고쳤다는 소문은 인근 고을에 짜하게 퍼졌다. 소문은 보조의생 광수의 입을 빌려 더 크게 번져갔다. 유의태가 허준을 불렀다. 그 옆에 한정수가 앉아 허준을 매섭게 쏘아 보고 있었다.

"자네가 내 집에 온 지 얼마나 되었지?"

"아홉 해가 지났습니다."

"더 이상 가르칠 게 없고 배울 것도 없네. 그러니 독립하여 의원을 꾸려 생계를 도모하게."

"스승님, 아직 부족한 게 많사옵니다. 혹 김진사 댁 일로 그러십니까."

"의원은 아픈 병자를 치료하는 사람이다. 병자를 치료하고 나으면 의원이 잘해서가 아니라 약재와 환경과 정성이 뒷받침되어 나은 것이다."

"……."

"의원은 모름지기 겸손해야 하거늘."

"송구합니다. 그 일은 소인이 경솔했습니다."

"오늘부로 신입을 받았네. 그만 나가보게."

"스승님, 그 일은 죄송합니다. 제 불찰입니다. 용서해 주십시오."

"자네는 뛰어난 의술을 무기로 살아갈 수 있을 것이네."

유의태가 일어났다. 허준은 엎드려 애원했다. 문지방을

넘어가는 유의태의 도포 자락에서 찬바람이 일었다.

"그러게. 사람이 겸손할 줄 알아야지."

한정수가 비아냥거렸다. 허준은 천천히 일어나 숙소로 돌아와 짐을 쌌다. 오기가 발동했다. 어쩌면 혼자 의원을 개원할 수 있을지도 모른다. 스스로 자부심을 지닌 터였다. 십 년이면 긴 세월이었다. 그러나 곧 고개를 저었다. 유의태의 침술을 따라가려면 아직 멀었다고 생각했다. 직접적인 가르침을 주기보다 스스로 터득하기를 바라며 세밀한 침구술은 알려주지 않았기에 부족했다. 허준은 아쉬움에 한숨을 내쉬었다. 언제까지나 유의태 밑에서 허송세월 시간을 보낼 수는 없었다. 하지만 너무 급작스럽게 독립해 나가라니 당황스러웠다.

어깨가 축 늘어져서 집으로 돌아오니 외삼촌 김시흡이 와 있다. 허준은 김시흡에게 절을 한 후 저녁상에 마주 앉았다. 오랜만에 외숙을 만난 어머니는 도라지정과와 들깨죽순무침과 엄나무순 장아찌와 술을 준비하였다. 정임이 숯을 피워 버섯전을 만들어 상에 내놓았다. 분위기는 무르익어 탁주 두 병이 비워졌다. 김시흡은 어머니와 의붓남매였는데 어려서부터 서로 잘 어울렸다. 적자 소생인 김시흡과 소실에게서 태어난 어머니와는 신분이 달랐지만 남다른 우애가 있었다. 그 이야기는 김시흡에게 여러 번 들은 터였다. 허준은 술을 많이 마셨다.

다음날 허준은 외삼촌 김시흡을 따라나섰다. 어머니 고향인 담양에서 얼마간 머무를 계획이었다. 정임은 볶은 콩과 주먹밥과 미숫가루를 천 주머니에 담고 상비약 환약을 주머니에 채워 바랑에 넣어놓았다. 김시흡은 자주 멈추어 섰다. 이 길이 그 길 같고 그 길이 이 길 같아서 잘 모르겠다고 술을 얼큰하게 마시고 넘던 고개라서 그 봉우리가 맞는지 모르겠다고 중얼거렸다.

"저 짝 모퉁이 돌아서 제일 큰 봉우리로 가시면 되겠구먼요."

마을 사람에게 물으면 어정쩡하게 답이 돌아왔다.

"조어기 보이시지예 그리로 쭉 가서 다시 저기로 쭈욱 가면 될 겝니더."

고개를 하나 넘을 때마다 마을을 지날 때마다 사람들에게 물었다. 김시흡은 허준과 교대로 말을 타기도 하고 걷기도 하면서 함양을 지나 지리산 능선과 고개를 넘으며 남원에 다다랐고 그곳에서 섬진강을 따라가다가 다시 산길에 접어들어 장사꾼이 다니는 오솔길을 걸었다. 옥과를 지나 담양에 이르렀을 때는 꼬박 엿새가 걸렸다.

김시흡의 사랑방에는 인근 고을에 사는 유생들이 모여 시국을 논하거나 술추렴을 했다. 김시흡이 옥과에서 온 유팽로를 소개했다. 며칠 후 김시흡에게 노비가 편지를 전했다.

"유희춘[1] 대감댁에 다녀와야겠다. 행장을 채비하거라."

"무슨 일이십니까."

"유대감 댁 노모가 편찮으시다. 네 실력이면 충분히 고칠 수 있을 게다."

"알겠습니다."

김시흡이 앞장서고 허준이 뒤따랐다. 유희춘 집은 가까운 거리에 있었다. 고희 연세의 유희춘 노모는 누워서 허준을 맞았다. 원인은 목이 붓고 아프며 목소리가 갈려서 잘 나오지 않았다. 간간이 기침했다. 호흡이 고르지 않아 기관지가 약해져 있었다. 허준은 도라지, 감초, 인삼, 흰 삽주, 방풍, 형개, 박하, 건강, 적봉령 처방을 한 후 썰어서 약탕기에 직접 달였다. 노모가 약을 마시는 것을 보고 어두워서 돌아왔다. 몇 가지 추가로 약재를 처방해 주고 훗날 다시 오기로 했다. 유희춘이 노모의 병환을 핑계로 벼슬을 내려놓고 내려와 있는 상황이었다. 술을 한잔하고 가라고 붙잡

---

1 유희춘(柳希春, 1513년~1577년): 『미암일기』의 저자. 장령, 전라도 관찰사, 이조참판 등을 역임한 조선 전기의 문신이다.

앞으나 사양하고 김시흡과 돌아왔다. 며칠 후 유희춘 댁에 허준 혼자 들렀더니 노모의 병환에 차도가 있다며 유희춘이 기뻐했다.

허준이 외숙부 댁에 머무는 동안 간간이 아픈 병자를 돌보아 달라는 청이 들어왔다. 허준은 인근 고을을 다니며 병자를 치료했다. 허준이 다녀간 후 환자의 병이 잘 났다. 허준이 귀신같이 병명을 알아내고 고친다는 소문이 이웃 고을에까지 퍼져서 허준은 바빠졌다. 약재를 사지 못해 어려움을 겪는 백성들을 만날 때마다 허준은 고민이 깊어졌다.

"쉴 틈 없이 바쁘구나. 얼굴이 수척해졌구먼."

김시흡이 대견한 눈빛으로 바라보았다. 이때다 싶어 허준은 고민해 오던 문제를 상의했다.

"숙부님, 집을 한 채 마련해주십시오."

"집을? 살림이라도 차리게?"

"약재상을 해볼 생각입니다."

"의원이 환자를 치료하지 않고 약재상이라니."

"물론 환자를 치료할 겁니다. 약이 없어 치료를 못 받는 사람들을 돕고 싶어서입니다. 약초꾼에게 좋은 약재를 사서 중앙의 고관들에게 비싸게 팔아 이문을 좀 남기렵니다."

"하하, 장사치처럼 말하는구나. 내가 알아보겠다."

"돈을 좀 빌려주십시오. 추후 갚겠습니다."

"알겠네."

김시흡은 쓸만한 집 한 채를 구해주며 노비 한 명을 붙여주었다. 그리고는 한양의 이조판서 홍담에게 허준을 소개했다. 홍담을 통해 허준은 질 좋은 약초를 내의원에 올려보냈고 중앙약재상에도 비싸게 팔았다. 지리산과 담양, 순창, 옥과, 곡성, 화순 등지에서 채취한 약재를 팔러 사람들이 몰려들었다. 시중가보다 조금 더 얹어준 결과였다. 큰방에 약재 창고를 만들어 약초를 분류하고 작은 방 두 개와 마루에는 환자를 받았다. 허준의 명성은 나날이 커졌다. 허준은 김시흡의 노비를 시켜 어머니와 정임에게 편지를 써서 보냈고 편지 속에 돈을 같이 넣어 심부름을 보냈다. 당분간 담양에 머물 생각이라며 정임에게 어머니와 겸이를 부탁했다.

어느 날 유희춘이 김시흡과 허준을 초대했다. 노모의 병환이 나았다며 유희춘은 허준을 명의라고 추켜세웠다. 상에는 정성을 들인 양반가의 음식이 나왔는데 종류가 다양해서 허준의 눈이 휘둥그레졌다. 먼저 율무와 녹두죽이 나오고 꿩고기와 고사리 도라지 버섯 죽순 소고기를 잘게 찢은 잡채가 나왔고 가자미젓, 뱅어젓, 오징어젓, 새우젓과 양념장에 절인 노루고기와 호두와 땅콩, 밤을 꿀에 재어 만든 정과, 곶감, 민어와 조기구이, 파전에 술의 종류도 소주와 오가피주, 과하주, 송화주, 죽엽주와 청주가 나왔다. 찹쌀을 시루에 쪄서 손으로 문지른 후 누룩과 엿기름을 넣어 숙성시킨 맑은 청주는 독했다. 허준은 오랜만에 술을 많이 마셨다. 유희춘이 정색을 하고 허준을 바라보았다.

"허 의원, 과거시험을 준비하시지요. 그 좋은 의술을 지닌 채 약재상이라니 안타까워 그러오."

"당분간 이 일을 병행할 계획입니다."

"너무 바쁘면 공부할 시간이 없지요. 환자를 받는 일도 줄이고 내의원에 들어가야 하지 않겠소."

"좋은 말씀을 주셨습니다. 안 그래도 내 조카가 엉뚱한 길로 접어드는 게 아닌가 염려하던 터였습니다."

"어머니 병환도 좋아졌고 전하께서 교지를 내리셨으니 내일 도성에 가야 할 듯싶소."

"대감, 감축드립니다."

"감축드리옵니다."

김시흡이 맞장구치며 분위기는 물 흐르듯이 따스했다. 유희춘은 전라도 관찰사와 이조참판을 역임한 적이 있고 이번에 부제학에 제수되었다. 그날 밤 유희춘 댁에서 자고 이튿날 귀가하면서 허준은 가슴 한구석이 뻥 뚫린 듯 허전했다. 구구절절 유희춘의 말이 가슴 깊이 자리 잡고 있었다. 시간은 흘러 담양에 자리를 잡은 지도 두 해가 지나갔다. 한양의 중앙약재상과 내의원에서 허준의 약초가 큰 인기를 끌었다. 유의태 문하에서 몇 년 동안 직접 약초를 캐고 약재를 씻어 말리며 관리하던 경험으로 그는 품질 좋은 약재를 볼 줄 알았다. 담양 인근 고을에서도 환자가 몰려와 북새통을 이루었다. 김시흡의 노비 막비가 약초 분류를 도왔고 심부름했으며 벼루에 먹을 가는 일을 도맡아 했다. 막비가 아니었으면 허준 혼자 감당하기 어려웠을 것이다. 그 사이 본가에서 겸이 두 번 다녀갔고 막비를 세 번 심부름 보냈다. 편지와 치료 후 답례로 받은 쌀과 콩, 들깨와 찹쌀을 말에 실어 보냈다.

6. 세상 밖으로

태양과 달이 떴다 지고 봄 여름 가을 겨울이 지나갔다. 계절을 잊고 사는 허준에게도 초봄의 바람은 부드럽게 이마를 어루만지며 다가왔다. 나뭇가지에는 연둣빛 순이 윤기를 내며 경쟁하듯 돋아나고 생강나무에 노란 꽃망울이 병아리 솜털처럼 부드럽게 맺히기 시작하더니 산목련과 자목련이 탐스럽게 꽃을 매달았다. 허준은 마루에 앉아 먼 산골짜기를 바라보았다. 스승 유의태와 동료 의생들이 생각나며 마음이 쓸쓸해졌다. 봄바람이 장독대며 마당의 빨래를 한 바탕 휘젓고 지나가자 허준은 더욱 유의태 문하에서 함께 생활했던 사람들이 떠올랐다. 일이 손에 잡히지 않아 마음이 심란했다. 하루를 헛되이 보낸 어스름 녘이었다. 흰 수염을 가슴께까지 늘어뜨린 도인이 의원으로 들어섰다. 긴 지팡이를 짚으며 마당에 들어선 그는 대뜸 허준을 찾았다. 마당을 쓸던 막비가 허준을 불렀다. 그는 환자에게 뜸을 뜨고 있었다.

"허 의원, 있소?"

막비가 미처 소식을 전하기도 전에 도인이 마루에 털썩

주저앉으며 목마르다고 큰소리쳤다. 막비가 누구냐고 물어도 대답은 안 하고 물을 달라고 했다. 막비가 항아리에서 물 한 사발을 떠다 주었다. 그는 한숨에 물을 마시고는 주인을 찾았다. 막비가 당황하여 허준에게 고하기도 전에 도인이 성큼 집안으로 발을 디밀었다.

"저리 가, 저리 가!"

도인이 팔을 휘저으며 누군가를 쫓는 듯했다.

"여기는 내 자리일세. 저리가!"

한참 소란을 피우더니 그 자리에 벌러덩 드러누웠다. 환자를 들여다보고 있던 허준이 뒤를 돌아보았다. 도인과 눈이 마주쳤다. 낯이 익었다.

"허어, 온통 귀신 천지구먼. 그대들 자리가 아니니 썩 물러가래두."

"혜월 스님 아니십니까?"

"여기 이 환자도 좀 봐주오, 아무래도 죽을병에 걸린 것 같소."

"오랜만입니다. 스님, 그간 평안하셨습니까."

"허허, 알아보시겠소."

"소인이 이곳에 자리 잡은 걸 어찌 알고 찾아오셨습니까."

"허 의원 소문이 도성에도 짜아하더구먼. 산음에 들렀더니 유의태가 그러더군, 담양에 가면 볼 수 있다고."

"스승님은 평안하신지요."

"그 친구야 지구가 흔들려도 꿈쩍 안 할 사람이지."

혜월이 눈빛을 빛내며 웃었다.

"내 한양 도성을 지나다가 방이 붙었길래 소식을 전하려고 왔네. 식년시1가 열리네. 잡과도 같이 열리지."

"과거시험이요?"

"3년에 한 번 돌아오는 정기 시험 말이네."

허준은 귀가 번쩍 뜨였다. 3년 전 스승 유의태의 권유에 따라 과거시험에 나섰다가 길에서 환자를 돌보느라 지각한 후 시험 문턱에도 못 가보고 귀가한 일이 생각났다. 아내 정임과 어머니를 대하기도 어려웠지만 스승 유의태에게 더욱 민망하고 송구스러웠다. 그간 문과나 무과를 위한 알성시는 있었어도 잡과인 의과 시험은 없었기에 혜월의 소식은 가뭄에 단비였다.

"스님, 소식은 고맙습니다만 혜안을 뵈니 원로에 고단하여 피곤이 누적되었을 뿐 어디 상한 곳은 없는 듯싶습니다."

---

1 식년시: 조선시대 3년마다 정기적으로 시행된 과거.

"허허, 명의가 다 됐네. 나는 절골 도반스님 만나러 가야 겠네. 수고하게나."

혜월이 툭툭 털고 일어나 바람같이 사라졌다. 미처 붙잡을 새 없이 가버린 혜월이 허준은 서운했다. 일이 손에 잡히지 않았다. 삼 년 전 눈물을 머금고 발길을 돌린 후 절치부심 얼 마나 기다린 소식이던가. 허준은 독립하여 고향 산청 부근에 작은 의원을 낸 박수온을 떠올렸다. 그는 과거시험에는 관심 이 없고 작은 고을에서 소박한 의원으로 살길 원했다. 함께 공부하던 문하생들은 일정 수준에 이르러 각자 고향으로 뿔 뿔이 흩어지고 새로운 얼굴들이 의원이 되겠다며 들어왔다. 김병기는 의원을 열 생각은 없고 유의태 문하에서 한 생을 보내고 있었고 어인 일인지 스승도 그를 굳이 떠나보낼 의중 이 없는 듯하였다. 그는 의원보다는 산삼이나 약초를 캐는 산꾼이 어울렸다. 이 골짜기에서 저 골짜기로 이 능선에서 저 능선으로 날다람쥐처럼 날아다니는가 하면 약초에는 일가 견이 있어서 말라붙은 겨울의 식물 줄기만으로도 이름을 알 아맞히었다. 그의 별명이 그래서 산신령이었다. 산신령 김병 기는 산야초를 채취하며 산을 누비는 것을 낙으로 삼았다. 한편으로 허준은 김병기가 부럽기도 하였다. 아무런 욕심 없 이 산속을 헤매며 산신령처럼 산다면 필경 선인이 되리라.

허준은 본가에 잠깐 들른 후 도성을 향해 길을 떠났다. 처서가 지나 선선한 바람이 불 때였다. 어머니는 혹시 모를 아들의 입신양명에 마(魔)가 낄까봐 노심초사하며 환약을 만들었다. 감초, 대추, 삽주뿌리 등을 빻아 가루로 만든 다음 꿀에 넣어 환약으로 빚었다. 어릴 적부터 배앓이를 자주 해 온 허준이 익숙지 않은 환경에서 몸이라도 상할까 염려해서였다. 괴나리봇짐2을 지고 한양으로 향하는 허준의 가슴이 뭉게구름처럼 피어올랐다. 그간 유의태의 서가에서 읽은 책만 하여도 몇 수레는 너끈했다. 의학서뿐만 아니라 동양의 고전을 읽고 사색하고 고뇌했다. 어떤 문제가 주어지더라도 준비는 돼 있었다. 나머지는 운에 맡길 따름이었다.

문경새재에 다다르자 선비 두 사람이 고갯마루에서 쉬고 있었다. 허준도 봇짐을 부려놓고 그들 두 선비 옆에 주저앉았다.

"영주 사는 안두수요."

"밀양에서 온 손영복이오."

"허준이라 합니다. 산음에서 오는 길이오."

---

2 괴나리봇짐: 먼 길을 떠날 때 짊어지고 가는, 자그마한 보자기로 꾸린 짐.

세 선비는 한눈에도 과거를 보러 가는 처지임을 알아보았다. 옷에서 한약재 냄새가 났기 때문이다. 이제 또 길을 가봅시다, 밀양에서 온 손영복이 말하자 영주 선비 안두수가 일어나 누군가 쌓아놓은 돌탑에 돌멩이 한 개를 얹었다. 그러자 손영복이 따라서 돌을 얹고는 허준을 돌아보았다. 허준은 웃기만 하고 괴나리봇짐을 등허리에 둘러멨다. 멀리 굽이굽이 산길이 강물처럼 휘돌아 나가는 게 보였다. 계곡에는 붉고 노란 단풍이 들기 시작하였다.

"백성들 사이에 약재계가 성행하고 있다 하오."

"그건 무슨 소리요."

"비싼 당송 약재나 명나라에서 들여오는 약재 값이 비싸 계를 한다는 말이오."

"아니 왜 비싼 당약을 쓴답디까. 우리 산천에 널린 게 약재거늘."

"그게 다 가진 자들을 위한 처방을 해서 그런 것 아니오."

"비싼 약재를 처방한 것도 문제지만 대국에서 들여오는 약재를 원하는 양반들이 문제군요."

손영복과 안두수의 대화를 듣고 있던 허준이 끼어들며 한마디 했다. 두 선비가 호기심에 귀를 세우고 허준을 쳐다보았다.

"제가 볼 때는 대국의 의서에 의존하는 작금의 폐단 때문인 것 같소이다."

"호오, 무슨 방도가 있소?"

"조선의 환경에 맞는 의서가 있어야겠지요."

"의도는 좋지만 그걸 누가 한단 말이오."

"누군가는 해야겠지요."

허준은 두 선비와 대화를 이어가면서 어렴풋이 해야 할 일이 생겼음을 알았다. 왜 그 생각을 여태 못했을까. 조선의 현실에 맞는 의학서와 조선 백성에게 맞는 약재를 처방하는 일을 떠올리자 허준은 가슴 속으로 희망 하나가 생겼다. 그의 머릿속으로 하얀 자작나무 숲이 펼쳐졌다.

"이번 과거시험에 떨어지면 더 이상 희망이 없소이다. 벌써 다섯 번 실격을 했으니 나이도 있고 뭘 해야 할지 모르겠소."

"나도 걱정이오. 이번에 떨어지면 일찌감치 내의원 길을 접고 지방 고을에서 의원을 열 생각이오. 호구지책이야 면하지 않겠소."

영주에서 온 안두수의 말에 밀양 선비 손영복이 담담하게 대꾸했다. 과거시험에 통과하는 순간 출세가 보장되는 만큼 그 길이 쉬운 것은 아니었다. 많은 선비들이 낙방을 하고 실의에 잠기거나 가문을 살려야 한다는 과도한 기대에 시들어 갔다. 허준은 두 선비의 낙담한 표정을 보며 자신의 인생을 돌아보았다. 출세를 위해? 가문을 위해? 꼭 그런 것만은 아니었다. 아들 겸이를 위해서였다. 뼈대 있는 집안에서 좋은 스승을 두고 경서를 공부할 수 있었음은 행운이었다. 의붓형 허옥과 아우 허징이 아무리 내색을 안 하고 잘해줬어도 자신은 문과 시험을 볼 수 없는 서얼이고 앞날이 불투명했다. 아들 겸이가 만날 세상도 아비와 다름이 없었다. 자신은 괜찮았다. 겸이 차별받고 행세를 못 한다면 견딜 수 없을 것 같았다. 겸이의 세상을 열어줘야 했다. 아들이 신분제의 그늘에서 평생 웅크리고 살게 할 수는 없었다.

두 선비와 세상일을 이야기하며 걷는 동안 보름이 훌쩍 지나 한양 도성 안에 당도했다. 손영복과 안두수와 헤어진 후 허준은 부제학 유희춘 대감을 찾아갔다. 담양에서 허준의 문장을 보고 칭찬을 아끼지 않던 사람이었다. 유희춘은 버선발로 뛰쳐나와 허준을 맞이했다.

"허 의원 잘 왔소. 내 안 그래도 답답했는데 이리 귀한 걸음을 하셨으니 다행이오."

"이리 대접해 주시니 감읍할 따름입니다."

"무슨 그런 섭섭한 소리를 하는 게요. 지금 내자가 병이 깊어 누워 지내고 있는 처지요. 좀 살펴봐 주시게."

"언제부터 아프셨습니까."

"일 년 전부터 아랫배가 돌처럼 단단해지며 바가지를 엎어놓은 듯 불러온다네. 다른 의원을 불러 처방받았으나 효과가 없었네."

"재주가 미약하나 일단 제가 살펴보겠습니다."

허준은 안방에 드러누운 정경부인의 안색을 살핀 후 먼저 구담으로 진맥을 했다. 안색이 창백하고 힘이 없어 보이는 부인은 보통의 키에 약간 통통한 편으로 품위가 엿보이나 오랜 병환으로 기운이 없고 피로해 보였다. 아랫배가 위쪽과 아래쪽으로 쩌르르 뻗치듯이 아프며 그 와중에 식사를 정상으로 하는 게 민망하다고 기운 없는 목소리로 말을 했다. 소변과 대변도 정상인데 아랫배가 차갑고 아픈 증세가 낫지 않으니 어인 연고인지 모르겠다고 푸념하듯이 내뱉었다. 허준은 붓으로 먹을 찍어 화선지에 약재를 기술했다. 집안의 가세로 보아 충분히 조달할 수 있는 약재였다. 복령, 창출, 작약, 빈랑, 청피, 계지, 봉출, 자감초, 현호색, 정향피, 오수유, 삼릉…… 반총산 열흘분 스무 첩을 지어주고 직접 숯불에 약탕기를 올렸다. 과거시험이 며칠 앞으로 다가왔는데 허준은 개의치 않고 오로지 약을 달이는 데 집중했다. 유희춘은 어쩔 줄 몰라 고마워했고 조반 중반 석반을 양반가에서 귀한 손님 맞이하듯이 차려 내왔다. 오히려 허준이 송구스러워했다.

유희춘이 손수 찬을 담당하는 찬모에게 일러 다담상3을 준비하도록 했다. 얇게 썰어 양념장에 절여놓은 쇠고기, 잘게 만든 익은 과일과 호두, 밤, 잣, 대추, 은행을 큰 대접에 담은 세실과, 과일을 생강과 꿀에 절인 정과, 고사리 도라지 죽순 버섯 등을 잘게 찢어 볶은 자잡채, 수정과, 녹두죽, 대구구이와 꿩고기가 상에 놓이고 죽엽주와 송화주가 백자 술병에 담겨 있다. 유희춘이 도자기 잔에 죽엽주를 따르고 자신의 잔에도 부었다.

"담양에서 만나고 이게 얼마 만인가."

유희춘이 친동기간을 만난 듯 반겨하자 허준은 담양에서의 나날을 기억했다. 남쪽 지방에 역병이 도져 백성들이 죽어 나가자 왕이 교지를 내렸다. 현감에게 내려온 교지는 지방 의원들을 차출하여 역병 걸린 백성을 고치고 더 이상 번지지 않게 하라는 내용이었다. 구례 담양 화순 고을을 돌며

---

3 다담상(茶啖床): 손님을 대접하기 위해 차와 과자 음식 등을 준비하는 상.

허준은 유배에서 풀려나 고향에 내려와 있던 유희춘을 만났다. 외숙부와 동문수학한 사이인 유희춘은 허준의 학문과 재주를 아꼈다. 신분을 떠나서 한 인간으로 대접해 주고 경서를 논하는 처지가 되자 유희춘은 한창 윗길인데도 동무처럼 대했다. 역병이 물러가고 유희춘은 허준 일행을 불러 고생했다고 음식을 대접했다. 가문 대대로 내려오는 비법으로 만든 과하주와 오가피와 치주로 만든 약용주, 맑은 술의 종류인 백화주와 순향주를 꺼내어 고생한 의원들을 위로했다. 모두들 지쳐 기력이 떨어진 가운데 술이 한 잔씩 들어가자 기운이 돌아왔다. 유희춘은 하루 시간을 내어 허준 일행을 위해 나들이를 갔다. 국밥과 한과로 유명한 창평현에 데려가 술을 사주는가 하면 화순 적벽(赤壁)을 찾아 강에 배를 띄웠다. 붉은 바위 절벽이 고요한 강에 비쳤다. 나룻배가 나아가자 십 리를 흐르는 강은 깊고 고요히 흔들렸다. 한순간에 지나간 노고를 잊을 수 있었다.

  허준은 과거 유희춘과의 추억을 떠올리며 유희춘을 넌지시 바라보았다. 유희춘은 부인의 병이 다 나은 듯 기뻐하며 허준을 대접했다. 허준은 고마우면서도 민망했다. 남해안 지역을 돌며 비슷한 병을 치료한 적이 있었다. 증세도 같았다. 자신감을 갖고 정성을 기울였으니 차도가 있을 터였다.

부인의 병에 차도가 있을 즈음 허준은 반총산⁴ 으로 한 제를 다시 지었다. 과거시험 날이 다가오고 있었다. 의서를 들여다볼 엄두를 못 낸 채 오로지 정경부인의 병에만 집중했다. 지난 십여 년간 경험을 했고 의서는 충분히 읽었다. 마음을 가다듬고 단전호흡하며 심신을 안정시켰다.

하늘은 맑았다. 과거장에는 밀양 선비 손영복과 영주 선비 안두수도 일찍 과장에 나와 자리를 잡았다. 커다란 두루마리 종이에 백일장 의제가 내걸렸다. 그런데 허준은 주위를 둘러보다가 한정수와 눈이 마주쳤다. 허준은 얼른 고개를 숙였다. 한정수는 허준을 봤는지 못 봤는지 초조한 기색으로 앉아 있었다.

〈이론 문제〉

문(問)

내암5은 무엇이며 어디에서 오는가. 치법은 무엇인가?

---

4 반총산(蟠蔥散): 뱃속이 차고 기운이 체하여 생긴 산증에 쓰는 약. 창출, 감초, 삼릉, 봉출, 백복령, 청피, 사인, 정향피, 빈랑, 현호색 등 약재가 있음.
5 내암(嬭癌):유방암

〈실기편〉 1

문(問)

의원이 닿지 않는 궁벽한 산골에 사는 백성이 허리가 아파 걷지 못할 때는 어떻게 해야 하겠는가?

〈실기편〉 2

문(問)

의학강목에서 밝힌 현훈6 치료혈 13혈(穴)을 동인(銅人)에 자침하라.

궁궐 어의 몇몇이 과장 둘레를 어정거리며 돌아다녔다.

"저분이 양예수요."

"임금의 병을 고쳤다는 어의 양예수 말이오?"

"그렇소. 비빈들, 왕자와 옹주 모두 양예수의 손을 거치지 않은 이가 없다 하오."

"허, 대단한 인물이오."

과장이 술렁이며 속닥거리는 소리가 들려왔다. 허준은

---

6 현훈(眩暈): 어지러움.

앞을 바라보았다. 관복을 입고 관대를 두른 중년의 대신이 좌중을 둘러보며 앉아 있는데 그의 눈빛이 형형했다. 전국에서 몰려온 선비들이 과장을 가득 메웠다. 시간이 되어 과장의 육중한 대문이 닫혔다. 대문 밖에서는 문을 열어달라고 소리치는 지각생의 목소리가 들려왔다. 웅성거리는 소리, 봇짐을 지고 대기하는 하인들의 동동거리는 발소리, 엿을 사라는 엿장수 소리가 멀리서 들려왔다.

나이 든 사람도 어린 동안의 도령도 자리를 잡고 앉아 전방을 주시하고 있다. 긴장한 낯빛이 역력했다. 문제는 까다로웠다. 허준은 눈을 감고 잠시 생각에 잠겼다. 중국의 고서와 조선의 의서를 떠올리며 벼루에 먹을 갈기 시작했다.

허준은 문제를 읽고 잠시 명상에 들었다. 모든 예비의생이 답을 써낼 것이었다. 하지만 무엇을 어떻게 왜 이 답이 필요한지를 써야 했다. 숨을 깊이 들이쉰 다음 길게 내뱉으며 마음을 가다듬었다. 그러고는 붓끝에 먹을 찍어 답을 써내려갔다.

답 : 부인이 근심하거나 성내거나 답답한 것이 오랫동안 쌓여서 비기가 약해지고 막히며 간기가 거슬러 올라 마침내 납

작한 바둑알처럼 생긴, 잘 보이지 않는 멍울이 됩니다. 아프지도 않고 가렵지도 않은데 십수 년이 지난 후 창이 생겨서 함몰되는데 이것을 내암이라고 합니다. 창의 형태가 움푹 들어가 석굴과 유사하기 때문에 이렇게 부르는 것입니다. 조금씩 기혈이 다하여 죽게 되는데 허한 사람은 청간해울탕7을 쓰면서 마음을 맑게 하고 고요히 수양하면 그럭저럭 수명을 연장할 수는 있으나 창이 생긴 것은 끝내 치료하지 못합니다.

답을 다 쓴 허준은 이마에 솟은 땀을 소매 끝으로 닦았다. 실기를 위해 혜민서에서 자원한 환자들이 과장 옆에 대기하고 있었다. 가족의 도움을 받아 누워 있는 그들의 곁으로 관리가 다가가 한 명씩 호출하면 가족의 도움을 받아 예비 의원 앞으로 왔다. 허준은 그들을 바라보았다. 얼굴에 삶의 고됨과 병마의 고통이 배어 있었다. 허준은 환자의 고통과 마주할 자신이 없었다. 그는 실기편 문제를 찬찬히 살펴보았다. 두 문제 모두 까다로웠다. 허준은 실기 편에서

---

7 청간해울탕: 유선염, 유종(乳腫), 폐종양, 만성폐렴 증상일 때 쓰는 처방. 인삼, 패모, 복령, 치자, 숙지황, 작약, 목단피, 백출 시호, 진피, 당귀, 천궁, 감초 등의 약재를 말함.

두 번째 문제를 선택했다.

과장 옆에 대기하고 있던 구리동상 몇 개가 햇볕을 받아 반짝 빛났다. 그중 한 개를 모셔 와 앞에 세워두고 살폈다. 수없이 연습하고 또 연습했던 장면이었다. 외우고 또 외웠던 인체 장기였다. 허준은 구리동상에 자침하고 나서 전지에 기록했다.

치료혈 13穴을 속으로 천천히 암기하였다. 신정, 상성, 신회, 전정, 후정, 뇌공, 풍지, 양곡, 대도, 지음, 금문, 신맥, 족삼리…… 숨을 깊이 들이마신 후 내뱉었다. 밀납으로 된 구리동상에서 혈 자리를 찾아 정확히 침을 자입했다. 혈 자리 구멍에서 수은이 흘러나왔다. 안도의 숨을 내쉬었다. 혈 자리 구멍을 잘못 자침하면 아무런 흔적이 없고 잘못된 혈 자리를 자침하면 낙방이었다. 허준이 기록을 끝내고 붓을 내려놓자 지켜보던 관리가 요모조모 살피며 돌아다녔다.

진시에 시작한 과장은 해가 질 무렵 파했다. 전지(종이)를 다 채운 선비가 있는가 하면 반도 못 채우고 일어선 선비도 있었다. 과장이 파하자 지친 기색의 선비들은 모두 주막으로 몰려갔다. 도성 안 주막은 북적거렸다. 막걸리를 마시며 오늘의 문제를 복기하거나 잊거나 토론했다.

밀양 선비 손영복과 영주 선비 안두수도 같은 주막에서 만났다. 한정수는 보이지 않았다. 그들도 결과를 기다리며 탁주로 긴장을 풀고 있었다. 주막 객방에는 과거 시험을 치른 지방 선비들로 가득했다. 모두들 시험 출제 문제를 두고 여러 말이 오고 갔다. 허준은 밀양 선비 손영복 옆에서 탁주를 같이 마시며 그들의 말에 귀를 기울였다. 목청이 큰 원주 선비 원수길이 이날의 출제 문제를 두고 답을 구하고 있었다. 아무도 답을 내놓지 못했다. 좌중을 둘러보던 원주 선비 원수길과 허준의 눈이 딱 마주쳤다. 원수길이 허준에게 물었다.

"어디서 온 뉘시오."

"산청 생초에서 온 허준이라 하오."

"답을 듣고 싶소이다."

"…… 비록 의원이 손이 아니더라도 도인법(導引法)을 따라서 도와주어야 합니다. 환자는 동쪽을 향해 앉고 손을 모아 가슴을 감싸고 한 사람은 앞에서 양 무릎을 밟아 누르고 또 한 사람은 뒤에서 머리를 받친 후 서서히 당겨 눕혀서 머리가 땅에 닿도록 합니다. 세 번 일어났다가 세 번 누우면 차도가 있습니다."

"호오, 결과가 어떻습디까."

"결과는 모르오."

"그럼, 실패란 말이오."

"실기편 1을 선택하지 않았소."

"나 원 참. 뭐가 뭔지."

주위 사람들이 웅성거렸다. 손영복과 안두수가 탁주 사발을 들어 올리다 말고 허준을 의아한 눈으로 바라보았다. 삼 년 전 의과 시험에 낙방한 경험이 있는 영주 선비 안두수가 그때의 실기편을 떠올리며 연습했었다고 고백했다. 혜민서 초임의원들과 노비들이 시험장 바깥에 숯과 약탕기와 수통에 물을 가득 담아놓고 있던 정경이 어제 일인 듯 선명하게 기억났다. 안두수는 직접 약재를 분리하여 알맞은 수량으로 약탕기에 끓여야 하는데 머릿속이 하얘지며 아무것도 기억나지 않았다고, 그날따라 땀이 비 오듯 흐르며 몸을 가눌 수 없어 손을 놓아야 했다고 아쉬움 섞인 소리를 내뱉었다. 그날의 실패를 거울삼아 몇 번이고 연습했건만 예상하지 못한 문제가 나와 당황했다고 그는 시무룩한 어조로 말을 하고는 탁주 사발을 들어 벌컥벌컥 들이켰다. 안두수의 입을 쳐다보던 사람들도 긴장했던 몸을 풀며 탁주를 마셨다.

주막에서 이틀을 묵은 허준은 방이 붙은 과장으로 갔다. 선비들이 모여 웅성거리며 모두들 자신의 이름을 찾고 있었다. 이름을 발견하고 환호하거나 실망해서 돌아서는 선비, 침침한 눈을 비비며 방을 살피는 사람들로 어수선했다. 허준은 앞에 선 사람들을 밀치며 다가갔다. 그런데 허준은 한정수 이름을 보고야 말았다.

장원 한정수.

심장이 벌렁거렸다. 한정수가 장원을 하다니. 허준은 한정수 밑에 적힌 자신의 이름을 그제야 발견했다. 차상이었다.

차상 양천현 허준.

허준의 이름이 있었다. 가슴이 벅차올랐다. 이 소식을 어서 빨리 어머니와 정임에게 전하고 싶었다. 그때 유희춘 대감댁 하인이 꾸벅 절을 하며 허준을 불렀다. 정경부인을 고치려 분주할 때 옆에서 심부름하던 어린 하인이었다.

"대감마님께서 모셔 오라는 뎁쇼."

"무슨 일로."

"소인은 모르옵지요."

"알겠네."

허준은 하인을 따라 유희춘 대감댁으로 갔다. 혹 부인의 병이 도지지나 않았는지 걱정을 안고 도착하니 유희춘이 환한 얼굴로 반겨주었다.

"축하하네. 자네 얼굴을 보니 좋은 성적인 것 같네."

"마님의 병환은 차도가 있으신지요."

"좋아졌네. 하인을 보냈는데 주막에서 굳이 묵은 이유가 뭔가. 섭섭하이. 작년엔가 자네 의술이 아까워서 내 이조판서 홍담 대감에게 일러 내의원에 천거를 부탁했었네. 자네가 거절하지만 않았어도 벌써 궁궐 의관이 되었을 텐데 오히려 잘되었네."

"감읍하옵니다."

"귀갓길에 소고기라도 사서 노모에게 갖고 가시게나."

유희춘이 엽전 꾸러미가 든 주머니를 건네는데 묵직했다. 허준이 한사코 받지 않겠다고 해도 유희춘은 기어이 손에 쥐어 주었다. 며칠 묵고 가라는 걸 사양하고 허준은 귀갓길에 올랐다. 시장에서 짚신 두 켤레를 사서 봇짐에 묶은 허준은 길을 나섰다.

7. 내의원에 입시하다

얼음이 얼기 시작하는 소설(小雪)이었다. 무성한 잎을 매 달았던 나무들은 뼈마디만 남은 몰골로 찬바람에 몸을 떨 었다. 허준은 이날 왕의 부름을 받아 대궐에 입시했다. 어 의 양예수가 함께 했다. 양예수 옆에는 한정수가 그림자처 럼 붙어 있었다. 장원을 한 이후 한정수는 수의 양예수 눈 에 들어 처음부터 왕실 가족을 진료했다. 왕자들의 치료를 도맡으면서 한정수는 이미 입지를 굳히고 있었다. 더구나 산청 유의태의 수제자로 소문 난 그는 유의태 집안에서도 그를 유일무이한 인물로 추켜세웠다.

한정수는 광해군의 병을 맡아 치료하고 있었는데 낫지를 않아 당황했다. 그는 무슨 의도인지 허준을 추천했다. 허준 은 한정수의 속셈을 간파했다. 낫기 힘든 병을 맡게 한 후 여차하면 망신을 주거나 유배를 보낼 의도를 품고 있음을 간 파했다. 그만큼 왕자의 병은 대신들과 왕실의 관심이 컸다.

광해군의 병세가 호전되지 않아 어의가 왕에게 불려 가 질책을 받은 일이 있어 내의원은 분위기가 침울했다. 이러

한 암울한 분위기에서 수의 양예수가 전의감으로 허준을 찾아왔다. 관리들을 진료하거나 약재를 분류하여 보관하는 곳이었다.

"자네가 남쪽 지방에서 일찍이 명의로 알려졌더구먼. 장원급제한 한정수가 자네를 추천했네."

"소인이 그만한 재주가 있을는지 염려되옵니다."

"겸손은 독이라네. 광해 왕자의 병세가 낫지를 않아 전하의 심기가 불편하네. 자네가 광해 왕자를 맡아 고쳐보게."

"소, 소인이 말입니까?"

허준은 놀라서 입을 다물지 못했다. 옆에서 김응탁이 의외라는 듯 쏘아보는데 함께 있던 정예남이 어깨를 툭 쳤다.

"뭐 하는가. 말씀 올리지 않고."

"소인이 해보겠습니다."

이날 허준은 광해 왕자의 궁을 찾았다. 얼굴에 발진이 생겨 농포가 생긴 광해가 괴로운 표정으로 허준을 맞이했다. 광해는 열이 내린 상태였으나 온몸의 발진으로 몸에 붉은 반점이 생겨나 잘못하면 피부 전체로 번져서 위험할 수도 있었다. 초기 위험은 사라졌으나 농포를 잡는 게 문제였다. 잘 가라앉혀서 흉터가 생기지 않게 하고 다른 균의 활동을 막아야 했다.

허준은 먼저 광해의 침실 이불 모두를 끄집어내게 하여 새것으로 교체하였다. 시중을 들던 나인들을 모두 물리치고 직접 광해를 치료했다. 손으로 얼굴을 자꾸 만지거나 긁어대는 광해를 보고 허준은 기겁하여 말렸다.

"저하, 손으로 만지시면 아니 되옵니다. 다 나은 후 흉터가 생겨 보기에 흉합니다."

"어의 양예수를 불러라. 양 의원은 어디 있느냐?"

광해는 어딘가 화가 나 있었다. 허준은 당황했다. 광해는 허준을 쳐다보지도 않고 양예수를 찾았다.

"소인이 저하를 살펴드리겠습니다."

"누구냐!"

"전의감 소속 허준이라 하옵니다."

"내 몸에 흉터가 남지 않도록 치료할 수 있느냐?"

"최선을 다해보겠습니다. 저하께서도 협조를……."

"무엄하구나. 조금이라도 흉터가 남으면 목숨을 부지하기 어려울 것이다."

"저하……."

"대답하여라. 목숨을 내놓겠느냐?"

"소인, 목숨을 다해 저하의 병을 치료하겠사옵니다."

"좋다. 어디 그대의 솜씨를 보겠다."

허준은 주위에 측근들을 물리치고 광해의 몸을 살폈다. 그러고는 위와 장을 보호하는 약재를 처방하여 탕약을 달였다. 화선지에 처방전을 세세하게 써 내려갔다. 흰 천을 삶아서 소독하고 끓인 물을 식혀 광해의 손과 피부를 닦았다. 밤이 되자 허준은 광해 옆에서 꼼짝 않고 지키고 앉았다. 문밖에는 처소 궁녀와 환관들이 대기하고 있었다.

한밤중에 광해의 처소에서 고함소리가 터져 나왔다. 환관과 대전 궁녀들이 놀라서 어리둥절한 표정으로 어쩔 줄 몰라 하며 서성거렸다.

"이, 이놈! 무엄하구나. 내 손을 묶다니."

"저하, 조금만 참으시옵소서. 이렇게 하지 않으면 흉터가 생겨 흔적이 남습니다."

"가려워 미치겠다. 무슨 방도가 없느냐. 이 손을 놔라."

"참으시옵소서."

환관의 기별을 받고 달려온 양예수와 김응탁이 광해의 처소에 들어와 허준을 나무랐다.

"이게 무슨 불경한 태도인가."

"어의는 보시오. 저자가 내 몸을 꼼짝 못 하게……."

순간 궁녀들과 환관들이 양쪽으로 물러서며 허리를 숙였다.

"전하."

"이 무슨 소란이냐."

"아바마마. 저자가 제 손을 묶어서⋯⋯."

선조가 좌중을 휘둘러보더니 허준에게 조용히 말했다.

"그대는 하던 대로 하시오. 광해는 의원이 시키는 대로 협조하고. 이 밤에 어의는 웬일이시오."

"황공하옵니다, 전하."

선조는 광해와 주위 인물들을 주시하고는 돌아섰다. 양예수와 김응탁, 한정수가 뒤를 따랐다.

"이제 자네에게 치료를 맡긴 뜻을 짐작하겠지."

김응탁이 허준의 귓전에 작은 소리로 속삭이며 가버렸다. 허준은 어떻게든 흉터가 남지 않도록 치료해야 할 소명을 안았다. 광해가 화를 내거나 차갑게 쏘아보아도 개의치 않고 탕약을 올리고 환부에 소독하고 흰 천으로 손을 감싼 채 얼굴을 만지지 못하게 감독했다.

허준은 독한 균을 몰아내는 약재를 올리기 전에 위와 장을 보하는 약재를 먼저 취합하여 올렸다. 위와 장이 약해져 있으면 기를 보하는 약의 소화 기능이 떨어져 효과가 없기 때문이었다. 광해의 얼굴은 창백했다. 소화 기능을 보하고 나서 허준은 탁리해독을 위한 약제를 처방하여 달였다. 인삼 백출 백복령 감초 숙지황 백작약 천궁 당귀 황귀 육계

시호 각일전…… 가미십전대보탕을 광해에게 올렸다. 그날 밤 광해가 배를 움켜쥐고 통증을 호소하며 설사하였다. 김응탁과 한정수가 허준의 치료법을 보러 왔다가 광해의 상태를 발견하고는 어의 양예수에게 달려갔다. 양예수가 허둥지둥 달려와서는 허준을 향해 냅다 호통을 쳤다.

"저하의 상태가 어찌 저러하신가!"

"무슨 약재를 썼는지 고하게."

같이 달려온 정예남이 눈치를 보며 허준을 재촉했다.

"저하의 상태는 매우 허약해져 있사옵니다. 몸의 기운을 북돋아 준 후 독을 빼내려 가미 십전대보탕을 올렸사옵니다."

"자네 제정신인가?"

"저하는 지금 한시가 급하네. 십전대보탕이 웬 말인가."

"하루 동안 지켜본 바로는 안면이 건조하고 뺨과 눈은 홍조를 띠었으며 오한과 발열이 나고 가슴이 답답함을 호소하셨사옵니다. 기침과 재채기를 하오며 가위눌림과 발끝의 냉증이 있고 수면 중에도 깜짝깜짝 놀라곤 하셔서 기를 보하는 처방을 내렸사옵니다."

"저하는 지금 치료가 급하네."

"예, 대감."

양예수와 한정수가 차가운 눈으로 허준을 쏘아보고는 자리를 떴다. 그 뒤를 김응탁이 혀를 차며 뒤따르고 정예남이 안타까운 눈빛으로 바라보다가 슬그머니 사라졌다. 어디에서부터 잘못된 것일까. 허준은 답답했다. 궁궐 약재 창고에는 전국에서 상납하는 귀한 약재가 가득했다. 심지어 당약과 송약, 명나라 약재도 있었다. 언제든지 필요한 약재를 쓸 수 있다는 것은 의원에게는 복이었다. 허준은 의서를 찾아보려 서가로 향했다.

왕실 서고에는 방 가득 종류별로 책이 빼곡하니 진열되어 있었다. 허준은 가슴이 벅차오르는 심경으로 서고를 둘러보았다. 수십만 권은 됨직한 서고는 의서가 따로 한쪽에 진열되어 있는데 당송과 진나라, 명나라, 고려의 의서를 포함하여 수천 권의 의학서가 가지런히 꽂혀 있었다. 허준은 떨리는 손으로 의서를 빼 들었다. 책장을 넘기는데 기침 소리가 들렸다.

"뉘시온데 늦은 밤 의서를 보시오."

허준이 돌아보자 구석 자리에서 관복을 입은 선비가 책을 읽고 있다가 호기심이 가득한 얼굴로 미소를 짓고 있다.

"소인은 의원 허준이라 합니다. 대감은 뉘시온지."

"아하, 저하의 두창을 치료하는 의원이시구려. 정작이라 하오."

"처음 뵙습니다. 가르침을 청합니다."

"다 같은 처지이거늘 누가 누굴 가르친단 말이오. 허나 내 의서는 추천해 줄 수 있소."

허준은 내의원에서도 정작을 들어 알고 있었다. 양반 가문으로 문과에 급제하였으나 내의원 근무를 자처하여 왕실 종친의 치료를 전담하며 유의로서 살아가는 인물이었다. 경서와 의서를 많이 읽어서 직접 경험보다는 이론에 밝았다. 허준은 그의 말이 반가웠다.

"그나저나 어려운 일을 맡아 고생이 많소. 두창은 귀신도 치료하지 못한다는 속설이 있는 병이오만 그렇다고 방법이 없는 것도 아니오."

"무슨 방도가 있으십니까."

"어의들이 선뜻 나서서 치료하겠다고 하지 않는 것은 그만큼 후환이 두렵기 때문이오. 시간이 약이오. 어떻게든 수분을 유지하고 열을 다스려야만 하오. 독균을 빼내고 병균과 싸워서 이길 힘을 몸 안에 길러야 하오."

정작이 서가에서 『향약집성방』과 『의방유취』 책을 꺼내 어느 장면을 펼쳐 놓았다. 병이 같더라도 사람에 따라 치료법이 다름에 대해 쓴 글이었다. 허준이 고민하는 내용도 그러했다. 몸이 약해진 왕자에게 기존의 기록된 용량을 그대로 쓰면 무리가 따를 것 같아 조금씩 달리해서 약을 처방했다. 정작은 다양한 지식을 동원하여 병과 사람에 대한 이야기를 풀어놓았다. 세종조에 퍼졌던 역병을 퇴치한 이야기는 무척 유익한 내용이었다.

허준은 정작과 독균에 대한 의견을 나누며 서고에 머물다가 광해궁으로 돌아갔다. 광해는 잠들어 있는데 숨소리가 고르지 않았다. 환관도 나인들도 물러난 새벽, 광해가 손으로 얼굴을 만지려 하자 허준은 얼른 그의 손을 붙잡아 가슴팍에 올려놓았다. 몇 번이고 그런 일이 반복되며 날이 밝았다. 아침 일찍 약탕기에 약을 달여 광해에게 올리고는 상황을 지켜보았다. 다행히 아무런 불미스런 일이 일어나지 않았다. 얼굴에 핀 농포는 말라붙어서 아물어 가고 있었다. 등과 가슴에 번지던 붉은 반점도 사라지고 없었다.

아흐레가 지나자 광해의 몸이 차츰 기력을 되찾았다. 얼굴에 말라붙었던 농포도 사그라져 평소와 같은 모습으로 되돌아왔다. 무엇보다도 광해의 표정이 밝았다. 탕약을 잘 소화시켰고 조반으로 올린 묽은 죽을 다 비웠다. 으깬 율무에 쌀가루와 물을 넣고 끓인 의죽이었다.

열흘이 지나자 광해의 병이 나았다. 선조는 양예수에게 일러 왕자들의 병을 허준에게 맡기라 지시하였다.

"오늘부터 자네는 내의원으로 옮기게. 전하의 명이시네."

"황공하옵니다."

양예수가 수염을 쓰다듬으며 발길을 돌렸다. 이날 그는 내의원 종4품 첨정 직위를 받았다. 왕자 광해군의 병을 고친 후였다. 함께 내의원 시험에 통과한 의관들은 백성을 주로 치료하는 혜민서보다는 왕실 가족을 돌보는 내의원에 소속되기를 바랐다. 허준은 내의원보다는 약재를 관리하는 전의감을 원했다. 전국에서 올라오는 귀한 약재들을 보고 만지고 직접 관리하는 것은 의원으로서 귀한 경험이고 평생에 한 번 접할 기회였다. 허준은 다소 아쉬움을 뒤로하고 내의원으로 보따리를 옮겼다. 침술 도구와 기본적인 치료약과 처방전을 적은 종이를 담은 보따리였다. 허준은 틈틈이 전의감으로 가서 약재 분류를 도왔다. 세상의 온갖 약초 냄새가 모여 있는 약재 창고에 가면 허준은 눈을 감고 깊은숨을 들이쉬었다. 씁쓰레하거나 시거나 떫거나 달콤한 박하 향이 가득 차 있는 약재 창고는 그에게 보물과도 같았다. 허준은 약재 창고에서 평생 약초를 분류하며 지내도 좋을 것 같았다.

내의원 생활은 단조로우면서도 긴장이 흘렀다. 어린 왕자 아기씨나 옹주 아기씨는 자주 아팠다. 열이 나거나 체하거나 배앓이를 했다. 때때로 노환에 든 종친들의 건강을 챙겨야 할 때도 있었다. 내의원 생활 중에도 임금의 용안을 뵙거나 몸을 치료하는 일은 어의가 하거나 경험이 많은 의원이 했다. 선조 임금은 평소 몸이 약해 자주 어의를 불렀다. 그날 허준은 김응탁을 따라 보조 의관으로 임금을 직접 대면했다. 가까이에서 본 선조는 파리한 얼굴에 약간 신경질적인 면모를 보였는데 아끼던 후궁이 죽은 후여서 마음이 가라앉아 있었다.

"소신, 잠시 전하의 용체를 진맥하겠나이다."

김응탁이 선조의 맥을 짚었다. 맥은 천천히 느리게 뛰었고 얼굴이 창백했다.

"전하, 특별히 상한 곳은 없사오나 기력이 떨어져 있는 듯하여 보양식을 준비하라 이르겠습니다."

"보양식은 무슨, 아무것도 입에 대기 싫소."

"심기를 굳건히 하셔야 백성들이 평안하옵니다."

"못 보던 의원인데 이름이 뭔가?"

"소인, 허준이라 하옵니다."

"허준이라, 어디서 본 듯하기는 하네만."

선조는 허준을 기억하지 못했다. 허준은 살짝 서운한 마음이 들었으나 내색하지 않고 이유를 대려는데 김응탁이 광해군 저하를 치료한 적이 있다고 얼른 설명했다. 선조의 안색이 환해지며 그제야 기억났다는 듯 미소 지었다. ∨그 미소가 초가을 햇살에 말라가는 호박오가리같이 메마르고 건조했다. 허준은 가슴이 아팠다. 그날 김응탁의 진료는 가벼운 예방에 불과했다. 여러 가지 왕의 안위를 살펴서 건강을 예방하는 뜻이 있는 자리였다. 허준은 처음으로 지근거리에서 대면한 선조를 보고 가슴이 뛰었다. 이분이 조선의 왕, 천하를 호령하는 군왕이었다. 예상과 달리 왕은 왜소한 몸집에 우울증세가 엿보였다. 허준은 속 생각을 감추고 김응탁에게 말하지 않았다.

겨울은 깊고도 매서웠다. 왕실 가족의 잦은 감기 기침과 호흡기 질환을 처방하고 치료하며 시간이 가고 있었다. 탐라에서 올라온 귤을 감기 예방약으로 왕자들에게 처방하며 허준은 노랗게 익은 열매를 처음 보았다. 옹주의 혼례 기념으로 임금이 대신들에게 한 알씩 나누어 주었다는 귀한 열매였다. 정월이 지나 입춘이 다가오자 눈이 녹아 길이 질척거렸다. 초봄의 햇볕이 따사로웠으나 바람은 차가웠다. 봄을 기다리는 허준의 마음이 잔물결처럼 흔들렸다. 봄이면 들에 산에 햇순이 돋고 새잎을 찾아 산속을 헤매던 날들이 떠올랐다. 그리운 시절이었다.

집집마다 눈 녹은 물로 메주를 담그는 날들이었다. 갑자기 내의원이 분주해졌다. 수의 양예수가 심각한 얼굴로 연락받고 달려온 의원들의 얼굴을 하나하나 뜯어보며 목소리를 낮게 깔았다.

"역병이 돌고 있다 하오."

"역병이라구요?"

내의원 의원들의 표정이 복잡해졌다. 그것이 무엇을 의미하는지 잘 알기 때문이었다. 지방에는 활인서나 혜민서 같은 가난한 백성들을 치료하는 곳이 없어서 도성에서 지방으로 출장을 가야 했다.

"함경도를 비롯하여 경기도 일대에 환자들이 속출하고 있다 하니 그대들이 가야 할 듯싶소. 짐을 꾸리시오."

양예수의 말이 떨어지자 허준은 약재 창고로 달려갔다. 필요한 약재를 담을 수 있을 만큼 분류를 하여 바랑에 담았다. 허준은 집으로 퇴궐하여 짚신과 옷가지, 비상식량을 꾸렸다. 다음날 허준은 유의 정작과 같이 천안, 아산 쪽으로 출발했다. 옷섶을 스치는 바람이 쌀쌀했다. 입춘이 지났다 해도 추위는 여전히 매웠다. 정작도 허준도 말이 없었다. 정작은 집안에서 말을 구해줬으나 허준과 동행하며 말을 타지 않고 함께 걸었다. 걷고 또 걸으며 고을마다 상황을 살펴보려 애썼다.

며칠 후 허준과 정작은 아산에 이르러 관아를 찾았다. 관아 대문 여민루 편액을 지나자 병방이 두 사람을 맞이했다. 현감이 고을 시찰을 나가 곧 돌아올 때가 되었다며 객방으로 안내했다. 허준과 정작은 물을 청해 마시고 현감을 기다렸다. 얼마 후 현감이 이방을 앞세워 헐레벌떡 달려왔다.

"먼 길 오시느라 고생하셨습니다. 이지함이라 합니다."

"정작이라 하오."

"의원 허준입니다."

허준과 정작은 현감 이지함으로부터 고을의 상황을 듣고 관청 손님방에 임시 진료소를 마련했다. 그러고는 현감에게 몇 가지를 안내했다.

"먼저 환자를 다른 가족과 격리하십시오. 두 번째는 물은 필히 끓여서 먹고, 만약 마을 사람 전체가 역병을 앓고 있다면 최악의 경우 이주시켜야 합니다."

"이주라구요?"

현감이 놀라 되물었다. 실제로 마을에 돌림병이 돌았을 때 마을 사람 모두를 깊은 숲속이나 산속 암자 같은 데로 피신시킨 적이 있었다. 이것을 피접이라 하는데 나라에서 워낙 엄격하게 관리해서 아무도 대항하지 못하고 집을 떠나야 했다.

"마을을 둘러본 결과 아직 전체 사람들이 역병을 앓는 것은 아니었습니다. 서너 집 중에서 일부 가족이 그러한데 일단 격리해 놨습니다."

"잘하셨습니다. 마당에 무쇠솥 두 개를 걸어 물을 끓여주십시오."

허준은 관노비를 시켜 솥에 물을 가득 붓고 죽을 끓이기 시작했다. 녹두죽에 찹쌀을 섞었다. 환자들을 치료하며 먹일 죽이었다. 제대로 먹지 못하면 병이 낫지 않는데 더구나 집집마다 양식이 떨어져 환곡을 꾸어 먹을 시기였다. 굶는 사람이 많으니 자연히 병이 많았다. 다른 솥에는 승마갈근탕 같은 약재를 넣고 끓였다. 현감을 통해 마을 사람들이 한 사발씩 마시도록 했다.

관아 객방에는 환자들로 넘쳐났는데 진료하다 보니 이상한 일이 벌어졌다. 환자도 아닌데 환자 행세를 하는 사람들이었다. 허준이 맥을 짚고 열을 재고 목 안을 살피고 온몸을 살펴봐도 아프지 않은데 거짓으로 환자 행세를 하고 있었다.

"현감께 고해바치면 경을 칠 것이오. 당신같이 멀쩡한 사람이 의원의 시간을 붙잡고 있으면 아픈 환자는 진료를 못받고 밀려나 결국 회복하지 못할 수도 있어요."

"잘, 잘못했습니다. 관아에서 죽을 준다기에…… 며칠 굶었더니 눈이 뒤집혀서, 죄송합니다."

허준은 기가 찼다. 죽 한 그릇 때문에 가짜 환자가 많았던 것이다.

"죽 한 그릇 얻어먹고 다시는 이러지 마시오."

"고맙습니다, 고맙습니다."

환자는 머리가 땅에 닿도록 절을 하고 가버렸다. 역병의 뿌리는 깊었다. 아산현에서 시작한 역병은 인근 고을로 퍼지기 시작했다. 역병 환자 중에는 유독 설사와 복통을 앓는 사람이 많았다. 허준과 정작은 긴 숙의 끝에 매실을 써보자고 의견의 일치를 보았다. 현감에게 일러 매실즙을 구해달라고 하는 한편 백성들에게도 그 방법을 쓰도록 했다. 집마다 민간요법을 활용하고 또 매실청을 보관하고 있는 집이 많았으므로 그 결과는 효과가 있었다. 매실이 효험을 보았다고 소문이 나자 집집마다 복통이나 설사하는 환자가 생기면 매실을 복용했다.

허준과 정작은 밤낮으로 환자를 돌보고 예방법을 알리고 동분서주하느라 몰골이 말이 아니었다. 보다 못한 현감이 나서서 간곡히 말했다.

"두 분 의원께서 우리 현을 위해 이리 애써주시니 무엇으로 이 은혜를 갚아야 할지 모르겠습니다. 환자 치료도 중요하나 두 분이 건강을 해치면 무슨 낯으로 전하를 뵈오리이까. 그러하오니 제발 눈을 좀 부쳐가면서 일하십시오.”

그날 밤 현감은 귀한 인삼을 꿀과 같이 소반에 내어왔다. 정작은 막걸리를 한 사발 들이켜고 싶은데 현감이 눈치도 없이 인삼을 들이미니 할 수 없이 종지에 담긴 꿀을 찍어 먹으며 허어, 쓰다, 허어, 쓰다 그러고는 허준에게 곁눈질을 해주었다. 허준은 모른 체 인삼을 꿀에 찍어 으적으적 깨물어 먹으며 어찌 이리 달달한가요, 그러고 먹었다. 밤이 깊어 가자 환자 방도 조용해졌다.

일주일이 지나자 객방에 격리되어 있던 사람들의 열이 내리며 정신이 맑아지기 시작했다. 허준은 이제 됐다, 싶어 긴장이 풀렸다. 동헌 마루에 주저앉아 잠시 하늘을 쳐다보았다. 구름이 살짝 낀 하늘은 이날따라 높고 푸르러 보였다.

그날 밤 현감이 막걸리와 닭을 푹 고아서 그릇에 담아왔다. 정작과 허준은 막걸리를 마시며 현감 이지함의 예견과 식견을 들었다. 그의 지식은 방대했고 시대를 내다보는 눈은 날카로웠다. 이지함은 허준을 뚫어지게 쳐다보았다.

“허 의원께서는 지상 최고의 자리까지 올라갈 것입니다. 다만 그러기까지의 과정은 험난하겠지요.”

"호오, 현감께서는 앞날을 예측하시오?"

"생년 월 일을 알면 어느 정도는 그 사람의 앞날을 볼 수 있습니다."

정작이 묻고 이지함이 대답하는데 사뭇 진지했다. 허준은 자식의 앞날을 묻고 싶었으나 입을 꾹 다물고 말을 삼켰다.

"허 의원의 자손은 길이길이 복을 누릴 것입니다. 허 의원의 공로로 말이지요."

이번에는 허준이 깜짝 놀랐다. 어찌 이리 사람 속을 들여다보듯이 알 수 있다는 말인가. 허준은 현감 앞으로 바짝 당겨 앉으며 임금의 미래와 조선의 앞날을 물어보았다.

이지함이 잠시 눈을 감고 생각하더니 고개를 가로저었다.

"혼돈입니다."

그러고 그는 말을 아꼈다.

"이 사람, 토정, 말을 하다말고 그치면 어찌하오."

정작이 궁금한 내색을 감추지 않고 채근했다.

"머지않아 나라에 큰 환란이 닥칠 것입니다."

"전쟁이 난단 말이오?"

정작이 되묻자 이지함이 침묵했다. 허준은 막걸리를 한 사발 쭉 들이마셨다. 침묵이 이어졌다. 허준은 혼자 자작하며 정작과 이지함이 밤이 깊도록 담소를 나누는 것을 들었다. 두 사람은 의기투합하여 천문, 지리, 의약, 음악, 도교에 이르기까지 방대한 지식을 나누며 친밀함을 나누고 있었다. 어느 순간 허준은 그 자리에 슬그머니 드러누워 잠이 들었다. 다음날 일어나니 정작과 이지함이 해장술을 마시고 있었다. 그날 관아의 노비들이 환자들이 묵었던 방을 환기하고 청소했다.

역병이 물러가고 허준과 정작은 다시 도성으로 돌아왔다. 이지함이 무척 아쉬워하는 표정으로 약과와 밀전병 같은 먹을거리를 넣어주었다. 정작과 이지함은 다시 만나기를 고대하며 이별했다. 훗날 정작은 마포에 흙집을 짓고 사는 토정 이지함을 다시 만날 수 있었다.

"이 시대의 기인일세."

정작은 길을 가며 이지함의 사람됨을 말했다. 거의 열흘 만에 대궐로 돌아오니 남아 있던 의원들이 반가워하며 궁에서도 왕자 아기씨가 아파 정신이 없었다고 소식을 전했다. 선조는 지방으로 출장을 갔다 돌아온 의원들을 불러 치하하고 역병을 물리친 공로를 이유로 무명포를 두 필씩 내렸다.

8. 바람의 물결

"볕이 좋구나."

허준은 혼잣말로 중얼거리며 감았던 눈을 뜨고 먼 산등성이를 쳐다보았다. 도성을 떠나 낯선 곳에 부려진 지도 일년이 다 되어 가건만 허준은 아직도 꿈에서는 소박하게 살림을 꾸려가는 정임의 손길과 정갈함이 배어 있는 본가에 있었다. 궁에서의 일들도 전생에서 일어난 것처럼 아득했다. 허준은 부족한 식량과 추위로 몸이 쇠약해져 강단 있던 마음이 조금씩 허물어졌다. 영영 이대로 여기에 묶이는 신세가 되는 건 아닌지. 허준은 문득 두려움이 생겼다.

초가을의 햇살이 울타리를 넘어와 마당에 고였다. 허준은 두 손을 내밀어 말간 햇살을 쪼였다. 햇살이 내려앉기도 전에 바람이 먼저 목덜미와 소매 끝을 흔들며 지나갔다. 그 느낌이 차갑고 쓸쓸했다. 점검을 나오던 아전이 며칠 보이지 않아 허준은 의아했다. 호미를 들고 바랑을 짊어졌다. 오두막 뒤로 나 있는 산길은 잡초가 무성했다. 사람이 지나간 흔적이 지워진 채 세월이 흘렀다.

'왕은 나를 잊은 것인가.'

후궁 김 씨 소생의 막내 옹주가 죽자 상소가 빗발쳤고 왕은 대신들의 주청에 따라 허준을 귀양보냈다.

옹주의 상태는 처음부터 심각했다. 한정수가 호기롭게 고쳐보겠다고 나섰다가 차도가 없자 이번에도 그는 양예수를 구워삶아 허준을 천거했다. 양예수는 마음이 급한 나머지 한정수의 말만 듣고 허준에게 옹주의 병을 구완하라고 했다. 허준은 두말없이 그 일을 맡았다.

"한 의원이 하던 일을 허 의원이 왜 떠맡으려 하시오."

"허 의원 아무래도 이건 아니오. 잘 생각해 보시오."

허준은 찜찜했으나 그렇다고 옹주의 치료를 하지 않을 도리가 없었다. 한 의원이 동문수학한 사이라며, 허 의원을 꽤 챙기는구먼, 양예수가 혼잣소리로 중얼거리며 지나갔다. 허준은 밤낮으로 옹주 옆에서 진맥하고 약재를 선별하여 끓여내며 밤을 새우기도 하였으나 결국 죽고 말았다. 허준은 올 것이 왔구나 싶었다. 마음을 내려놓았다.

"대간들의 상소가 저리 심하니."

왕은 단지 그 말을 끝으로 더 이상의 언질은 없었다. 허준은 가파른 산길을 오르며 더덕과 도라지를 캤다. 지난 초봄에 봐둔 돼지감자 군락지를 찾아가는 중이었다. 이른 봄

황량한 산자락에서 만난 돼지감자는 멧돼지가 구덩이를 파놓은 바람에 감자알이 노출되어 발견하였고 여름이 지나기를 기다렸다. 아전은 마을 촌장에게 허준의 일용할 양식을 떠넘기고 갔다. 흉년에 끼니를 잇기 어려운 형편에 유배 중인 죄인에게까지 신경을 쓸 여력이 없었다. 허준은 자주 굶었다. 현감에게 연락하면 어쩌면 환곡을 얼마간 보내줄지도 몰랐다. 허준은 그러고 싶지 않았다. 죄인 된 신분으로 나라의 재산을 축내고 싶지 않았고 아쉬운 소리를 하고 싶지 않았다. 잡초로 뒤덮인 산은 길이 없었다. 한참을 헤맨 끝에 돼지감자 군락지를 발견했다. 허준은 돼지감자를 캐서 자루에 담았다. 이마에 땀을 닦고 나서 옷소매에 돼지감자를 문질러 한 입 베어 물었다. 달짝지근했고 싱거웠다.

자루를 지고 집에 오자 아전이 기다리고 있다.

"내레 한참이나 기다렸수다."

"길을 못 찾아 헤매느라 시간을 지체했습니다."

"우리 평강 땅이 원래 기러티요. 산이 험해서리 아무나 못 올라갑네다."

"멧돼지가 흙구덩이를 파놓아 쉬웠는데 한동안 끼니 걱정 없겠습니다."

허준은 일부러 아전이 들으라는 듯 엄살을 떨었다. 아전이 모른 채 고개를 돌리고는 헛기침을 했다. 그러더니 촌장더러 잘 살펴주라고 했는데 이거 이 안 되겠구만, 그러고는 일어섰다. 허준은 부엌 귀퉁이 항아리에 자루를 넣었다. 돼지감자 몇 알을 꺼내어 씻었다. 아궁이에 불을 지펴 돼지감자를 쪘다. 익은 돼지감자를 소금에 찍어 먹으며 겸이와 어머니, 정임이 생각에 목이 메었다. 먹던 돼지감자가 목에 걸려 잘 넘어가지 않았다. 유배가 언제 풀릴지 알 수 없는 나날이었다.

북쪽의 바람은 매서웠다. 구월 중순에 이르자 붉고 노란 단풍이 산과 계곡을 물들였다. 사람들은 무거운 고개를 떨구고 서 있던 수수와 차조를 베어 처마 밑에 널어놓았다. 야생 돌배를 자루 가득 따다가 술을 담그거나 식초를 만들었다. 도토리를 주워 껍질을 벗겨내고 묵을 만들어 먹거나 머루 다래 야생 버섯을 채취하러 깊은 숲으로 들어갔다. 배추가 속이 노랗게 차오르고 바람이 지나갈 때마다 밤송이가 떨어졌다. 본격적인 겨울 채비에 들어간 마을은 타작하는 소리로 한동안 소란했다. 허준은 차곡차곡 나무를 주워 굴뚝 뒤에 쌓았다. 궁에서 어의가 유배왔다는 사실에 고을 사람들은 호기심에 한 번씩 들여다보거나 두부나 묵 같은 먹을거리를 갖다주었다. 얼마의 시간이 흐른 후 아픈 사람들이 찾아왔다. 대부분 가벼운 감기 증세를 보이거나 위장병을 앓고 있는 사람들이었다. 아들의 등에 업혀 온 노인은 혀가 부어 말을 못 하고 음식을 삼키지 못할 뿐 아니라 숨을 쉬기 힘들어했다. 허준은 방에 노인을 눕게 하고 침으로 피를 뽑아냈다. 노인은 혀가 딱딱하게 붓고 커지면서 입안을 가득 채워 목구멍이 막힐 지경이었다. 아들이 증세를 설명하고 노인은 붉게 충혈된 눈으로 멀거니 천장을 쳐다보며 숨을 몰아쉬었다. 허준은 전통적인 처방법을 생각했다. 혀가 부어 음식을 삼키지 못하고 숨을 잘 쉬지 못하는 증상을 옛 의서에는 목설1이라 했다. 『의학강목』에는 목설을 혀가 부어 커지는데 점점 더 붓게 되면 목구멍이 막혀서 죽는 병이라고 설명했다.

"설종2의 일종인 것 같소. 피를 빼고 약을 처방할 터이니 내일 다시 모시고 오시오."

설종은 말 그대로 혀에 종기가 나서 아프고 붓는 증세였다. 허준은 노인의 아들에게 설명을 하고 입 주위와 입안을 깨끗한 천으로 닦아냈다. 허준은 민가에서 구하기 쉬운 약

---

1 목설(木舌): 혀가 입안에 가득 차도록 부어서 숨을 내쉬지 못하는 것을 말함.
2 설종(舌腫): 혀가 부은 것.

재를 처방했는데 황련과 치자를 술에 볶고 생지황, 맥문동, 당귀를 술로 씻어 붉은 작약 한 돈과 서각, 박하, 감초 가각 5푼씩 썰어 물에 달인 후 식후에 먹도록 했다. 아들이 노인을 업고 집으로 돌아갔다. 다음 날 다시 노인이 아들 등에 업혀 왔다. 입안을 살피니 부기가 가라앉아 있었다. 숨쉬기가 조금 수월해졌다고 아들이 말했고 노인이 고개를 주억거렸다. 소독한 침으로 피를 뽑아내고 허준은 준비한 용뇌파독산 반 돈을 손가락에 묻혀 혀의 위와 아래에 발라주었다. 약을 바른 후에 진액을 숟가락으로 떠먹였다.

사흘이 지나 노인의 아들이 노인과 같이 다시 왔다. 노인은 등에 업히지 않고 걸어서 왔다. 혀의 부기가 완전히 빠지고 숨을 고르게 쉴 수 있게 되자 몸이 가벼워졌다고 기뻐했다. 아들은 사냥에서 잡은 꿩 한 마리와 차조 두 됫박을 주고 갔다. 허준이 유배 중인 죄인 신분으로 받을 수 없다고 사양하였으나 아들은 군이 꿩과 차조를 두고 갔다. 양식이 떨어져서 하루 한 끼 제대로 된 식사를 할 수 없었던 허준은 그날 저녁 아궁이에 불을 지펴 물을 끓인 후 꿩 털을 뽑아내고 뽕나무 뿌리와 당귀 등 약재를 넣어 꿩을 푹 삶았다. 허준은 아전을 불러 술을 나누어 마시며 꿩고기를 권했다. 평소 아전은 허준이 언제 다시 도성으로 불려 갈까, 과연 그가 복직될까 의심의 눈으로 지켜보며 허준을 관리하던 터였다. 그런데 그날 저녁 술 한 잔과 꿩고기에 마음이 부드러워져서 말투가 은근해졌다.

"대감, 고생이 많수구레. 시련의 날이 있으면 좋은 날도 아이 오기요."

"생각해 주시니 고맙소. 내 걱정은 안 해도 되오."

"고을 백성들이 대감이 계셔서 오던 병도 도망친다고 좋아합네다."

"허허, 과찬이오."

"우리 마을에 오래 계셨으면 좋겠지만 대감의 고생도 끝이 나야지비."

허준은 아전의 말에 말없이 술잔을 비웠다. 심경이 복잡했다. 질투에 눈먼 사람들의 사주로 자객에게 죽은 편작도 있는데 자신은 멀쩡히 살아 이렇게 술을 마시고 있지 않은가 싶어 마음을 비웠다. 마음을 내려놓은 지는 오래였다.

"밤은 길고 오랜만에 고기 맛과 술맛에 취기가 돕니다. 제나라 출신 편작 이야기나 한 소절 할까 하오."

"편작이 누구요."

"의원이오. 꽤 명망 있는 의원이었다오."

사람들은 그를 신의 편작(神醫 扁鵲)이라 불렀다. 춘추전국시대를 살다 간 인물로 기록된 인물이다. 객사에서 관리인으로 일하던 편작은 어느 날 투숙하고 있던 장상군이라는 사람에게 불려 갔다. 그는 이것저것 심부름을 시켰고 편작은 정성스레 장상군의 부탁과 심부름을 했다. 편작은 이른 저녁이면 뜨거운 물을 끓여 주전자에 담아 객방마다 들여놓았다. 특히 오래 투숙한 장상군에게는 주인이 즐겨마시던 말린 녹차를 주기도 했다. 장상군은 곰살맞은 편작을 불러 그의 의술을 전수했는데 이후 편작은 객사를 떠나 전국을 돌며 의원의 일을 했다. 장상군이 준 의서 비기는 이후 편작의 삶을 완전히 바꾸어 놓았다. 그는 뛰어난 의술을 지니게 되었다.

아픈 환자들을 고치며 이 나라 저 나라를 유랑하던 편작은 이름이 알려져서 제자들이 구름떼 같이 몰려왔다. 제자들을 데리고 다니며 편작은 놀라운 의술을 펼쳤다. 어느 지방에서 죽은 청년을 살려낸 이야기는 금세 전국으로 소문이 퍼졌다. 편작은 이후 수많은 사람을 고치고 살리며 병을 치료했다. 편작 진월인은 겸양의 미덕을 가졌다. 그의 과학적인 치료와 처방으로 무속인들의 일자리가 줄어들자 시기와 질투의 대상이 되어 견제받았다. 자객에 의해 죽임을 당한 편작은 그의 사후 중국 의학의 본격적인 시발점이 되었다.

"호오, 그런 의원이 중국에도 있었단 말입네까."

"아주 오래전 내 스승님은 편작의 이야기를 들려주며 그분과 같은 의원이 되라 말하셨지요."

"임금님을 치료하는 의원이면 충분히 자격이 된다, 그 말입네다."

허준은 아전의 호응이 겸연쩍었다. 칭찬을 들으려고 꺼낸 이야기는 아니었다. 편작을 통해 자신을 다시 한번 다잡고 싶었다. 유배 중에 시시때때로 찾아오는 고독감, 가족에 대한 그리움, 왕에 대한 기대감 같은 것들로 허준은 차츰 심신이 지쳐갈 때였다. 아전의 얼굴이 불그레해지더니 눈이 풀려갔다. 허준은 그를 재워서 돌려보낼 생각을 했으나 아전은 한사코 일어났다. 밤부엉이 소리 가깝게 들리는 마을 안길을 향해 아전이 비틀거리며 걸어갔다. 흥에 겨워 노래를 부르는 그의 목소리가 어두운 밤공기 속으로 흩어졌다.

북방의 겨울은 뼈마디가 시릴 정도였다. 산그늘이 서서히 내려오면 허준은 아궁이 가득 장작을 넣고 불을 지폈다. 아랫목이 절절 끓었으나 공기는 차가웠다. 윗목에 놓아둔

걸레가 꽁꽁 얼었다. 밤새 문풍지가 떨어대며 시끄러웠다. 이불을 푹 뒤집어쓰고 잠이 들라 해도 어느 사이 문틈으로 들어온 바람이 이불깃을 들썩거리게 했다. 밤부엉이가 울었다. 허준은 부엉이 소리를 들으며 겨우 잠이 들었다.

겨울이 깊어 갔다. 희끗희끗한 잔설에 뒤덮인 산맥과 산등성이에 나무들이 몸을 낮추고 조용히 흔들렸다. 늦잠을 잔 허준은 찌뿌드드한 몸을 일으켜 문을 열었으나 문이 열리지 않았다. 겨우 밀어낸 문틈으로 눈이 흩어져 들어왔다. 밤사이 눈이 내렸는데 지붕 처마 밑에까지 눈이 찼다. 허준은 꼼짝없이 방에 갇혀 해가 뜨기를 기다렸다. 정오 무렵 사람들이 삽과 도구를 가지고 허준의 마당에 쌓인 눈을 치워주었다. 아전이 사람들을 데리고 온 것이었다.

"밤새 잘 주무셨습니까. 꿩 만둣국을 갖고 왔으니 좀 드시구레."

관노에게 꿩 만둣국을 들려서 온 아전이 밝은 표정으로 허준에게 아는 척했다.

"살면서 이리 많은 눈은 처음 봅니다."

"여기 사람들은 일상이지요."

"눈과 싸우며 겨울을 나게 생겼습니다."

"그것두 좋은 경험이 될 거우다."

허준은 두 번은 겪고 싶지 않은 경험이었지만 아전의 말에 그냥 웃을 수밖에 없었다. 마당 한가운데로 길만 내놓은 터라 길 양쪽으로 눈이 흰 벽을 세운 듯했다. 한낮의 햇볕이 눈을 조금씩 녹였다. 눈이 녹고 다시 눈이 쌓이며 시간이 갔다. 동지섣달이 지나고 정월이 지나 햇볕이 조금 푸근해졌다.

멀리 고갯마루에 말 울음소리가 들려온 듯했다. 허준은 마당을 내다보았다. 바람 소리가 귓전을 스치며 지나갔다. 바람 소리에도 골짜기 폭포 소리에도 빗소리에도 허준은 그 소리의 잔영에 이끌렸다. 돌멩이 밟는 소리나 말발굽 소리가 바람결에 들려오면 벌떡 일어나 짚신을 꿰어 신고 마당으로 달려 나가 마을의 초입을 살폈다.

말발굽 소리가 다시 들려왔다. 바람 소리가 아닌 게 확실했다. 허준은 긴장했다. 옆에 있던 아전이 마당 밖을 내다보더니 무슨 일인가 하고 고개를 갸웃거렸다. 조금 후 대궐에서 왕의 교지를 갖고 관헌이 나왔는데 뒤늦게 안 군수가 허둥지둥 달려왔다.

— 짐이 말하노라. 의원 허준의 유배지를 평강에서 도성 밖 남쪽으로 이동하라.

허준은 바닥에 엎드려 이마를 조아렸다. 강원도 이북 평강에서 관악산 아래로 옮기니 공기부터 달랐다. 부드럽고 따스한 바람이 불었다. 소식을 듣고 아들 겸이 한달음에 달려왔다. 장성한 아들의 코밑이 거뭇거뭇해졌다. 겸이 바랑에서 정임이 만들어 준 홍삼과 도라지 정과를 꺼내놓았고 어머니가 약초로 만든 환약을 내밀었다. 허준은 집에서 보내준 물건을 들고 깊이 숨을 들이마셨다. 가족의 냄새였다. 그립고 보고 싶던 향기가 그 안에 담겨 있었다.

새로운 유배지에서 허준은 담담했다. 추운 지역을 벗어난 것만으로도 살 것 같았다. 고뿔을 달고 살던 몸도 남쪽의 온화한 기온에 적응해 갔다. 오두막 뒷산을 오르며 약초를 채취하는 일은 게을리하지 않아서 선반 가득 자루마다 다양한 약재가 들어 있었다. 늘 몸가짐을 조심하고 또 조신해야 하는 게 궁궐이었다. 왕실과 종친들, 정승들, 왕과 왕의 가족을 보살피고 치료하며 긴장을 풀지 못하는 세월을 보냈던 터였다. 약초를 채취하는 시간은 홀로 고요하고 홀로 편안했다. 그 시간은 자신을 돌아보게 했다. 허준은 눈을 감고 햇볕에 몸을 내어 맡겼다. 내의원에서 초임 의원으로 지내다가 첫 귀양살이를 경험했던 날이 떠올랐다.

허준이 의과시험에 합격하여 혜민서에서 전의감, 전의감에서 내의원으로 자리를 옮기자 주위에서 수군거렸다. 시험에 합격했다 하더라도 모두 어의가 되는 것은 아니었다. 일반 백성들을 위한 치료소인 혜민서나 구휼을 관장하는 활인서에 배치되거나 때로는 지방 관아나 외국 사신이 머무는 객잔에 머물기도 하며 다양한 곳에서 근무하는 게 잡과 출신들이었다. 운 좋게 내의원에 들어가면 초임들을 시험하는 전례가 있었다. 왕실 가족이나 정승을 보살피는 업무는 태의가 중심이 되어야 했지만 왕이 직접 명을 내릴 때도 있었다. 대부분은 태의가 관장했다. 뛰어난 의술을 지닌 신입 의원은 선임 의원의 시험을 통과해야 했다. 물론 통과 못 하기도 하지만 문제는 그들이 짜고 왕실 가족의 병을 고치게 한 후 결과가 좋지 않을 때 책임을 져야 하는 일이었다. 처음 허준이 태의의 명을 받아 왕실 가족을 만난 것은 임금의 총애를 받는 후궁 소용 엄 씨의 혈족을 치료하는 일이었다. 소용 엄 씨의 오라비 엄흥수는 중인 계급보다도 못한 일반 양민이었는데 소용 엄 씨의 후광으로 별좌라는 특별직에 보임을 받은 인물이었다. 술을 좋아해서 기생을 옆에 끼고 술을 마시다가 사지가 뻣뻣해지며 얼굴 형상이 일그러지는 병증이 왔다. 태의가 허준을 부른 것은 내의원에 들어간 지 일 년이 채 되지 않은 시점이었다.

"자네가 시술을 해보게. 좋은 기회이니. 잘하면 전하의 신임을 얻는 기회일세."

태의의 말에 여러 의원이 의미심장한 웃음을 즈들끼리 주고받음을 허준은 눈치챘다. 하필이면 양예수 옆에 한정수가 붙어서 의미 있는 미소를 짓고 있었다. 거절할 명분이 없었지만 거절할 이유도 없었다. 허준은 엄흥수의 사가에 나가 그를 진맥했다. 술을 마신 상태에서 찬바람이 몸에 들어와 풍이 왔고 습한 기운이 침투하여 이중으로 몸이 망가진 상황이었다. 허준은 약재를 처방하여 약탕기에 물을 붓고 약을 달였다. 쑥뜸을 뜨고 경혈에 침을 놓았다. 소용 엄씨가 애절한 표정으로 꼭 낫게 해달라고 말했다. 그러면서 어떠냐고 고칠 수 있겠냐고 물었다.

"풍은 무절제한 생활을 통해 오기도 합니다. 또한 식습관도 중요하고 술을 마신 상태에서 찬 바람을 갑자기 쐬면 혈액이 수축하며 쓰러질 수 있습니다. 지금으로서는 몸을 따뜻하게 하고 제대로 된 치료를 하면 될 것입니다. 너무 심려마시옵소서."

허준은 일반론적인 대답을 했다. 치료에는 차도가 보였다. 엄흥수는 이틀 만에 일그러졌던 얼굴이 펴지고 혈색이 좋아지자 그동안 참았던 술과 기름진 음식을 몰래 입에 댔다. 사흘째 되는 밤 엄흥수의 얼굴이 다시 기묘하게 일그러지며 입이 돌아갔고 다리가 뻣뻣해졌다. 엄흥수가 비명을 질렀다.

"어, 으어, 어!"

엄흥수가 입 밖으로 뱉어낸 말은 의미를 잃은 채 흩어졌다. 소용 엄 씨가 특별히 보좌하라고 보낸 궁인이 놀라 궁으로 달려가 이 소식을 전했다. 허준은 급히 경혈에 침을 시술했다. 아무리 궁리해 봐도 모를 일이었다.

"술을 드셨습니까. 고기와 술은 상극입니다."

엄흥수가 노려보았다. 그의 눈에 분노가 가득했다. 탕약을 끓여 대령하고 몸을 따뜻하게 하고 음식을 조심시켜도 엄흥수의 병은 낫지 않았다. 엄흥수가 탕약을 거부하고 침술 치료를 거부하더니 허준이 들어오면 돌아앉았다. 그가 거부하자 허준은 치료를 중단하고 궁으로 돌아와 어의 양예수에게 고했다.

"의원이 병을 치료 안 하고 손을 놓아버리면 의원이라 할 수 있겠소."

양예수가 버럭 화를 냈다. 허준이 아무리 설명을 하고 변명을 해도 통하지 않았다. 얼마 후 소용 엄 씨가 어의 양예수와 김응탁을 데리고 나타났다. 오라버니, 이게 무슨 일이십니까, 그러고는 울음을 터트렸다.

"병자를 포기한 의원 허준을 벌주소서."

"아픈 환자를 보듬어 마음을 안정시키고 몸을 치료하는 것은 의원의 본분입니다. 하온데 의원 허준은 멋대로 치료하다가 포기를 했으니 파면하소서."

소용 엄 씨의 노여움과 조정 대신들의 상소가 보태어져 허준은 귀양을 갔다. 다행스럽게도 집에서 멀지 않은 강화도였다. 바닷물이 쓸리는 소리에 잠을 이루지 못한 채 날이 가고 달이 갔다. 물이 빠진 갯벌은 막막했다. 지평선을 바라보는 허준의 가슴에 외로움이 들어찼다. 강화유수는 관헌을 보내 틈틈이 감독을 했다. 먹을 양식은 늘 부족했다. 허준은 개펄에 나가 조개를 캐거나 작은 게를 붙잡아 삶아 먹었다. 어느 날 고기를 잡아 생업을 잇는 어부가 아픈 아이를 업고 왔다. 겸이와 비슷한 또래였다. 뛰거나 걸을 때 다리를 절룩이기도 하고 아파서 울기도 한다고 했다. 한창 성장하는 아이들이 겪는 성장통이라는 결론이 났다. 침을 놓아주고 몸을 보하는 약초를 처방했다. 몇 달 간 지켜보면 괜찮을 거라고 말해주고는 돌려보냈다. 몇 달 후 어부가 낙지와 해산물, 탁주를 가져왔다. 아이의 다리가 나았다며 고맙다고 갖고 온 해산물이었다. 미역, 조개, 게, 새우 들이 싱싱하게 살아 있었다. 어부가 낙지를 들어 올렸다. 낙지발이 허공에서 대롱거리다가 손가락에 들러붙어 떨어지지 않았다. 허준은 당황한 표정으로 어부를 쳐다보았다.

"손질을 지가 해보겠습니다."

어부가 나무토막에 낙지를 올려놓고 칼로 탕탕 쳤다. 종지에 소금과 참기름을 담고 나무토막 채로 산낙지와 생새우를 올려놓고 둘은 탁주를 마셨다. 어부는 뜬금없이 어려운 일이 없냐고, 무슨 일이 있으면 기별을 달라고 했다. 어부의 아들이 잘 뛰어놀고 다리가 멀쩡한 것에 대해 어부가 고마워하는 거라고 허준은 속으로 생각했다. 어부의 말과 몸짓에서 우러나는 친근함이 허준은 낯설었다. 단지 어린 아들을 치료해 줬을 뿐인데 의원이라면 당연한 일을 한 것뿐인데 과도한 친밀감을 드러내는 그가 몹시 거북했다. 토막 난 낙지 조각이 도마에 들러붙어서 꿈틀거렸다. 허준은 살아 움직이는 낙지 다리를 집을 수가 없었다. 생새우 한 마리를 입에 넣고 잘근 씹으려는 순간 새우가 꿈틀, 했고 허준이 놀라 새우를 뱉어버렸다. 토막 낸 낙지 다리를 입에 넣자 입천장에 들러붙어 떨어지지 않았다. 허준은 난감해서 낯을 찡그렸고 어부가 그 모습을 보고 웃었다. 산골에서 성장하며 산나물과 약초를 먹으며 성장한 허준에게 바다생물은 어색한 먹거리였다. 살아서 꿈틀거리는 생물이 허준은 낯설었다. 어린 날 집안 제사 때나 명절에도 산 생물은 보기 어려웠다. 산낙지가 입안에서 계속 움직이는 느낌에 허준은 속이 불편했다. 어부는 아는지 모르는지 탁주 두어 사발 마시고는 일어섰다. 그날 이후 가끔 어부가 해산물을 갖다주었다. 어부와 이야기 끝에 몸이 으슬으슬 춥고 몸살이 나면 바닷가 사람들은 솥에 무를 썰어 넣고 싱싱한 우럭이나 조기, 혹은 대하를 넣어 한소끔 끓여 마시면 몸이 개운하다고 다들 그렇게 한다고 말할 때 허준은 마음속으로 옳거니 하고 무릎을 탁 쳤다. 환경에 따라 사람들의 치료행위를 해야 한다는 깨달음이 온 것이었다. 허준은 바닷가 사람들이 아프다고 찾아올 때면 처방을 쓸 때 그 고을에서 나는 재료를 살피고 연구해서 썼다. 허준이 바다 생물과 그곳에 터를 잡고 사는 사람들의 일상에 깊이 관심을 가질 때 봄이 가고 여름이 가고 가을이 가고 겨울이 갔다. 허준은 유배에서 풀려나 도성으로 돌아왔다.

다시 궁으로 돌아온 허준에게 정작이 따뜻한 말로 위로를 했다.

"허 의원, 그런 일은 괘념치 마오. 누구나 통과의례를 겪는다오."

허준은 정작의 말에 유배살이의 고생이 말끔히 씻겨 나갔다. 세월은 화살보다도 빠르게 지나갔다. 그 사이 궁에 들어와 지낸 지 십수 년이 지났다. 왕과 종친들, 왕자와 옹주들, 소소한 병증을 치료한 일은 셀 수도 없을 만큼 많았다. 어의가 되어 왕의 신임을 얻었다 싶을 무렵 그 일이 터졌다. 왕이 아끼는 후궁 귀인 박 씨 소생 왕자를 치료하고 난 후에 일어났다. 피부병이 얼굴과 목 주변에 번진 왕자 아기씨는 잠을 안 자고 울며 보챘다. 나이 어린 왕자의 피부병은 임금뿐만 아니라 조정 대신들의 관심사였다. 정실 왕후에게서 소생이 없는 왕의 후손 왕자 중에 누가 후계자가 될지 알 수 없었다. 후궁 소생의 많은 왕자들이 후계자가 될 수 있었다. 예닐곱 살 된 어린 왕자의 피부병은 조심스러웠다. 양예수는 고심 끝에 허준과 보조 의원에게 치료를 맡겼다. 약초 처방부터 어려운 부분이었다. 독한 약재를 소화하기에 무리가 따르는 나이의 왕자였기에 허준은 고민이 깊었다. 얼굴에 깨끗이 세탁한 면포를 덮고 그 위에 소독약을 만들어 뿌리는 한편 탕약을 끓였다. 밤이면 울고 보채는 왕자로 인해 허준은 잠을 이루지 못했다. 궁녀로 하여

금 왕자의 손톱을 깎게 하고 소매가 긴 옷을 입혔다. 급기야 허준은 부드러운 천으로 잠든 왕자의 손목을 침상에 묶었다. 시간이 지나자 왕자의 피부병이 나았고 왕은 기뻐했다. 그러나 귀인 박 씨의 성난 음성이 측근을 움츠리게 했다. 왕의 귀에도 귀인 박 씨의 언짢은 심기가 전해졌다.

"어의는 무슨 마음으로 어린 왕자 아기씨의 몸을 저 지경으로 만들었소."

허준은 귀인 박 씨에게 불려 가 호된 질책을 받았다. 왕자 아기씨의 양쪽 손목에 붉은 줄이 처져 있고 멍이 들어 있었다. 허준은 뭐라 할 말이 없었다. 피부병을 고치기 위해 다른 부분은 접고 들어갔고 비단 끈으로 묶었던 왕자 아기씨의 손목에 흔적이 남을 줄은 알지 못했다.

"어의 허준을 삭탈관직하여 후대에 반면교사가 되게 하소서."

"어의 허준을 파면하소서."

"어의 허준을 벌주소서."

상소가 빗발쳤다. 왕은 허준을 귀양 보냄으로써 귀인 박 씨의 노여움을 잠재웠다. 허준의 이마에 내리쬐던 햇살이 사라지고 그림자가 비치며 순간 차가운 바람이 스쳤다. 허준은 눈을 떴다. 궁에서 사람이 온 것이다. 말이 콧김을 내

뿜었다. 홍 내관이 말을 매어놓고 웃으며 안부를 물었다.

"어의 영감, 평안하셨습니까."

"홍 내관께서 어찌 누추한 곳에 오셨습니까."

"채비하고 궁으로 가시지요. 종친 중에 연로한 대군마마가 몹시 아픕니다."

"옷을 갈아입고 나오겠습니다. 조금만 기다리십시오."

허준이 준비할 동안 홍 내관은 자루에 담아온 콩을 말먹이로 항아리에서 물을 퍼서 말에게 먹였다. 죄인 신분이라하더라도 홍 내관과는 예전부터 친분이 있었다. 어의 영감으로 부르는 홍 내관이 허준은 반가웠다. 죄인 신분이 되면지방 아전이나 현감은 허 의원이라 불렀다. 왕실 종친 어른인 대군마마를 치료하며 허준은 사흘을 도성 안에서 묵었다. 대군의 병이 완쾌되자 그 집에서는 노비를 딸려서 말을빌려주었다. 왕은 분명 이 사실을 알았을 것이었다. 그럼에도 궁궐은 조용했다. 왕의 의중을 알 수 없었다. 허준은 오두막으로 돌아와 씻고 드러누웠다. 뼈마디가 욱신거리는듯했다. 그 모든 유배지가 천천히 머릿속으로 지나가며 고생한 기억이 떠올랐다. 후궁 박씨의 속병을 고치자 황해도에서 강화도로 거처가 옮겨졌고 다시 옹주의 삔 다리를 고친 후에는 강화에서 의정부로 옮겨졌다. 왕의 의중을 어렴풋이 안듯 말 듯 했다. 한 가지 확신한 것은 대궐이 조금씩 가까워진다는 사실이었다. 강원도 평강으로 유배를 갔을 때는 한기가 엄습하여 추위에 시달렸다. 북방의 바람은 차갑다 못해 시렸다. 날카로운 쇠꼬챙이로 피부를 쑤시는 것 같았다. 평강에서 사계절을 보내는 동안 허준은 병을 얻었다. 무릎이 시리고 허리가 아픈 증세는 스스로 약재를 써도 낫지 않았다. 언강이 풀리듯 도성 밖 관악산 밑으로 옮긴 후에는 시린 증세가 뜸해졌고 아들 겸이 집 안팎의 소식을 전해주러 가끔 들렀다. 끼니 걱정을 덜어서 마음이 편안했다. 종친 대군마마를 고친 후 계절이 바뀌었다. 그 사이에도 몇 번 왕실 가족의 치료를 위해 불려 갔다.

"어의 영감 고생이 많소."

종친이 지나가는 소리로 보태는 말에 더 이상 흔들리지 않았다. 계절이 바뀌어 봄이 되자 허준은 유배에서 풀려 대궐로 돌아왔다.

9. 의서 연구에 눈을 뜨다

내의원에서 허준은 양예수 옆에 가까이할 기회가 없었다. 한정수가 딱 붙어 서서 허준의 접근을 차단했고 굳이 가까이할 명분이 없었다. 벼루에 먹을 갈아 혜민서 병자들 처방전을 쓰거나 틈틈이 환약을 만들었다. 왕자들의 소화 기능이 약할 때 급하게 쓸 환이었다. 허준은 일하는 가운데서도 궁중 서고가 눈에 선했다. 어느 날 양예수에게 다가갈 기회가 생겼다. 한정수가 왕자 아기씨 치료를 하러 자리를 비웠기 때문이었다.

"내의원 허준, 대감께 인사 올립니다."

"무슨 일이시오."

"부탁이 있습니다. 서고의 의서를 보고 싶습니다."

"의원이 의서를 보는 게 무슨 대수겠소. 그렇게 하시오."

순순히 허락받은 허준은 그날부터 서고에 드나들었다. 퇴청 후에도 귀가하지 않고 서고에서 밤을 새우기 일쑤였다. 동방의 의서들, 조선의 의서뿐만 아니라 고려의 의서만도 수백 권에 달했다. 동양의학은 경락1과 기 혈맥을 중시

하였다. 눈에 보이지 않으나 인체를 구성하는 기본요소들, 정과 기를 강조하는 경우도 있었다.

"호오, 허 의원을 보게 되는 구려."

"또 뵈옵니다."

서가에서 정작과 허준이 만나 인사를 나누는 일이 예사로운 일상이 되었다. 두 사람은 의서보다도 사서오경이나 시경에 관심이 많아 의기투합하였다. 점잖고 겸손한 정작은 양반 가문의 후예임에도 허준을 공대하였다.

허준이 내의원 생활에 적응이 되어가던 어느 날 서고에서 정작을 또 만났다. 이날은 그의 표정이 평소와는 다르게 긴장감이 흘렀다.

"허 의원 날 따라오시오."

"어인 일이시옵니까."

"가보면 아오."

허준은 묵묵히 정작의 뒤를 따라갔으나 어딘지도 모를 궁 안을 한참이나 걸었다.

"인빈 김 씨가 기거하는 내실이었다. 궁녀의 안내를 받아

---

1 경락(經絡): 몸 안에서 기와 혈이 순환하는 통로.

정작을 따라 내실로 들어간 허준은 처음 맞닥뜨리는 풍경에 가슴이 벌렁거렸다.

"인빈 마마시네. 인사 올리게."

"내의원 허준 인빈 마마께 인사 올립니다."

허준이 큰절을 하고 물러섰다. 궁녀들이 멀찌감치 주위에 물러나 있고 인빈 김 씨가 앉으라고 말했다. 화초장과 나비 촛대와 도자기 화병이 진열된 화사한 방이었다. 한눈에도 예사롭지 않은 분위기였다.

"유의2께서 추천하여 허 의원을 불렀소. 내 아들 신성군을 고쳐주시오."

"황송하옵니다."

"허 의원, 살펴보시오."

어린 왕자가 비단 보료에 누워 불안한 표정으로 어머니 인빈 김씨와 의원의 이야기를 듣고 있다. 목 부위에 붉은 자국이 있는 것으로 보아 태열로 인한 증세일 가능성이 높았다. 허준이 조심스럽게 신성군의 저고리 앞가슴을 제쳐 보고 소매를 걷어 보았다. 발진(發疹)과 발적(發赤) 증세가

---

2 유의(儒醫): 조선시대 유학자로서 의술에 정통한 사람을 가리키는 말.

심했다. 목 어깨 엉덩이 팔과 다리에 증상이 심했다. 손발에는 땀이 차고 몸은 건조했다.

"더위를 심하게 타고 찬 것을 좋아한다오."

허준의 탐문에 인빈 김씨가 친절하게 응대했다. 아랫배를 만져보니 차가웠다. 태열이 증세이긴 하지만 더위를 많이 타고 찬 것을 좋아하며 몸에 땀이 없는 것을 감안하여 감초, 석고, 황금, 길경, 방풍, 천궁, 당귀, 적작약, 대황, 마황, 박하, 연교, 망초, 형개를 처방하였다. 유의 정작이 옆에서 지켜보았는데 허준은 약 선별과 달이는 것과 먹이는 일을 직접 하였다. 여러 날이 지났다. 피로한 기색이 역력한 허준을 보고 정작이 좀 쉬라고 해도 그는 신성군 옆에서 떠나지 않았다. 신성군 옆에서 꾸벅꾸벅 졸면서 그는 밤을 보냈다.

"허 의원의 지극정성이 하늘에 닿았을 거요."

신성군이 웃음을 되찾자 인빈 김씨는 기쁨에 들떠 얼굴이 화사하게 피어났다.

"고맙소. 내 이 은공을 잊지 않으리라."

"황공하옵니다."

신성군의 병이 낫자 선조 임금은 허준에게 당상관 벼슬을 내렸다. 정3품 통정대부 이상이었다. 사헌부와 사간원,

홍문관 삼사에서 상소가 빗발쳤다.

"전하, 어의는 왕실 가족의 병을 고치는 의원이옵니다. 당연한 일을 했사온데 벼슬을 내리다니요."

"전하, 벼슬이 너무 과하옵니다. 이로 인해 오만해져서 자신의 처지를 잊을까 염려되옵니다."

"전하, 이번 일로 벼슬을 높게 주시면 나쁜 선례가 되옵니다, 통촉하소서."

대신들이 허준의 벼슬이 부당함을 고하자 성균관 유생들까지 나서서 탄핵을 주청했다.

"이 일은 더 이상 거론 마오."

선조의 의지는 확고했다. 대신들과 삼사, 유림이 들고일어나서 불가함을 아뢰었으나 선조는 요지부동 꿈쩍하지 않았다. 허준은 불편했다. 벼슬을 제수받았으나 기쁘지 않았다. 서고에 파묻혀 시경을 읽고 있을 때 정작이 다가왔다.

"허 의원 섭섭해 마시오."

"대감께 면목이 없사옵니다."

"괘념치 말고 잊으시오."

정작의 위로에 허준은 마음이 따뜻해졌다. 그날 저녁 허준은 일찍 퇴청하여 간고등어 한 손을 사서 집으로 갔다. 정임과 어머니가 기뻐하였다. 온 가족이 둘러앉아 오순도

순 저녁밥을 먹었다. 부쩍 성장한 아들 겸이와 겸상을 한 허준은 대견한 듯 아들을 바라보았다. 코밑에 수염이 거뭇거뭇 나고 있었다.

"경전 공부는 잘되고 있느냐."

"네, 아버님, 사서삼경을 읽고 있습니다."

"할만하더냐."

"소자의 흥미를 끄는 학문입니다."

"열심히 해서 과거시험에 대비하도록 해라."

"과거시험이라고요?"

겸이는 아버지를 빤히 쳐다보았다. 그 눈에는 의아함이 가득했다. 서얼 출신 집안에서 문과 시험은 어불성설이 아닌가. 아버지를 따라 의원이 되라는 말씀인가. 불안정한 겸이의 눈빛을 포착한 허준이 자애로운 미소로 겸이의 손을 잡았다.

"네 걱정이 무엇인지 안다. 일단 학문에만 전념하도록 해라."

"알겠습니다, 아버님."

허준은 가슴이 답답했다. 신분의 벽을 넘을 수 있을 것인가. 허준은 하늘을 우러러 탄식했다. 허준이 퇴궐하여 쉬고 있을 때 이웃에서 꾀죄죄한 노파가 찾아왔다.

"여기가 의원 댁입니까."

"그렇긴 합니다만 무슨 일이오."

"의원 나리, 제 아들 좀 살려주세요."

"주위에 의원이 있지 않소."

"아무도 오려고 하지 않습니다. 가난하다는 이유로요."

"의원이긴 합니다만 허어, 이거야 원."

허준은 안타깝지만 선뜻 따라나설 수가 없었다. 명색이 내의원 의원으로서 왕과 왕실 가족을 위해 일을 해야 하는 몸이었다. 허준은 수염을 쓰다듬으며 헛기침했다.

"의원 나리, 아들을 고쳐주세요. 그 아이가 없으면 저는 죽습니다."

노파의 울먹임에 허준은 어디가 어떻게 아픈지 물었다. 노파가 말하기를 몇 달 전 체한 뒤부터 수시로 명치가 뒤틀리며 아픈데 한번 아프면 배를 움켜쥐고 나뒹굴 정도며 괜찮을 때는 멀쩡하다가도 다시 또 통증이 반복되는데 일을 못 할 지경이라고 했다. 허준이 가만히 들어보니 식체 후 반복되는 명치통이었다. 알면 간단한 치료로 고칠 수 있는 병인데 여태껏 방치했다는 게 의아했다. 명치와 위장 부위가 같으므로 위 기능이 비정상적으로 활동을 하는 듯 보였다. 허준은 처방을 쓰다가 노파를 바라보았다. 어딘가 불안정해 보였다.

"혹시 비싼 약재를 구해야 하나요?"

"집에 쓸 만한 약재가 있는 데 우선 그걸 드릴 테니 달여서 아들에게 먹이시오."

허준은 창출, 진피, 후박, 감초를 섞어 닷새분 열 첩을 지어주었다. 노파는 허리를 연신 굽히며 절을 하고는 돌아서 갔다. 가난한 백성들이 간단한 약재조차 쓰지 못해 병들어가는 현실이 느껴졌다. 이레가 지난 어느 날 노파가 떠꺼머리총각3을 데리고 찾아왔다. 퇴근 후 의서를 읽고 있던 허준은 노파를 알아보았다. 떠꺼머리총각이 마당에 넙죽 엎드려 큰절을 올리고는 병을 고쳐줘서 이렇게 건강해졌다며 환하게 웃었다. 허준은 오히려 당황했다. 별로 해준 게 없는데 이렇게 감읍하다니 난감한 건 허준이었다. 노파는 감사하다며 마루에 노각 두어 개를 놓고 돌아서 갔다. 드릴게 이것밖에 없다고 미안해하며 갔다. 정임이 노각을 돌려주려고 뒤쫓았으나 노파와 떠꺼머리총각은 어느 사이 사라지고 없었다.

---

3 떠꺼머리총각: 장가들 나이가 지나도록 장가를 들지 못하고 머리를 길게 땋아 늘인 총각.

다음 날 저녁이었다. 궁궐에서 늦게 퇴근하고 집에 왔는데 마당에 사람들이 모여 웅성거렸다.

"무슨 일이오."

"의원 나리, 우리 어머니를 살려주세요."

"제 딸이 죽어갑니다. 살려주세요."

"손자가 누워 일어나지를 못합니다."

웅성거리던 사람들이 허준을 보자 달려들어 옷소매를 잡아끌었다. 마루에는 어린 소년이 누워 있고 기둥에 기대어 눈을 감고 있는 노인도 보였다. 허준은 당황했다.

"이러시면 안 됩니다. 이웃에 있는 의원을 찾아가 보세요."

아무리 설득하고 설명을 해도 그들은 막무가내였다. 정임이 부엌 옆에 서서 자기 잘못인 양 고개를 숙이고 서 있고 어머니가 방에서 나와 한마디 했다.

"아범아, 이분들이 오죽하면 찾아왔을까. 한 번만 봐 드려라."

허준은 어머니를 쳐다보았다. 의원의 일이 무엇인가. 생초 유의태 스승 댁에서 겪었던 일들이 한꺼번에 스쳐 지나갔다. 약 한 첩 사 먹지 못해 다 죽어서 업혀 온 노인이나 어린 소년을 스승은 치료해서 살려내지 않았던가. 허준은 저녁 끼니를 거른 채 업혀 온 환자들을 진료하고 처방전을 써줬다. 그때 여러 가지 약재를 쓰지 않고 한 가지 단 방으로 치료를 해보아야겠다고 생각했다.

"허 의원 나 좀 보세."

며칠이 지난 후 어의 양예수가 허준을 불렀다. 허준은 의아한 얼굴로 양예수를 따라 내의원으로 갔다.

"자네 몹쓸 사람이더구먼. 어의를 구실로 치료행위를 하다니, 그래 돈은 얼마나 받았나."

"저, 저는."

허준은 퍼뜩 집으로 찾아온 환자들을 기억했다. 할 말이 없었다.

"송구합니다. 대감."

"전하께 심려를 끼쳐서야 되겠나."

"전하께서 아십니까."

"대신들이 상소를 올렸다네. 자네를 파직하라ㄱ 말일세."

"……."

허준은 사태의 심각성을 깨달았다. 가난한 백성들을 도와준다고 한 일이 이렇게 커질 줄은 몰랐다. 허준은 왕에게 불려 갔다.

"허 의원, 진맥을 좀 해보게. 요즘 몸이 좋지 않아서."

"전하, 황송하옵니다."

"말해 보게. 내가 얼마나 오래 살 것 같은가."

"전하 무슨 말씀을 하시옵니까. 전하 오래오래 장수할 것이옵니다."

"백성들은 무슨 생각을 하며 살던가."

허준은 여러 의미를 포함하여 묻는 왕의 말에 답을 해야 했다. 허준은 작심하고 발언했다.

"가난한 백성들은 약 한 첩 지어먹기 어려워 병을 앓다가 죽어갑니다. 약값이 비싸서 계를 한다는 말도 있습니다."

"허어, 계를 한다니. 그게 무슨 말인가. 우리 땅에서 나는 약재가 그리 비싸단 말인가."

"아니옵니다. 당약4이라 비싸옵니다."

"옳거니, 당약을 쓰지 않으면 될 게 아닌가."

"그리하자면 연구가 필요합니다. 우리 땅에서 나는 약재를 써서 효험을 본 환자와 치료 방법에 대한 일지가 필요합니다."

---

4 당약(唐藥): 중국에서 들여온 약.

왕은 곰곰이 생각에 잠겼다. 그러다가 허준을 지그시 바라보았다.

"내 이번 일은 눈감아 줄 것이야. 백성들을 위한 우리 조선의 의서를 써보게. 또한 백성들이 알기 쉽게 언문으로 된 의서도 쓰고."

"전하, 황공하옵니다. 소인 최선을 다해 성심에 보답하겠습니다."

허준은 감격해서 왕에게 큰절을 올렸다. 선조는 왕실 서고에 보관해 오던 의서 수백 권을 언제든지 들여다볼 권한을 허준에게 부여했다. 희귀본을 비롯하여 왕실 서고에는 진나라, 당나라, 송나라, 명나라 의서뿐만 아니라 아랍에서 건너온 그림을 곁들인 의서도 있었다. 그림에는 인체 해부도가 있었는데 허준은 해부도를 세세히 관찰했다. 황제내경 앞부분에 그려진 인체 해부도와 출처를 알 수 없는 고서에 나온 해부도는 정밀했다. 인간의 몸 안은 구조적으로 완벽했다. 허준은 인체 해부도를 머릿속에 집어넣고 새기고 또 새겼다.

궁에 틀어박혀 밤을 새우다시피하는 허준은 어쩌다 집에 얼굴을 비쳤다. 허준이 퇴궐하기를 기다려 집으로 찾아오던 환자들도 더 이상 오지 않았다.

그날부터 허준은 의서를 언문으로 번역하기 시작했다. 왕의 명이라 일은 일사천리로 진행되어 그 해 언문 의서 『태산집요』와 『구급방』을 펴냈다. 선조는 이례적으로 언문으로 백성들에게 공표했다. 왕은 허준을 신뢰했다. 내의원에 입시하여 왕을 치료한 적이 있는 허준으로서는 임금의 습성을 어느 정도 꿰고 있었다. 예방하는 법을 연구하여 질병의 발호를 미리 차단하기도 하였다.

왕의 명을 받은 후 허준은 어깨에 힘이 솟았다. 오래전 산음에서 백성들을 치료 후 효과 본 경험을 중심으로 써놓은 일지를 다시 뒤적였다. 그중에서도 같은 병이라 하더라도 효과가 좋은 것을 골라서 처방전을 썼다. 환자를 통해 실증된 자료만도 수천 건이 넘었다. 허준은 퇴근을 잊고 의서 집필에 매달렸다. 의서를 집필하는 틈틈이 언문으로 번역서를 썼는데 제목을 미리 정해두고 썼다. 소외된 민중들에게 기회를 줌으로써 나라가 부강해지는 단초를 마련하게 되기를 허준은 간절히 바랐다. 백성들이 건강해야 나라도 건강한 법이었다.

허준은 밤을 낮 삼아 밤낮없이 의서를 번역하고 단방 약재를 연구했다. 허준은 좋은 약재에 대한 갈망이 컸다. 궁궐의 약재가 훌륭하긴 하나 외가에서 만지고 보았던 약재들이 눈에 선했다. 숙부님은 잘 계시는지, 어의가 된 후에는 자주 뵙지를 못했는데 어머니는 가끔 숙부이야기를 꺼냈다.

그날 늦게 퇴궐하고 집에 들어서는데 말 한 마리가 콧김을 쐬며 마당에 묶여 있었다. 정임이 콩깍지를 가져다가 말 먹이를 주는데 허준과 눈이 마주쳤다.

"숙부가 오셨소?"

"어서 들어가 보십시오. 어머님이 기다리고 계십니다."

김시흡은 성성한 수염을 쓰다듬으며 허준의 두 손을 맞잡고 등을 두드려 주었다.

"장하네. 어의 영감."

"모두 숙부님 덕분입니다."

"누님을 비롯하여 가족이 모두 화평하니 고맙네."

"그런데 어인 걸음을 하셨습니까."

"기쁜 소식이 있네. 역모 사건에 연루된 인물 중에서 몇 분이 사면되었는데 자네 처가가 복권되었네."

"어머나. 정말인가요?"

"잘 되었구나."

"현감에게서 연락이 와 가보니 관보에 실린 것을 확인했네. 내가 아는 이도 몇 있었네."

"고맙습니다."

정임이 기쁨의 눈물을 흘렸다. 허준이 진지한 표정으로 정임을 돌아보았다.

"부인 이름을 되찾고 싶소? 무어라고 부르면 좋겠소."

"정임으로 살아온 세월이 저에게는 더 의미가 있습니다."

"그럼 정임으로 살아가면 되겠구려."

눈물 바람이던 분위기가 웃음꽃으로 피어났다. 정임이 술상을 보러 부엌으로 나가고 허준이 품질 좋은 약재에 대해 아쉬움을 털어놓았다. 김시흡이 곰곰 생각하더니 본가에 돌아가 큰댁에 연통하여 좋은 약재를 더 올려보내겠다고 언질을 주었다.

그날 밤 허준은 김시흡과 늦도록 술을 주고받으며 시국에 대해 약재에 대해 담소를 나누었다.

10. 전쟁이 일어나다

다시 봄이 왔다. 산에 들에 진달래가 피고 황금 꾀꼬리가 그 고운 목소리로 토란잎에 물방울이 굴러가듯 노래를 불렀다. 밝고 투명한 봄볕이 대지에 가득한 그때 갑자기 하늘에 먹구름이 몰려오기 시작했다. 멀쩡한 하늘에 나타난 구름은 삽시간에 퍼져나갔다. 금방이라도 폭우가 몰아칠 듯한 기색이었다. 인왕산에 까마귀 떼가 요란하게 울었다.

"허 의원, 조짐이 좋지 않네."

"무슨 일이 있습니까."

유의 정작이 허준을 찾아와 근심스런 표정으로 하늘을 쳐다보았다.

"봉화1가 올랐네."

"봉화요?"

---

1 봉화(烽火): 나라에 병란이 있을 때 하는 신홋불. 주요한 산정에 봉화대를 설치하여 낮에는 토끼 똥을 태우는 연기로, 밤에는 불로 신호함. 평상시에는 초저녁에 한 번, 적이 보이면 두 번, 적이 국경에 가까이 오면 세 번, 적이 국경을 침범하면 네 번, 접전하면 다섯 번을 올림.

"전쟁이 난 게지."

"누가……말입니까."

"왜놈들 아니겠나. 남해안을 수시로 드나들며 노략질하고 약탈을 일삼더니 기어이 일을 벌인 모양이네."

그 시간 동래부사가 올린 파발이 말발굽을 울리며 북상하고 있었다. 부산포에 상륙한 왜군의 선발대가 전열을 정비한 후 한양을 향해 북상하기 시작했다. 오랜 가뭄으로 백성들의 삶은 피폐했다. 소문은 바람보다 빠르게 도성으로 퍼졌다. 민심이 흉흉해졌다. 허준은 약재 창고로 달려갔다. 소화기 약재와 두통, 설사, 진통제 성분의 약재를 맷돌에 갈아 꿀에 개어 환약을 만들었다. 그 외에 깨끗한 천과 실, 침술 도구를 챙겼다.

궁은 어수선했다. 부산 동래부사를 비롯하여 진주목사 충주 목사로부터 장계가 올라왔다. 어전회의가 열렸다. 영의정을 비롯하여 누구 하나 명쾌한 결론을 내지 못하고 우왕좌왕하는 사이에 왜군이 경상도를 장악하고 노략질하며 충청도를 점령했다는 전갈이었다.

"왜구가 충주를 향해 오고 있다는데 곧 한강을 건너올 모양이오. 어찌하면 좋겠소."

"전하, 피난을 하심이 맞다고 사료되옵니다."

"종묘사직은 누가 지키오."

"전하의 옥체를 먼저 보전하시어 후일을 도모함이 마땅한 줄 아뢰옵니다."

"경들의 의견이 모두 그러한가."

"황감하옵니다."

"어디로 피신하면 좋겠소."

"평양성이 좋을 듯합니다. 여차하면 명나라에 원병을 청할 수도 있사옵니다."

"경들의 말대로 평양성이 좋겠소."

"전하, 사직이 어찌 될지 풍전등화인데 대군마마는 따로 피신함이 어떠하올지요."

"그 말이 일리가 있도다."

"전하, 이런 혼란스러운 시기에 세자 책봉을 미리 하심이 옳은 줄로 아옵니다."

"세자 책봉을 서두르소서."

대신들이 한마음으로 주청했다. 선조는 그들의 말이 타당하다고 여겼다. 어려서부터 총명한 광해를 그 순간 떠올렸다. 정실 왕후로부터 아들을 얻지 못한 선조는 후궁이 낳은 여러 명의 왕자를 두고 고민하지 않았다. 워낙 광해군이 두각을 나타냈기 때문이다.

"내 경들의 뜻을 알겠소. 광해군으로 세자를 세울 것이오."

"황공하옵니다."

이리하여 어수선한 가운데 약식으로 광해군이 세자로 책봉되었다. 그 와중에도 한양을 지켜야 한다는 사수파와 피난을 떠나야 한다는 파천파가 갈려 싸웠다.

"전하, 종묘사직을 두고 떠나시면 아니 되옵니다."

"전하, 잠시 도성을 떠났다가 후일을 도모하옵소서."

"영의정 이산해 아뢰옵니다. 시국이 풍전등화인데 다 빼앗기고 나면 사직을 지킬 수도 없사옵니다. 파천하심이 옳은 줄로 아옵니다."

선조는 영의정 이산해의 말이 심정적으로 다가왔다. 코앞에 적군이 다가오고 있는데 이렇게 왈가왈부 갑론을박할 겨를이 어디 있단 말인가. 어디라도 도성을 떠나고 싶었다. 멀리멀리 떠나 요동으로 가고 싶은 바람이었다. 대궐에서 사수파와 파천파가 자신의 논리로 명분을 설파할 때 백성들은 우왕좌왕하며 도둑질이 극성이었다. 한양 성곽의 보초들은 자리를 비우거나 도망을 가버렸다.

"영의정의 말이 옳소. 지금은 정세가 급박하니 파천함이 좋겠소."

어전회의는 끝이 났다. 선조가 비빈과 환관, 왕자들을 데리고 피난길에 오르는 날 아침이었다. 한양성 북쪽 성문 앞은 적막이 돌았다. 조정 관리들의 집결지였음에도 아무도 나오지 않았다. 늙은 정승 정철과 윤두수, 류성룡 대감이 뒤늦게 나타나 헛기침하며 상황을 알아보았으나 대부분의 대신들은 재산을 숨겨두고 가족을 피난시키려고 오지 않았다. 늙은 정승들은 난감한 상황을 임금에게 보고하며 울먹였다. 소가 끄는 수레에는 왕비와 왕자들의 옷가지, 곡식이 실렸다. 수레는 느리게 갔다.

허준은 전날 급히 집으로 달려가 아들 겸이를 앉혀놓고 어머니와 정임을 부탁했다. 살던 터가 있는 산음으로 가기를 바랐으나 왜군은 산청을 포함하여 경상도 일대와 충청도를 장악하며 북진하고 있었으므로 피난을 떠날 데가 없었다. 허준은 왕을 호종2하여야 했다. 가족은 하늘이 보살펴 주기를 바라며 선조의 행렬에 동행했다. 양예수의 걸음이 점점 느려지더니 호흡을 가쁘게 몰아쉬며 천천히 뒤따르겠다고 왕에게 고했다. 늙은 정승들의 걸음도 느려졌다. 결국 정승들이 나서서 임금에게 걸음이 느려 왕의 행차를

---

2 호종(扈從): 임금이 행차할 때 어가 가까이에서 모시는 일, 또는 그런 일을 하는 사람.

방해할 뿐이므로 뒤에 따라가겠다고 물러섰다. 양예수는 허준에게 전하를 잘 보살펴야 한다고 힘이 빠진 목소리로 나직하게 중얼거렸다. 허준은 양예수가 걱정되어서 염려하지 말고 뒤따라오라고 안타깝게 말했다.

"한 의원은 어디 있는가."

"가족을 데리고 피난을 갔다 하옵니다."

"무어라. 이런 변고를 봤나."

어의 양예수가 노발대발 분노했지만 모두들 입을 굳게 닫은 채 가족들을 걱정하고 있었다.

피난길의 어린 왕자들은 몸이 아파 자주 울었다. 허준은 준비한 환약을 물에 개어 먹이며 경과를 지켜보았으나 어린 왕자들은 수시로 배탈이 나거나 토사곽란에 시달렸다. 깨끗하지 않은 물과 음식이 왕자들에게 맞지 않았으므로 쌀죽을 끓여 먹였는데 나중에는 쌀이 부족하여 보리쌀을 섞어야 했다.

파발이 닥칠 때마다 조정 관료들은 한숨을 쉬며 왕의 얼굴을 쳐다보았다. 선조 일행이 한강을 건너 파주 화석정에 도달했을 무렵 경복궁과 창덕궁, 창경궁이 불탔다는 전갈이 왔다.

"왜군이 도성에 진입했단 말이냐."

"아직 왜군은 오지 않았습니다."

선조의 용안이 어두워졌다. 백성들을 버리고 피난을 가는 심경이 막막했는데 궁궐이 불탔다니 돌아갈 집도 없었다. 선조는 가슴에 묵직한 돌이 얹힌 듯 통증이 왔다. 먹은 것을 토했다. 허준이 환약을 준비해서 선조에게 먹도록 하고 엄지와 검지 손가락 사이 경혈에 침을 놓았다.

"전하, 성심을 굳게 하시옵소서."

"허 의원이 있어 다행이구려."

선조는 대신들에게 하지 못하는 심중의 말을 허 의원에게 털어놓곤 했다. 특히 왕자들을 보살펴준 공을 치하했다. 왕은 자주 속병을 앓았다. 용안이 어두워졌고 손을 떨었다. 허준은 삽주 뿌리와 감초 가루, 청심환을 처방하여 올렸다.

"전하, 도성이 함락되었다 하옵니다."

파발이 급박하게 왕에게 전해졌다. 말발굽 소리에 선조는 깜짝깜짝 놀라곤 했다. 조정 관료와 왕의 행렬이 빠져나간 도성은 혼란스러웠다. 도둑이 극성을 부렸고 백성들이 대궐로 쳐들어가 물건을 약탈해 갔다. 고관대작의 집도 마찬가지였다. 왜군은 왕의 뒤를 쫓아 북진을 계속했다.

궁궐 호위무사들이 도망쳤고 고관들이 가족을 데리고 피난을 떠나버려서 왕을 호종하는 인원은 백여 명이 채 되지 않았다. 늙은 대신은 무력했다.

"전하, 영의정 이산해를 파직하소서."

"영의정 이산해는 전하의 길을 안내하라는 데도 제대로 대처를 못 했사옵니다."

대신들이 파직을 주청하자 선조는 주저하지 않고 이산해를 파직하고 류성룡을 영의정에 앉혔다.

"노비들이 왜군에 합류하여 싸운다는데 맞는가."

"그렇게 들었사옵니다."

왕이 말하고 도원수 김명원이 대답했다. 그러자 조정 대신들이 저런, 저런, 쳐죽일놈들 그러며 분개했다.

"무슨 방도가 없겠소."

"소인에게 묘책이 있사옵니다."

"말해 보시오."

영의정 류성룡이 조심스럽게 의견을 냈다.

"노비더러 나가 싸우라 명하십시오. 왜군 목 한 구를 베면 면천시켜 양민이 되게 하고 왜군 목 두 구를 베면 국왕의 호위무사를, 왜군 목 삼구를 베면 벼슬을 주고, 왜군 목 사구를 베면 수문장을 시켜주소서. 면천법을 시행하여 노비들을 달래면 도망갔던 그들이 싸우러 나올 것입니다."

류성룡의 말에 대신들이 낯을 찌푸리며 고개를 저었다. 왕은 대안이 없어 그대로 시행하라 일렀다. 방이 내걸렸다. 언문으로 쓴 교지였다. 많은 노비들이 의병에 가담하여 전과를 올렸다. 대신들은 류성룡의 면천법이 마음에 들지 않았다. 왕의 일행이 개성에 도착했을 때 대신들은 류성룡을 파면하라고 주청을 올렸다. 선조는 류성룡을 파면했다.

피난 중에 아기 왕자가 칭얼대며 열이 내리지 않았다. 그럼에도 강행군을 했다. 허준은 아기왕자의 병구완에 매달렸다. 오로지 낫게 하겠다는 일념으로 허준은 최선을 다했다. 다행스럽게도 울음을 멈춘 왕자는 숨을 고르게 쉬며 잠에 들었다. 왕은 허준을 치하했고 대신들은 당연한 일을 했다고 과소평가했다.

허준이 선조 일행을 따라 개성에 도착한 건 사월 말이었다. 왕의 놀란 가슴을 진정시키고자 허준은 상비약을 꺼냈다. 왕의 침전에는 내관이 있었으나 허준이 같이 지켰다. 궁을 떠나면서 왕은 몹시 불안해하고 잠을 이루지 못했다. 허준이 옆에 있으면 안심하는 듯했다.

한 달 뒤 고니시 유키나가3가 이끄는 선발대가 북진한다는 비보가 전해졌다. 왕은 마음이 급했다. 파발이 도착하자 왕은 당장 피난을 가야겠다고 말했다. 대신들이 말렸다.

"전하, 지금은 저녁이라 곧 어두워집니다. 날이 밝으면 떠나시옵소서."

"내 마음이 한시가 급하도다. 지름길이 없느냐."

왕의 독촉에 그날 오후 정승 대신들은 짐을 꾸렸다. 왕이 허준을 찾았다.

"어의는 내 곁에 가까이 있으시오."

"선하, 염려하지 마오소서. 늘 곁에 있겠나이다."

"그대는 진정한 충신이오."

"황공하옵니다."

임금이 탄 말과 후궁, 왕자들이 탄 말 네 마리가 앞에 서고 대부분의 조정 대신과 환관, 호위무사들은 걸었다. 사복시에서 관리하던 수천 마리의 말은 별정직 관리들이 손을 놓고 도망가는 바람에 말들이 뿔뿔이 흩어졌고 늙은 대신

---

3 고니시 유키나가(小西行長): 임진왜란 당시 선봉장이었던 일본의 장군·그리스도교도. 아버지는 사카이[堺]의 상인으로 도요토미 히데요시(豊臣秀吉)의 밑에서 주요 관리를 역임하기도 했다. 그 역시 히데요시를 섬겼다.

들은 무릎이 아픈 것을 참아가며 걸어야 했다. 허준은 임금 곁에서 묵묵히 걸었다. 사흘이 지났다. 피난 일행은 모두 지쳤다. 늙은 정승들이 허준을 찾아 아프다고 호소했다. 허준은 상비약을 털었다.

용천과 봉산을 지날 무렵 조정 대신들이 한탄했다. 한식이 내일모레인데 조상 묘지에 제사를 지내지 못함을 두고 안타까워했다. 개성을 떠난 지 엿새 만에 황주에 도착하자 황해감사 조인득이 마중 나와 임금 일행을 객사로 안내했다. 황주 관청에서 왕과 대신들이 긴 시간 회의를 거듭하는 동안 허준은 왕이 묵을 객사에 말린 쑥을 피웠다. 흙벽에 기생하는 벌레와 곰팡이를 제거하고 왕의 숙면을 유도하기 위해서였다. 저녁 수라를 물린 임금이 지친 기색으로 허준에게 토로했다.

"처남 김공량이 큰 잘못을 했다고 하는구려. 저들은 김공량 때문에 백성들이 궁으로 쳐들어가고 왜적에 길을 내주었다고 공격하오. 한 사람 때문에 전쟁이 났겠소."

왕은 거의 녹초가 되어 드러누웠다. 북쪽의 밤바람은 차가웠다. 아궁이에 불을 지펴 방바닥이 따뜻했다. 왕은 잠을 이루지 못해 뒤척였다.

"평양성이 얼마나 남았느냐."

"곧 당도할 것이옵니다."

왕이 묻고 내관이 답했다. 임금이 잠드는 것을 보고서야 허준은 방으로 돌아왔다. 다음 날 아침 왕과 왕자들, 후궁들이 밥을 먹고 호위 무사와 병사들, 대신들은 죽을 먹었다. 말 네 마리가 선두에 섰다. 오월 초순의 산하는 연둣빛이 윤기를 내며 번져갔다. 허준은 약초꾼의 본능이 솟으며 지나가는 길목의 나뭇잎 햇순을 채취하여 바랑에 넣었다. 오가피, 엄나무, 취나물, 명아주, 두릅을 부지런히 따느라 일행에서 뒤처졌다. 황주를 출발하여 점심 무렵 중화에 이르렀는데 늙은 대신들이 먼저 주저앉았다. 관청은 좁고 낡았다. 허준이 채취한 햇순을 마루에 쏟아붓자 대신들이 호기심을 드러내며 너도나도 손에 들고 냄새를 맡거나 관심을 보였다. 부엌 아궁이 가마솥에 물이 끓고 아전이 관노를 지휘하며 왕의 수라상을 차려냈다. 말린 바닷물고기와 데친 나물, 된장과 간장, 젓갈과 노루고기 육포가 상에 놓였다.

나물로 배를 채우고 왕과 비빈들, 대신들의 행렬이 다시 피난길에 올랐다. 서두른다고 하나 늙은 정승들과 어린 왕자들, 후궁들의 걸음이 더뎠다. 숲길로 접어들었을 무렵 비가 쏟아졌다. 길은 미끄러웠고 말들의 긴 다리가 휘청거렸다. 궁 안에서만 살던 후궁과 왕자들이 두려움에 오들오들

떨었다. 숲은 어두웠다. 빗방울이 나뭇잎과 풀숲에 쉴 사이 없이 떨어져 내렸다. 도롱이를 입은 정승들의 몸에 비가 스며들었다. 짚이나 풀대로 엮어서 허술했다. 산속이라 피할 곳도 없었다. 커다란 바위굴에 당도했을 때는 일행이 비를 함빡 맞은 상태였다. 나뭇가지를 모아 불을 피우고 굴속에서 추위를 달랬다. 큰나무 몇 개를 얹자 불이 활활 타올랐고 왕을 비롯하여 대신들 후궁들과 왕자들이 불가에 모여들었다. 겉옷을 벗어 말리거나 옷을 짜서 도로 걸쳐 입으며 불을 피했다.

숲에서 뻐꾸기가 요란하게 울었다. 저물녘에 평양성에 도착했다. 그날 저녁 왕을 비롯하여 피난 일행은 밥을 넉넉히 먹었다. 십만 양곡이 보관된 평양성에서 대신들은 비로소 한숨 돌렸고 허준의 일도 줄어들었다. 왕의 침전을 지키는 일은 계속되었다. 임금은 허준을 놓아주려 하지 않고 옆에 두었다. 평양성에서 왕은 보필하는 내관 세 명과 말을 관리하는 사복시 관원 품계를 올려줬다. 왕의 처신에 불만을 품은 대신들은 아무도 나서서 말리지 않았다. 김공량을 집요하게 탄핵하던 삼사와 대신들도 지쳐서 주춤했다.

평양성 임시 행궁으로 경상 전라 충청도의 아군 상황이

속속 보고되었다. 의병들의 활약상도 소상히 올라왔다. 왕과 대신들은 어전회의를 이어가며 명나라 지원병을 기다렸다. 허준은 평양성 약재 창고를 순시했다. 아전이 따라붙어서 안내했다. 왕과 왕실 가족을 위한 약초는 미리 준비되어 있어야 했다. 환절기라 감기약부터 따로 챙겨놓았다. 물을 부어 생강 대추 말린 인삼을 달였고 병이 오기 전에 예방해야 했다.

"허 의원, 기력이 떨어지고 어지러운데 어인 까닭이오."

"그간 제대로 된 식사를 못해서 생긴 연유인 줄 아옵니다."

"내관은 들어라. 세자 후궁 나인들까지 하루 두 끼를 준비하도록 하여라."

"예, 전하."

"짐의 수랏상에는 살아있는 신선한 생물을 올리도록 하라."

"예, 전하."

왕의 지시에 평안감사를 비롯한 아랫사람들이 허둥거렸다. 허준은 왕을 위한 탕재를 준비했다. 피난길에 힘을 너무 많이 쏟은 나머지 기력이 쇠해진 왕은 자주 짜증을 내고 갈팡질팡했다. 가토 기요마사가 말을 몰아 함경도를 점령한 사건은 선조와 대신들에게 정신적인 공황상태를 불러왔다. 평양성을 지키자는 파와 의주로 피난을 떠나자는 파로 갈리어 의견이 분분했다.

광해 왕자가 의병을 구하러 떠난 후 왕은 의주로 길을 재촉했다. 평양성에서 한 달가량 머문 시점이었다. 여름이 깊어 가는 유월 중순 왕의 일행은 의주에 도착했다. 멀리 요동이[4] 바라보이는 압록강 근처였다. 왕은 가슴을 쓸어내렸다. 마음만 먹으면 압록강을 건너 요동으로 망명을 갈 수도 있는 거리였다. 심리적 위안이 되었다. 의주에 도착한 얼마 후 어린 왕자는 숨을 거두었다. 왕이 침통한 표정으로 한탄했다.

"어의 허준은 제 역할을 못 했으니 벌을 주소서."

"어의 허준의 관직을 삭탈하고 추방하소서."

왕은 대신들의 청을 심각하게 받아들였다. 그때 류성룡이 나서서 대신들을 말렸다.

"이 시국에 허 의원은 충실히 직을 수행했소이다. 허 의원이 아니면 누가 전하를 보필한단 말이오"

대신들은 아무 말을 하지 못했다. 왕은 류성룡의 편을 들어주었다. 류성룡은 보직 없이 의주까지 선조를 호종했는

---

4 요동(遼東): 군 이름. 지명을 뜻한다. 유주에 속하며 11개 현을 관할했다. 군의 치소는 양평(襄平)이며, 그 성터는 지금의 랴오닝성 요양(遼陽)에 있다.

데 다시 영의정의 품계를 받은 처지였다.

"대감, 어디 불편한 데는 없으십니까."

"다들 어려운데 어디 나만 불편하다고 불평할 때인가."

"소인을 대변해 주셔서 감읍할 따름입니다."

"그게 어디 허 의원 잘못이오. 시대가 낳은 어려움이지."

"대감, 원군 요청은 어찌 되셨소."

"아직 명에서는 답이 없습니다. 다시 또 구원 요청을 해야지요. 될 때까지 해야지요."

그사이 호종 인원은 반으로 줄어들었다. 먹을 양식이 떨어져서 제대로 식사 준비를 하지 못했다. 왕실 가족의 약도 부족한데 대신들은 자주 허준에게 약을 달라고 했다. 아침부터 오후 늦은 시각에도 조정 관리들은 허준을 찾아 진맥하거나 아픈 데를 호소했다. 분명 마음의 병일 터였다. 제대로 먹지 못하고 제대로 잠을 잘 수 없는 환경에서 멀쩡하다면 이상할 것이었다. 후궁과 몇몇 궁녀들은 아파도 내색을 안 하는 듯했다. 왕의 심기를 헤아려 참는 것 같았다. 허준은 아침과 저녁 수시로 왕의 안색을 살피고 진맥하고 상태를 챙겼다.

"허 의원 고생이 많소."

"전쟁이 곧 끝날 것이옵니다. 심려하지 마소서."

허준은 의서 집필을 중단한 게 가슴이 아팠다. 어의 양예수를 비롯하여 김응탁, 정예남, 정작, 이명원이 함께 의논하고 연구하며 집필하던 의서였다.

준비한 약재가 다 떨어져 갔다. 허준은 틈만 나면 여름의 숲과 산을 다니며 약재를 채취했다. 궁 안 생활하면서 그동안 잊고 지낸 것들이 있었다. 사계절 자연에서 피고 지는 임산물이었다. 봄이면 지게를 지고 지리산과 왕산, 필봉산을 헤매며 채취하던 햇순과 열매와 뿌리에서 우러나는 진한 향내를 잊고 살았다는 생각에 아쉬움이 몰려왔다. 화초와 온갖 약재 이름을 박수온으로부터 배우고 익혔는데 그와는 씁쓰레한 기억이 남아 있었다. 내의원에 들어오고 나서는 그나마 어두운 기억마저도 때때로 그리울 때가 있었다. 가장 치열하게 의원 공부를 할 때였으니 잊을 수가 없었다.

의주성에 임시 행궁을 꾸린 왕과 조정 관리들은 점점 말을 잃어갔다. 간간이 이순신의 승전보가 올라오면 잠시 환호와 탄성이 쏟아졌지만 그뿐 다시 어둠침침한 분위기로 돌아갔다. 식량 사정은 좋지 않았다. 쌀이 떨어져 왕과 왕자의 상에도 잡곡을 올렸고 잡곡마저 넉넉하지 않았다. 다행이 의주 성안에는 우물이 여러 군데 있어서 물 사정은 좋은 편이었다. 몽골군의 침략에 대비하여 일찍이 우물을 수십 개나 팠다는 말이 있을 정도로 우물 사정은 좋았다. 몸을 씻거나 빨래를 할 수 있다는 것만으로도 다행이었다. 양예수는 나이가 들어 거동이 불편했다. 왕을 호종하여 피난을 왔다는 그 사실만으로도 임금은 그를 신뢰했으며 늙은 대신들도 예외로 두는 듯했다.

허준은 왕의 허락을 얻어 낮에는 성 밖을 돌아다니며 약초를 채취했다. 밤이면 먹을 갈아 고증이나 의서를 뒤적이며 연구에 몰두했다. 조선인의 체질에 맞게 용량을 표준화하고 기준을 만드는 게 목표였다. 전쟁이 길어지며 역병이 돌았다. 무릇 전염병이란 먹지 못하고 어려운 환경이나 지저분한 곳에서 생기기 마련이었다. 전쟁이 길어지며 농부들은 농사를 짓지 못하고 도자기 기술자들은 주문받지 못해 끼니를 잇기가 어려웠으며 나무꾼들은 장작을 팔지 못하고 가죽 기술자들은 일을 하지 못했다. 모든 백성들이 살아남기 위해 허덕거렸다.

그때 지방 관리로부터 장계가 올라왔다. 군사 업무에 관한 이야기가 아닌 역병이 돌아 군사들과 백성들이 죽어 나간다는 장계였다. 왕이 허준을 불렀다.

"역병으로 백성들이 곤경에 처했소. 방도를 찾아보시오."

"최선을 다하겠나이다."

허준은 피난 짐 보따리 속에 몇 권 넣어 온 의서를 뒤적이고 그간의 경험을 살려 연구에 몰두했다. 역병은 옛날부터 가뭄이 들거나 홍수가 나거나 흉년이 들었을 때 왔다. 전쟁이 나자 같이 왔다. 깨끗한 환경이 중요했고 미리 막는 게 최선이었다. 허준은 정작을 찾았다. 많은 책을 통해 다양한 사료를 알고 있는 정작은 허준의 고민에 같이 연구해 보자고 말하며 말을 아꼈다. 역병은 오랜 숙제였다. 당장 시급한 일은 식량을 해결하는 일이 우선임을 허준은 알았다.

숲은 무성했다. 뿌리에 영양분을 담아내지 못하는 약초라도 캐야 했다. 바랑에서 뭉툭한 곡괭이와 호미를 꺼내 도라지나 더덕 산삼 봉삼 같은 약초를 부지런히 캐내어 어둡기 전에 성으로 돌아왔다. 허준이 왕의 침소에 들어 밤에 잠은 잘 주무시는지 불편한 데는 없는지 물으며 진맥했다.

"허 의원, 짐 곁에 좀 더 머물러 있게."

"어디 불편한 데라도 있으신지요."

"전쟁은 언제 끝날까. 한양으로 돌아갈 수는 있을런지……."

"전하, 심기를 굳건히 하소서. 전쟁은 끝날 것이옵니다."

"정말 그렇게 믿소?"

"각처에서 병사들이 싸우고 있나이다."

"어이할꼬."

"여기저기서 전승을 이어가고 있다 하옵니다."

"전쟁이 끝나야 할 텐데."

"곧 끝날 것이옵니다."

"그만 물러가오."

허준은 왕의 심기가 불편함을 눈치챘다. 왕의 침소에서 물러 나와 허준은 성벽으로 올라갔다. 초소를 지키는 병사들이 힘이 빠진 모습으로 겨우 경비를 서고 있었다. 그들 옆에서 허준은 함께 섰다. 별이 환하게 밤을 수놓았다.

그 무렵 팔도 감사로부터 장계가 올라오기 시작했다. 분조 활동이 안정을 찾았다는 뜻이었다. 영의정 류성룡이 왕에게 아뢰었다.

"전하, 안심하오소서. 저하가 이천에서 의병을 조직하여 싸우고 있다 하옵니다."

"백성들이 이 일로 안정했으면 좋겠구려."

"저하에 대한 칭송이 자자하다 하옵니다."

허준은 이때 선조에게 몸을 보하는 탕약을 올리고 있었다. 성 밖 숲에서 채취한 약재였다. 광해 분조를 따라간 정예남과 이명원 등의 의원들이 걱정되던 터여서 마음이 놓였다. 중앙의 각종 공문서가 의주 임시 행궁으로 날아오기 시작했는데 차곡차곡 쌓이기 시작했다.

"전하, 승병들이 왜군을 무찌르는 데 앞장섰다 하옵니다."

"의병들이 맹활약을 한다 하옵니다."

들려오는 소식은 희망적이었다. 왕은 허준이 올린 약사발을 기분 좋게 들이마셨다. 평양성에 주둔한 왜군은 조용했다. 허준은 오직 왕의 안위만을 위해 일을 했다. 나이 들어 늙은 몸을 억지로 일으켜 세워 왕을 보필했다. 왕은 대신들보다 허준에게 의지했다.

아내 정임과 아들의 소식을 듣지 못한 허준은 마음이 불안했다. 이미 노쇠해져 백발이 날리는 수염을 쓸어내리며 허준은 가뭄에 논바닥이 갈라지듯이 가슴이 타들어 갔다. 왕을 따라나선 의원들은 가족을 따라 피난을 간 한정수를 비난하면서도 속으로는 부러워했다. 대신들도 가족을 데리고 수레에 귀중품과 이불과 양식을 가득 싣고 피난길에 나선 대신들이 부러워 그들의 근황을 서로 물어보았다. 의주성의 선조는 마음이 복잡해졌다.

여름이 깊어 갈 무렵 의주 성 행궁은 습기 차고 벌레가 들끓었다. 선조와 어린 왕자, 옹주들은 피부에 발진이 생기고 긁느라고 잠을 잘 못 잤다. 대신들도 마찬가지였다. 비단 보료에서 지내며 기름진 음식을 먹고 대접받던 대신과 왕실 종친들은 좁은 행궁에서 복작대며 지내느라 다들 작은 일에도 언성을 높였다. 평소 품격이 고매한 종친이나 늙은 대신은 눈물을 보이며 두고 온 가족을 염려했다.

"전하, 전직 관리들과 대신들이 왕의 명을 거역하고 저리도 안일무사하니 그대로 두고 볼 수 없사옵니다."

"저들을 삭탈관직하소서."

"저들을 벌주소서."

대신들의 상소에 선조는 이맛살을 찡그렸다. 골치가 아파 허준을 불렀다. 허준은 어찌할 바를 몰라 허둥대며 눈치를 보았다.

선조는 침묵했다. 대신들의 말에 함부로 벌주기도 애매했다. 왕은 영의정 류성룡을 돌아보았다. 류성룡이 눈치채고 아뢰었다.

"전하, 가족을 데리고 피난 길에 오른 대신들은 차후에 그 행적을 논하면 될 것이옵니다. 지금은 다만 전하의 안위가 염려되오니 옥체를 보존하소서."

선조는 이쯤 했으면 되었다 싶었다.

"비록 내 명을 어기고 행선지를 옮긴 것은 잘못했으나 나라를 생각하는 이전의 공로를 봐서 이번만은 과를 묻지 않을 것이니 더욱 분발하라."

"황공하옵니다."

류성룡은 대신들을 둘러보며 더 이상 언급하는 것은 전하의 뜻이 아님을 확실히 해두었다. 더구나 여러 곳에서 장계가 쉴 틈 없이 올라왔다. 전과를 올린 것도 있지만 대부분은 우리 병졸들이 밀린다는 소식이었다. 영의정은 선조의 심기를 거스르지 않으려 무진 애를 썼다. 행궁의 처소마다 문을 열어 환기를 시키고 청소를 자주 해야 한다고 부지런히 궁인들에게 지시하면서도 허준은 어린 왕자들을 위해 약초로 즙을 내어 피부에 발라줬다.

각처에서 의병이 구름 떼처럼 일어나 왜군이 밀리고 있다는 장궤가 보고되자 선조는 비로소 한시름 놓았다며 기뻐했다. 의병은 나날이 늘어났다. 지역별로 의병을 모아 합류하는 이들이 늘어났다. 승병의 활약으로 왜군은 당황했다. 피난 간 왕과 대신들을 얕잡아보고 비난하던 왜군은 승병과 의병의 공격에 발목이 잡혔다.

여름비가 내리는 중에도 의병들은 움직였다. 왜군의 동태를 살피고 포로로 붙잡힌 백성들을 구해냈다. 비는 하염없이 내렸다. 더위가 기승을 부리는 중에도 조금씩 산들바람이 불어왔다.

11. 여진족

"전하, 함경도에 여진족이 침범하여 국경 마을을 점령했다 하옵니다."

전쟁 중에 조선의 허점을 보던 여진족이 국경을 침범하여 아예 마을에 주둔해 있었다. 예전에도 야금야금 침범하여 재산을 강탈해 간 적이 있으나 이번처럼 마을을 점거하여 땅을 차지한 적은 없었다. 선조는 분노했다.

"도원수는 들으시오. 지금 당장 함경도 병마절도사 최호 장군에게 전하시오. 여진족을 몰아내고 백성들을 구하시오."

"소신, 두만강과 함경도를 두루 살피고 오겠습니다."

"전하, 우리 병사들이 포로로 잡히거나 다쳐서 신음하는데 의원을 딸려 보내심이 마땅한 줄 아뢰옵니다."

류성룡이 간언하자 일순간 조용했다. 아무도 나서지 않았다. 허준과 류성룡의 눈이 마주쳤다. 허준이 부복하고 섰다.

"전하, 소신이 다친 병사들을 치료하고 오겠습니다."

"허 의원이? 그렇게 하도록 하시오."

"전하는 걱정 말고 다녀오시게. 여기는 내가 책임지겠네."

어의 양예수가 허준의 등을 떠밀었다. 양예수는 피난 길
에 기력이 빠져서 한동안 운신을 못 했다. 허준이 임금 옆
에서 가까이 수발하는 것을 보고 내심 불편했는데 잘된 일
이라고 속으로 미소 지었다. 허준은 병조판서 김응남, 도원
수 김명원을 따라 길을 나섰다. 황해감사 조인득이 성 밖
십리 길을 배웅했다. 침술 도구와 처방전을 쓸 종이와 벼루
와 먹, 붓 그리고 약간의 약초를 바랑에 넣고 북쪽으로 떠
났다.

　여진족1이 휩쓸고 간 마을은 황폐했다. 지붕은 불타서 서
까래가 휑하니 드러난 집들이 금방이라도 쓰러져 갈 듯 방
치되어 있고 깨진 사발과 뚝배기가 여기저기 나뒹굴었다.
마을을 쑥대밭으로 만들어 놓고도 모자라 사람들을 죽여
그대로 둔 채 달아났다. 시신이 여기저기 나뒹구는 마을은
지옥이었다. 쑥쑥 자라던 옥수수와 수수밭도 말발굽에 짓
이겨 놓아서 못 쓰게 만들었다. 겨우 살아남은 양민들은 숲

---

1 여진족(女眞族): 중국 만주 동북부에 살던 민족으로 말갈족, 만주족이라고도 했
　음. 여진족은 만주 동북부에 살던 흑수말갈의 후예로 발해 및 요(遼)의 지배를
　받았다. 수(隨), 당(唐) 대에 말갈로 불렸고 이후 만주족이라 스스로 칭하였다.

으로 들어가 도적이 되거나 친척 집을 찾아 유랑하거나 유리걸식하는 거지가 되어 떠돌았다.

지역을 책임지는 지휘관들이 여진족과 싸우다가 패하거나 후퇴하며 마을을 통째로 내어준 곳은 함경도 변방과 국경을 맞댄 두만강 유역이었다. 여진족은 가족을 이주시켜 살거나 그들의 본거지를 옮겨와 터를 잡았다. 국경 지역을 가는 도중에 싸우다가 다친 병사들의 무리를 만났다. 그들은 모두 다리를 절룩이거나 머리를 싸맸거나 팔을 다쳐 더 이상 싸울 여력이 없는 패잔병들이었다. 허준은 급히 바랑을 열어 환부를 소독하고 아쉬운 대로 약을 지어줬다. 급한 대로 주변에서 자라는 약초를 구해 돌에 찧어서 다친 데를 싸매 주었다.

"임금님의 어의가 맞소?"

"왜 그러시오."

"믿어지지 않아서 그럽니다. 어의 영감에게 치료받다니요."

"이 사람, 치료받기도 전에 병이 싹 낫겠구먼."

왕의 어의라는 말만 듣고도 그들은 감격해했다.

국경지대에 다다르기까지 허준은 다친 관군들에게 의병 소식을 전했다. 힘없이 널브러져 있던 그들의 얼굴에 죽음의 그림자가 어른거렸다.

"힘내시오. 의병들이 왜군을 맞아 승전을 거듭하고 있다 하오."

"정말이오?"

"바다에서는 이순신 장군이 왜군을 쳐부순 이야기가 연일 올라오고 있소."

"조선이 희망이 있는 거요?"

"여러분이 희망을 버리지 않는 한 우리는 이길 거요."

"빨리 전쟁이 끝나 고향으로 돌아가 농사를 짓고 싶소."

"나도 마찬가지요. 가족이 어떻게 되었는지 몰라 불안하오."

허준의 소식은 병사들의 마음을 안정시켜 주고 다독여 주는 역할을 했다.

그때 함경도관찰사 유영립이 의주성의 선조에게 달려와 아뢰었다.

"전하, 죽을 죄를 지었습니다."

"무슨 일이오. 어서 고하시오.

유성룡이 함경도관찰사의 표정을 보고 재촉했다.

"소신은 왜군에게 붙잡혔다가 겨우 빠져 나왔는데 두 왕자와 함께 간 일행들이 모두 왜적에게 잡혔습니다."

"무어라? 자세히 말해 보라."

"국경 부근의 백성들이 한통속이 되어 왕자와 왕손 아기씨, 시녀들과 조정 관리들을 모두 붙잡아서 왜적에게 넘겼습니다."

"어찌, 이런 일이? 왜적의 장수는 누구더냐."

"가토 기요마사입니다."

"그자가 언제 함경도까지 갔더란 말이냐."

"송구하오나 고니시와 가토 기요마사가 전하를 뒤쫓는다고 밤낮을 가리지 않고 북상했다 하옵니다."

"우리 군사는 도대체 뭘 하고 있었단 말인가."

"적들은 조총으로 쳐들어오는데 빠르기가 번개 같고 불꽃은 환한 것이 눈 깜짝할 사이 허공을 날아와 살에 박히는데 아무도 당해낼 수 없사옵니다."

"평안도 함경도 무관은 어찌하고 있다하오?"

"전하, 아무래도 불충한 무리가 있어 배신한 것 같습니다. 왜적에게 쉽게 점령된 걸 보면 내부에서 협조하지 않으면 어려운 일입니다."

"두 왕자에 대한 소식은 더 없느냐?"

"가토 기요마사에게 잡혀 포로가 되었다는 소식 외에는 모르옵니다."

만리장성 너머 만주족이 사는 마을과 국경을 마주하고 사는 접경지대 백성들은 조정으로부터 소외되어 있던 터였고 관리들은 세금을 과하게 거둬들이며 고혈을 짜냈다. 임해군과 순화군은 함경도의 특성을 모른 채 백성들을 괴롭혔고 곡식을 내놓으라 윽박지르거나 기르는 가축을 약탈했다. 백성들은 두 왕자에 대한 원한이 깊었다. 왜군의 길잡이가 되어 길을 안내하거나 적극적으로 협조하는 백성들이 늘어났다.

왜군의 추격을 받으며 왕자 일행은 마천령을 넘었다. 임해군은 북병사 한극함에게 명령을 내렸다.

"왜적을 막아 나라에 공을 세우고 뒤에 합류하라."

"왜군을 저지하겠습니다."

한극함은 큰소리쳤다. 그는 자신이 없었으나 마천령에 잠복하여 왜군을 기다렸다. 이때 가토 기요마사는 현지인 백성의 길 안내를 받아 지름길을 이용하여 이미 마천령을 넘었다. 한극함은 철령 이북의 군사를 수습하여 왜군의 북상을 저지하려 해정창에서 대기하였다. 다음 날 저녁 왜군 선발대가 해정창에 도착하였고 한극함은 기습공격을 감행했다. 왜군은 방어진지를 구축하고 꿈쩍하지 않았다. 한극함이 기병대를 소집하여 왜군의 진지를 공격하였을 때 소총 사격이 쏟아졌다. 처음 보는 무기에 병사들은 겁을 집어먹고 뿔뿔이 흩어졌다. 회령부사가 숨지고 많은 병사가 죽거나 다쳤다. 한극함은 군대를 철수시켰다. 밤을 보내며 전열을 정비하였으나 군사들은 이미 전의를 상실한 상태였다. 그날 밤 본대와 합류한 왜군이 조선군의 숙영지를 포위했다. 새벽빛이 희미하게 밝아올 무렵이었다. 군사를 독려하여 적진으로 공격하려던 한극함의 부대는 포위된 채 조총 세례를 받았다. 왜군이 먼저 선수를 치고 공격해 올 줄 몰랐던 그는 땅을 치며 후회했으나 소용이 없었다. 왜군은 조선 땅 구석구석을 잘 아는 것 같았다. 군사의 태반을 잃은 그는 두만강 쪽으로 달아났다가 백성들에게 붙잡혔다. 국경지대 백성들은 이제 조정을 믿지 않았다. 여진족의 출현에 시달리던 백성들은 가토 기요마사가 여진을 치려고 했을 때 자발적으로 싸우겠다고 합류했다. 가토 기요마사는 함경도 국경지대를 손쉽게 손에 넣었다.

백성들은 한극함을 왜적의 손에 넘겼으나 그는 겨우 탈출하여 의주로 도망쳤다. 왕은 대노했다.

"군사들을 버리고 혼자 도망을 왔더냐."

"전하, 죽을죄를 지었습니다."

"다른 병사들은 어찌 되었느냐. 왜적과 내통하였더냐."

"천부당만부당한 말씀입니다. 내통이라니요. 억울하옵니다."

"여봐라, 적과 내통한 한극함에게 사약을 내리노라."

싸우다가 도망치고 싸우다가 왜적에게 붙잡혀 포로가 되었다가 겨우 살아온 한극함은 왕의 명에 의해 사약을 받았다. 그는 죽어가면서도 억울함을 호소했다.

"전하, 함경도 부근의 백성들이 관아를 습격하여 약탈 방화를 하였다 하옵니다."

"저, 저런."

"국경지대의 백성들이 반란을 일으키거나 지방 관리를 붙잡아 왜적에게 넘기는 일이 비일비재하다 하옵니다."

"과인이 부족한 탓이오."

왕이 탄식하며 울먹였다. 그날 저녁 임금은 석반을 조용히 물리고 일찍 잠자리에 들었다. 다음 날에도 왕은 일어나지 못하고 앓았다.

"허 의원을 들라 하라."

"허 의원은 도원수를 따라 국경지대로 갔나이다."

"허 의원은 언제 온다 하오."

"곧 올 것이옵니다. 전하, 다른 의원을 부르겠나이다."

왕은 몸과 마음이 아팠다. 맏아들 임해군과 어린 왕자 순화군의 일족이 왜적에게 잡히다니 안될 일이었다.

　허준은 여진족과 왜군의 말발굽이 밟고 지나간 길을 따라 다친 병사들을 치료하며 한극함의 소식을 전해 들었다. 자신의 손으로 사약을 만들지 않음이 얼마나 다행인지 가슴을 쓸어내렸다. 사약의 주원료인 부자를 넣어오기는 했으나 치료용으로 소량 넣어 왔는데 그걸 쓰지 않아 안심이었다. 가는 곳마다 백성들의 참상이 눈에 보였다. 제대로 먹지 못해 갈비뼈가 드러난 몸통, 해골 같이 변한 몰골에 불안한 눈동자를 굴리며 그들은 허준 일행의 눈치를 보았다. 가슴이 콱 막혀왔다. 겸이와 아내 정임, 어머니는 어찌하고 지내는지 막막한 감정에 휩싸였으나 곧 그것도 사치임을 알았다. 끼니를 해결하지 못해 죽어가는 저들을 살릴 방도는 없는지 의원으로서 고민에 고민을 거듭했다.

　국경 부근에서 조선 병사들의 천막에 도착했을 무렵 여기저기서 신음소리가 들렸다. 칼에 팔을 베이거나 말발굽에 밟혔거나 쇠뭉치에 머리를 얻어맞은 병사들이 여기저기 구석에 아무렇게나 누워 살려달라고 외쳐댔다. 허준은 뜨거운 물을 끓이고 식초를 준비하고 아무는 데 바르는 약을 꺼내어 병사들을 치료했다. 문제는 양식이 부족하여 병사들이 굶어 죽어가는 현상이었다. 허준은 막막했다. 피골이 상접한 그들의 비쩍 마른 몰골을 보자 가슴이 아팠다. 방도를 고민하던 그는 박수온을 떠올렸다. 어릴 적 가난하여 나물밥과 나물죽으로 연명했다던 박수온의 처지가 구원처럼 퍼뜩 떠올랐다. 허준은 정오를 넘기자 지휘관에게 말하여 약초를 채집하러 막사를 나왔다. 바람이 차가웠다.

겨울 해는 짧았다. 가느다란 빛줄기가 골짜기에 내리꽂혔으나 높고 험한 산세는 새들도 고개를 넘지 못해 쉬어갔다. 잎이 말라붙었거나 이파리가 떨어진 약초는 줄기를 보고 찾아야 했다. 깊고 높은 산에만 산다는 만병초, 산당귀, 삽주, 산도라지와 더덕이 꽃을 피운 채로 바짝 말라 숨어 있는 것을 채취하여 바랑에 넣었다. 깊은 계곡을 헤매다가 어느 순간 해가 넘어가고 있음을 알았다. 허준은 빠른 걸음으로 하산하기 시작했다. 그때였다. 어디선가 멧돼지 울음소리가 들렸다. 조금 떨어진 곳에서 큰 멧돼지 한 마리가 빠른 속도로 달아났다. 조금 후 알아들을 수 없는 소리로 사내들이 멧돼지를 쫓으며 화살을 날렸다. 멧돼지가 화살을 맞고 고꾸라지며 내지르는 소리가 산을 울

렸다. 그 소리는 최후의 발악을 하는 짐승의 두려운 외침
이었다.

"누구냐!."

"멈춰라!"

나무 뒤에 숨어 있던 허준 앞에 부리부리한 사내들이 빙
둘러섰다. 한눈에 보기에도 조선인 같지 않았다. 짐승의 가
죽을 두르고 가죽 부츠를 신은 산발한 머리의 사내들이 말
위에 앉아 빙글빙글 돌며 웃고 있었다. 먹이를 발견한 사냥
꾼의 표정이었다. 허준은 그들에게 끌려갔다. 마을 한복판
천막에 끌려갔을 때 허준은 암울한 정말에 휩싸였다. 이대
로 끝인가. 허준은 아내 정임과 아들 겸이와 어머니의 얼굴
이 떠올랐다.

"누구냐! 첩자더냐?"

조선 말을 하는 사내의 복장은 평범한 조선 백성이었다.
중앙에는 대장으로 보이는 사내가 날카로운 눈빛으로 허준
을 주시하며 칼집에 손을 얹고 있었다. 그는 표범 가죽을
깐 의자에 앉아 있었는데 가죽 띠로 허리를 꼭 동여매고 머
리는 변발했다. 한눈에도 높은 지위에 있는 수장 같았다.
바닥에는 양탄자가 깔려 있었다.

"나는 그저 평범한 약초꾼이오."

"거짓말 마라."

변발 사내가 눈짓하자 허준을 끌고 왔던 졸병이 허리를 걷어찼다. 아이쿠! 허준이 나뒹굴며 신음을 뱉었다. 다시 한번 묻겠다.

"첩자더냐?"

"나는 약초꾼이오."

그러자 이번에는 졸병이 허준의 바랑을 뒤집어 탈탈 털었다. 산당귀와 삽주 뿌리, 만병초, 산도라지와 더덕 등이 와르르 쏟아졌다.

"너는 분명 평범한 약초꾼이 아니다. 손을 보아라. 곱디고운 약초꾼이 있더냐?"

여진족 대장의 추궁에 허준은 할 말을 잃었다. 눈을 감았다. 이럴 때는 어떻게 하면 좋을지 잠깐 생각에 잠겼다.

"이 사람은 어의 허준이라 하오."

"무어라? 궁궐 의원이 이 산속에 있다는 게 말이 되느냐."

"왜 거짓말을 하겠소. 약초를 구하러 나왔다가 길을 잃었소."

허준의 대답에 일순 여진족 대장의 눈이 호기심 가득한 시선으로 반짝 빛났다. 그는 조선 사내를 앞에 두고 몇 마디 더 물었다. 허준은 솔직하게 털어놓았다.

"내 너의 말을 믿겠다. 대신 내 병을 고쳐라. 내 병을 낫게 하면 무슨 소원이든지 들어주겠다."

"내 소원은 왜군이 이 땅에서 물러나는 것이오. 지금 이곳 함경도에도 왜적 우두머리 가토 기요마사가 우리 백성을 볼모로 진을 치고 있소. 내가 군사라면 가토의 머리를 당장 베고 싶을 뿐 다른 이유는 없소이다."

"이 자가 뭐라 하느냐?"

허준이 체념한 듯 중얼거렸다. 대장의 부하가 한 발 나서서 칼을 빼 들었다. 대장이 손을 들어 제지하고는 물었다.

"네가 원하는 게 가토의 머리란 말이냐."

"그렇소."

"하하하, 지금 네 머리가 경각에 달린 걸 모르느냐."

"목숨이야 하늘이 내는 법 어서 죽이시오."

"배짱 한번 두둑하구나. 마음에 든다."

허준은 왕자들로 인해 잠을 못 자는 선조 임금을 떠올렸다. 대신들이 허준을 벌주라고 상소를 올릴 때 기꺼이 허준 편을 들어준 왕의 수척한 모습이 떠올라 마음이 아팠다. 그 순간 임금의 힘든 모습이 왜 떠올랐는지 여진 대장에게 왜 그런 제안을 했는지 본인도 알 수 없었다.

"푸하하하!"

별안간 여진족 대장이 호탕하게 웃었다. 그의 웃음소리가 천막 안에 휘돌았다. 주변 사람들이 의미를 몰라 쳐다볼 때에도 여진족 대장은 한참 웃었다.

"가토 기요마사라, 그자가 함경도에 있다고? 흥미로운 일이다."

"앓고 있는 병이 무엇이오."

"내가 그걸 알면 너를 불렀겠느냐. 엉덩이가 아파 말 잔등에 앉기가 어려우니 어찌하면 좋겠는가."

"명색이 의원이니 낫고 안 낫고는 하늘이 내는 법, 내 한번 보겠소."

여진족 대장이 측근을 물리쳤다. 그러고는 바지를 훌러덩 벗어버리더니 엎드렸다.

"내 엉덩이를 좀 봐다오."

허준이 민망해서 고개를 살짝 옆으로 틀었다. 통역을 하는 조선인의 말이 들려왔다. 허준은 여진족 대장의 엉덩이를 보았다. 항문 옆에 동그랗게 부풀어 오른 살덩이가 보였다. 허준은 살덩이를 눌러보았다. 돌멩이처럼 단단했다. 몇 번이고 자꾸 눌렀다. 근육이 딱딱하게 손끝에 잡혀 왔다. 여진 대장이 아픔을 참느라 이맛살을 찌푸렸다. 항문 고랑을 조심스럽게 벌렸다. 허준은 흡 하고 숨을 멈추었다. 살과 피가 섞여 뼈처럼 딱딱하게 응고되어 있었다. 종기였다. 무척 아팠을 것이었다. 말을 타기에는 무리가 따른다고 설명했다.

"어떠냐, 낫겠느냐."

"시간이 필요하겠지만 나을 것이오."

"됐다. 무엇이 필요하냐."

"느릅나무껍질이오. 느릅나무 껍질을 구해주십시오."

"그것뿐이더냐."

"그렇습니다."

허준은 조선인 통역에게 느릅나무 뿌리가 필요하다고 말했다. 조선인 통역이 천막 밖으로 사라졌다. 여진 대장이 찡그린 얼굴로 일어나 앉으며 신음을 내뱉었다.

"그냥 누워 계십시오."

"내 선조들은 이성계 장군 밑에서 살았다. 세종 왕 때에도 내 부족이 귀화했다. 우리 여진인은 조선말을 잘은 못하지만 조금은 알아듣는다."

여진 대장이 어눌하게 띄엄띄엄 조선말을 했다. 허준은 손을 소독한 후 여진 대장의 종기 고름을 짰다. 그가 이를 악물고 아픔을 참아냈다. 누런 고름이 무명천에 묻어나왔는데 구멍이 조금 보였으나 안에는 뿌리가 웅크리고 있을 터였다.

"내 정보에 의하면 가토 기요마사가 지적에 있다고 보고 받았다. 그자는 요동으로 가려 할 것이다."

"그걸 어찌 아시오."

"난 여진인이다. 조선과는 엄연히 다르다. 감히 요동을 지나간다고? 어림없다. 명은 우리가 접수할 것이다."

허준은 깜짝 놀랐다. 여진족 대장은 많은 정보를 흘렸고 그 정보는 상상할 수 없던 이야기였다. 대국 명나라를 접수한다고, 그걸 믿으라고, 사서삼경과 오경을 읽으며 공자와 맹자를 존경했던 허준으로서는 놀랄 수밖에 없었다. 국경지대의 오랑캐인 여진족이 아니던가. 왜적이 명을 치겠다고 설쳐대는 꼴도 이해하기 어려운 일이거늘 하물며 오랑캐 여진인이 명을 우습게 알고 접수하겠다니 허준은 어안이 벙벙하였다. 여진족 대장은 허준의 표정을 재미있다는 듯이 주시하였다.

"느릅나무 뿌리를 가져왔습니다."

얼마 후 휘하 병졸이 자루에 담아온 느릅나무 뿌리를 펼쳐놓았다. 황토 빛깔로 단단하게 뻗은 나무뿌리였다. 허준은 생나무 뿌리껍질을 벗겼다. 하얀 몸체가 드러나며 끈적

끈적한 진이 묻어났다. 허준은 뿌리를 돌확에 담아 방망이로 찧기 시작했다. 씁쓰레한 향이 천막 안에 가득했다. 한참 빻은 후 부드러운 뿌리 잔액을 확인하였다. 하얀 액체가 스며 있고 끈적거렸다. 여진족 대장의 종기 부위에 찧은 내용물을 붙이고 무명천으로 감았다. 손이 끈적끈적했다. 여진족 대장이 푹 삶은 멧돼지 고기를 넓적한 그릇에 담아 술과 함께 허준에게 대접했다.

다음날 허준은 여진족 대장의 엉덩이를 쌌던 헝겊을 걷어냈다. 핏자국에 말라붙은 노란 진물이 천에 묻어났다. 다시 그 위에 짓찧은 느릅나무 뿌리를 붙였다. 새 헝겊을 덮어 동여맸다. 그렇게 하기를 사나흘, 나흘째 되는 날 길고 노란 진물 나는 뿌리가 헝겊에 뽑혀 나왔다. 허준은 안도의 숨을 쉬었다.

"고름 뿌리가 뽑혔으니 이제 관리만 잘하면 될 것이오."

"내 앓던 이가 빠진 듯 시원하오. 그대는 과연 조선의 명의요."

여진족 대장의 말이 갑자기 공손해졌다. 여진족 대장은 가벼워진 몸을 이리저리 움직여 보더니 기뻐하며 허준의 손을 덥석 잡았다. 더 이상 머물 이유가 없는데도 여진족 대장은 허준을 놓아주지 않았다.

"병이 다 나았는데 나를 보내주시오. 약속하지 않았소."

"보내줄 것이다. 시기는 내가 정한다."

"뭐요?"

허준은 기가 막혔다. 야만인이 따로 없었다. 오랑캐 같으니라고. 허준은 낙담하였다. 쉽게 보내줄 것 같지 않았다. 탈출하고 싶어도 도무지 어디가 어딘지 지리를 알 수 없었다. 돌아보면 사방 높은 산과 골짜기뿐이었다. 허준은 한숨을 푹 내쉬었다.

"조금만 참으시오. 내 종기가 다시 도지는지 기다려볼 것이오."

"그건 염려 마십시오. 깨끗하게 나을 것입니다."

"지켜보면 알 일."

허준은 여진족 막사에서 남쪽을 바라보며 한숨지었다. 가족이 몹시도 그리웠다. 그의 처지가 어찌 될지 모르는 나날이었다. 막사 밖으로 기러기 떼 울음소리가 들려왔다. 처연해진 가슴을 쓸어내리며 운을 하늘에 맡겼다.

12. 의병 궐기하다

검은 그림자가 속속 움직이기 시작했다. 수상한 움직임은 여진족 막사에도 전해졌다. 이물 없이 대하던 그들이 돌연 귓속말로 속닥거렸다. 허준은 막연히 무슨 일일까 궁금했으나 묻지 못했다. 뭔가 심각한 일이 벌어지고 있음을 그들의 표정으로 미루어 짐작했다. 조금 후 여진족 대장은 호탕하게 웃으며 허준의 손을 덥석 잡았다.

"내 말 잔등에 올라타시오. 그만 돌아가도 좋소. 길을 안내하는 조선인을 붙여주겠소."

"정말입니까?"

허준은 기대하지 않았던 터라 놀라움을 숨기지 않았다. 허준이 바랑을 짊어질 동안 여진족 부대는 진지를 정리하여 그들의 마을로 급하게 돌아갔다. 허준이 출발하기도 전에 기병을 끌고 구릉지대 너머로 사라졌다. 말발굽이 일으키는 먼지가 언덕에 자욱하게 피어올랐다.

허준은 여진족 대장이 선물한 멧돼지 한 마리와 양식을 말에 싣고 조선군 진지로 돌아왔다. 함경도 병마절도사 최

허 장군이 살수 부대(활부대)와 사수부대(창부대)를 이끌고
진지를 구축하고 있었다.

"대감, 어디 있다가 이제 나타났소. 병사들이 다쳐 큰일
이오."

"송구합니다. 우선 좀 제대로 먹이고 보살피겠습니
다."

허준이 가져온 멧돼지를 삶아 병사들이 고기 맛을 보게
한 후 본격적인 치료에 나섰다. 이번에 크게 깨달은 것은
여러 약초를 섞지 않고 단방 치료만으로도 효과를 볼 수 있
겠다는 자신감이었다. 최호 장군이 왕에게 장계를 쓰는 동
안 왜군이 두만강을 건너 여진족 마을을 습격했다는 정보
가 들어왔다.

"가토 이놈이 진정 미쳤구먼."

"도대체 무슨 생각일까요?"

"평양성의 고니시와 경쟁하느라 무리수를 두는 게
요."

도원수 김명원과 병마절도사 최호 장군이 나누는 이야기
를 허준이 옆에서 듣다가 한마디 거들었다. 상황을 살펴보
고 왕께 보고하러 병조판서 김응남이 돌아가고 난 이후에
벌어진 일이었다.

"대감, 소인이 한 말씀 아뢰겠습니다. 아마도 가토 기요마사[1]는 명나라로 가는 길을 다져놓으려 선수를 칠 것입니다."

"허 의원은 그걸 어찌 아시오."

"여진족 부대에서 들었습니다."

"나도 그렇게 생각하오. 가토 기요마사는 함경도를 제 영지로 생각하고 있소. 문제는 가토 부대에 조선 백성들이 다수 들어가 있다는 점이오. 그들은 조선인 포로를 앞에 세워 방패로 쓰고 있소."

"여진족 부대에도 조선인이 다수 있는데 대부분 자발적으로 참여한 듯 보였습니다."

"허어, 큰일이군요."

왜군과 여진족 부대에 동참한 조선인 백성들이 골치였다. 전쟁이 길어지면서 왜군은 조선인의 코를 베어 나무 상자에 넣어 배로 실어 왜로 날랐다. 도요토미 히데요시[2]에게 전황을 보고하며 전적을 자랑하려는 그들의 행태였다. 군

---

1 가토 기요마사(加藤淸正): 일본의 유명한 무장. 도요토미 히데요시와 도쿠가와 이에야스(德川家康)를 도와 일본 전국의 통일에 기여했고 열렬한 불교신자여서 기독교 박해에도 주도적인 역할을 했다.

2 토요토미 히데요시(豊臣秀吉): 도요토미 히데요시는 16세기 오다 노부나가가 시작한 일본통일의 대업을 완수했고, 해외침략의 야심을 품고 조선을 침략해 임진왜란을 일으켰으나 정복에 실패했다.

사뿐만 아니라 일반 백성들, 어린 아이들, 임산부의 코까지 베어 소금에 절여 보냈다. 더러 조선군에 항복하거나 귀화하는 왜군 병사가 늘어났는데 이런 그들의 잔혹함을 견디지 못하고 귀화했다.

어느 날 가토 기요마사가 얼어붙은 두만강을 건너 두 번째 여진족 마을을 침범했다가 패퇴하고 뒤쫓겼다는 정보가 날아들었다. 건주여진, 해서여진, 야인여진이라는 부족으로 나누어진 그들이 힘을 합쳐 왜군을 몰아내고 뒤를 쫓았다는 이야기였다.

함경도 병마절도사와 관찰사 진지에는 새로운 정보가 날아들었다. 가토 기요마사 부대에 관한 정보였다.

"대감, 가토 기요마사 부대가 경성에 이어 길주, 명천에 진을 치고 있다 합니다."

"싸웁시다."

"무슨 수로 싸운단 말이오. 군사가 부족하오."

"회령에 진을 친 정문부가 지휘하는 의병 부대에 파발을 띄워 합류하라고 합시다."

"그자는 6품 북평사가 아니오."

"이 시국에 품계를 따져 무엇합니까. 싸움에 뛰어난 능력을 활용하면 되지요."

"그렇게 합시다."

지휘관들의 회의는 빠르게 의견이 모아졌다. 이틀 후 의병부대가 달려왔다. 농민들이 대부분인 의병 부대였으나 그동안 적을 맞아 싸우느라 기량이 향상되어 사기가 충천했다. 정문부 장군이 지휘하는 의병부대가 도착하자 군사들이 환호했다. 뒤이어 승병부대가 도착했는데 펄럭이는 도포 자락에 찬바람이 휙휙 돌았다.

"혜월 스님, 아니십니까."

"내가 못 올 데를 온 건가. 삼국시대부터 나라를 지키는 호국불교일세. 국가가 재난에 빠졌는데 수행만 하고 있을 순 없지 않은가."

허준은 눈을 의심했다. 정문부 장군이 도착하고 곧이어 승병이 들이닥쳤는데 혜월이 승복 위에 짐승의 털을 두른 옷차림에 두건을 쓰고 나타났기 때문이었다. 혜월도 놀라기는 마찬가지여서 한동안 눈을 크게 뜨고는 어리둥절하다가 허준의 손을 덥석 붙잡더니 와락 껴안았다. 혜월 뒤에는 승병들이 창과 칼 화살을 들고 무리를 지어 서 있었다.

"자네는 궁에 있어야 할 사람이 여기는 어인 일인가."

"그렇게 되었습니다."

혜월은 의미심장한 웃음을 머금고는 고개를 끄덕였다.

지휘부의 회의가 시작되었다. 허쥰은 주전자에 둥글레 차를 끓여서 돌렸다. 섣달이 저물어가는 겨울 해는 짧아서 금방 어둠이 왔다. 조선군 부대는 늘어난 병사들의 식량이 당장 걱정이었다. 의원인 허준이 식량을 걱정하자 혜월이 나서서 말했다.

"승병들의 끼니는 걱정하지 마시오. 우리는 각자 자기 몫의 음식은 알아서 구해 해결할 것이니 말이오."

"그러면 한시름 놓겠습니다만."

최호 장군이 수염을 쓰다듬으며 안도했다. 승병들은 바랑에 약초뿌리며 누룽지 칡 따위를 넣고 다니며 식량 대용으로 썼다. 허준은 부지런히 물을 끓여 감기 기운이 있는 병사들과 기력이 떨어진 병사들을 위한 탕을 준비하였다. 타박상을 입은 병사들을 위해서는 둥글레를 부기가 있거나 핏발선 눈으로 두려움에 사로잡힌 병사들을 위해서는 진피3차를 기관지가 좋지 않아 기침을 하는 병사를 위해 산도라지와 생강 대추를, 기력을 보충하라고 구기자를 끓여 수시로 대령했다. 북방의 바람은 남쪽과 달라서 옷섶으로 칼바람이

---

3 진피: 물푸레나무껍질

비집고 들어와 몸을 떨게 했다. 뜨거운 차 한 잔에 병사들의 여독이 풀어지며 낯빛이 환해졌다.

"허 의원도 훌륭한 병사요."

"그게 무슨 말씀인지요."

"나와 다를 게 없는 의병이란 뜻이오."

"도무지 무슨 말인지 모르겠습니다."

"병사들을 치료하고 몸과 마음을 보듬어주니 의병이 아니고 무엇이겠소. 꼭 창칼을 들어야 병사요?"

"듣고 보니 그럴 듯 합니다."

허준은 혜월의 말에 크게 공감하며 고개를 끄덕였다. 든든했다. 절에 있어야 할 스님들이 나라를 구하겠다고 무기를 든 형국이 씁쓸하면서도 위안이 되었다. 진지에서 장수들이 지휘를 할 때 귀동냥으로 들은 사실은 서산대사 휴정의 활약이었다. 묘향산에서 왜군을 격파한 소식이 전해진 날 추위와 배고픔에 위축돼 있던 병사들이 모처럼 밝게 웃었다. 사명대사 유정의 소식도 들려왔다. 강원도 관동 지역에서의 그의 활약은 눈부셨다. 훈련된 왜군 병사들 기백 명을 무찌르고 도망가는 왜군을 뒤쫓아 격퇴한 소식은 백성들의 열렬한 지지를 받았다. 백성들이 승병과 의병의 막사에 먹을거리를 갖다주는 사례가 빈번했다. 전국에서 일어난 의병이 왜군의 북상을 막고 있었다. 슬픈 소식도 날아들었다. 남원성과 진주성을 장악한 왜군이 주민들을 모두 학살했다는 전언이었다. 진주성 6만 백성이 몰살당하는 비극이 관북지역에도 전해져서 모두들 비통해 했다.

지휘부의 회의가 길어지고 있었다. 서로 선봉에 서겠다고 나서는 바람에 잠시 회의가 중단되었는데 결국 힘을 합쳐 동시에 협공하기로 결정이 되었다. 정보원의 소식이 시간대별로 접수되었다. 명천 길주에 발이 묶인 가토 기요마사 부대를 치기로 하고 다음 날 새벽 총공격에 나섰다. 정월의 바람은 매서웠다. 옷섶으로 스며드는 칼바람을 안고 의병과 관군이 나아갔다. 함성소리에 가토 군의 병사가 우왕좌왕했다. 막강한 무기를 구비하고 있던 가토 군은 대항도 못 하고 도망쳤다. 그들이 지닌 쇠붙이가 추위에 얼어붙어 움직이지 않았고 왜군 병사들도 엄청난 겨울바람을 견디지 못했다.

조선군이 이긴 배경에는 길주 목사나 함경감사, 조선군 장수들이 품계가 낮은 정문부 장군의 직책을 무시하고 그의 전술을 따르고 협조한 공이 컸다. 경성, 길주, 명천, 단천 등에 주둔했던 왜군은 뿔뿔이 흩어져 도망갔다. 백탑 전투는 치열했다. 허준은 전투가 벌어진 현장을 따라다니며 부지런히 병사들을 위한 탕을 만들고 다친 병사를 치료했다.

전국에서 들불처럼 일어난 의병의 활약은 왜군을 묶어두는 효과를 보였다. 해상으로 빠르게 운송하려던 보급 물자는 이순신의 활약으로 묶였고 육로로 이송하는 보급물자는 시간이 마냥 길어져서 왜군의 손발을 묶었다. 왜군 장수들이 계획에 없던 일은 의병의 봉기였다. 그들의 계획에 의병은 없었고 조선을 집어삼키려는 야욕에 차질이 빚어졌다. 경상도에서는 곽재우, 김면, 정인홍, 권응수가 전라도에서는 고경명, 김천일, 김덕령, 유팽로의 활약이 지대했다. 하늘은 조선군의 편이었다. 왜군은 허기와 질병, 추위에 시달렸다. 부상병의 몸은 회복이 더뎠다. 대다수 부상병의 몸을 치유할 여건이 못 되었고 사기가 땅에 떨어져 싸울 엄두를 내지 못했다. 보급로가 막힌 왜군은 콩과 콩 삶은 물만 먹었다. 세상은 온통 얼음으로 덮여 있는 듯 추웠다. 뼈마디를 쑤시는 추위였다. 생애 처음으로 맛본 매서운 추위에 왜군은 무너졌다.

가토 기요마사는 혼비백산하여 서둘러 후퇴했다. 병사들을 거의 다 잃고 측근 몇 명을 데리고 남하하는 가토의 심경은 어두웠다. 함흥을 떠나 한양으로 향하는 길은 눈이 내려 발을 디딜 수가 없었다. 눈은 허벅지 높이로 쌓였고 전진할 수가 없었다. 말이 모두 얼어 죽자 장수도 맨땅을 걸었다. 가토 기요마사는 남쪽으로 남하하였는데 그 와중에 임해군과 순화군이 탈출하여 조선군 진지로 왔다. 임해군의 아들과 딸은 돌아오지 못하고 가토 기요마사가 데리고 갔다. 핼쑥한 얼굴에 허름한 복장의 두 왕자는 허준 일행을 보자 눈물방울을 뚝뚝 떨어뜨렸다. 도원수 김명원은 왕의 칙서를 받아 칙령을 선포하였다. 내용은 여진족이나 왜군에 포로가 되었다가 풀려났거나 협조했던 백성들에게 적과 싸울 기회를 주겠다는 것과 다시 충성하여 나라를 위하는 일에 앞장서라는 내용이었다.

한양에 집결한 일본군의 상황은 최악이었다. 총사령과 우키다 히데이아는 줄어든 왜군 병사들을 보고 기가 막혔다. 그는 행주산성의 권율을 떠올리며 어금니를 깨물었다. 불화살에 뜨거운 물, 돌멩이와 잿가루를 뿌리며 항전을 하는 권율 휘하의 군사들과 백성들을 무슨 수로 이긴단 말인가. 왜군 병사들은 날아오는 화살보다도 칼과 창보다도 잿가루에 눈앞이 캄캄해지고 언 몸에 닿는 뜨거운 물에 기겁하였다.

승병과 의병의 활약은 대단해서 이덕형, 류성룡 대감이

왕에게 전공을 주문할 정도였다. 관군이 패퇴한 자리에 승전보를 울린 의병의 활약에 일부 대신들은 떨떠름해했다. 선조 임금도 마찬가지였다. 관군의 패퇴가 마치 조정의 무능력함을 드러내는 것 같고 왕의 부족함을 보여주는 것 같아 복잡한 심경이었다.

도원수 김명원과 함께 허준이 의주성으로 돌아온 건 입춘이 시작될 무렵이었다. 임해군과 순화군을 본 왕은 말을 잇지 못했다.

"아직 살아 있었더냐."

"아바마마 죽여주옵소서."

"보기 싫다."

임해군이 왕 앞에 엎드렸다. 순화군도 따라 엎드렸다. 임해군이 울부짖었으나 왕은 고개를 돌렸다. 그날 저녁 선조는 허준을 따로 불렀다.

"허 의원, 함경도 상황은 어떠하든가."

"병사들과 백성들이 치료를 제때 받지 못해 고생하고 있었습니다. 더 큰 문제는 먹지 못해서 얻는 병입니다."

"백성들이 의원을 만나지 않고도 스스로 치료할 방법이 없겠소."

"방법은 있습니다."

"그게 무엇인가."

"쉽게 풀어쓴 의서를 펴내는 일입니다."

"호오, 그렇다면 망설일 게 무엇이오."

그날 왕은 태의 양예수와 어의 허준, 김응탁, 이명원, 정예남, 정작 등을 불러 의서 집필을 명했다.

"시국이 어지러운 상황이나 백성들의 고충을 생각하면 한시도 미룰 수가 없소. 백성들을 위한 쉬운 처방과 구하기 쉬운 약재를 뽑아 의서를 집필하시오."

"성은이 망극하옵니다."

허준은 그동안 써두었던 처방전을 바탕으로 의서 집필에 들어갔다. 전쟁이 길어지면서 함께 시작했던 의원들은 손을 놓았다. 약재도 구하기 어려웠고 도구가 부족한 상황이었다. 허준은 홀로 촛불을 켜고 늦은 밤에도 의서를 집필했다.

선조는 여진족이 구원병을 보내주겠다고 보내온 사실에 몹시 화가 나 있었다. 오랑캐들이 조선을 뭐로 보고 감히 구원병 어쩌고 하는 게 기가 막혔다. 왕이 비록 의주성에 피난 와서 임시 행궁을 꾸려 가고 있지만 성리학을 이념으로 예를 숭상하는 나라가 아니던가. 여진족 야만인들이 구원병을 보내겠다는 발상 자체를 이해하지 못했다. 분노가 치밀었다. 수시로 국경을 침범하여 조선 백성을 괴롭히고 재산을 약탈하는 무뢰배들이 아니던가. 왕은 잠이 오지 않아 뒤척였다. 그 시간 허준은 의서를 집필한다고 잠을 자지 않고 깨어 있었다.

허준은 침침해진 눈을 비비며 숙소 밖으로 나와 서성였다. 궁궐 수비대가 지나가고 조금 후 정작이 뒷짐을 지고 어슬렁거리다가 허준을 발견했다.

"허 의원, 잠이 안 오는가 보오."

"대감께서는 야심한 시각에 어인 일이신지요."

"상께서 잠을 못 주무시니 걱정이라오."

"파천 후로는 깊은 잠을 못 자고 몇 번이고 깨어난다 하옵니다."

"따뜻한 차라도 올려야 하지 않겠소."

"대추차를 준비하겠습니다."

"허 의원이 고생이 많소."

정작이 헛기침하며 팔을 휘휘 내저으며 멀어져갔다. 허준은 왕을 위해 평소에도 차를 올렸다. 계절마다 올리는 차가 달랐다. 더운 여름철에는 열을 식히고 갈증을 멎게 하며 차가운 성질인 맥문동과 오미자를 기력이 떨어졌을 때는 황기와 구기자, 숙지황과 연근차를 추위가 깊어지면 백작약, 숙지황, 황기, 당귀, 천궁, 계피, 감초, 생강을 넣은 쌍화탕을 올렸다. 선선한 바람이 부는 이맘때는 향부자 뿌리를 볶아 끓이거나 황칠나무 차를 준비했다. 매번 달라지는 차에 대해 왕은 종류와 이름과 효능에 대해 물어보곤 했다.

"왜군이 남쪽 해안에 발이 묶였는데 언제쯤 전쟁이 끝날 것 같소."

왕이 대추차를 마시며 허준에게 물었다. 정말 궁금해서가 아니라 답답해서 스스로에게 묻는 것임을 허준도 왕도 알았다.

"환란이 곧 끝날 것이옵니다. 심려 마시고 옥체를 굳건히 보존하소서."

"그리된다면 얼마나 좋겠소. 다행히 짐이 명나라에 구원병을 제때 요청하여 왜적이 물러가지 않았소."

"그러하옵니다."

어의 허준과 임금 선조의 대화가 조곤조곤 이어졌다. 새벽 닭이 홰를 치고 등잔의 심지가 고요히 타들어 갔다. 왕의 근심스러운 표정과 허준의 걱정이 함께 깊어 가는 새벽이었다.

13. 환궁

전쟁이 지나간 상흔은 깊었다. 수십만 인구가 죽거나 포로로 끌려갔다. 조정 관리들은 무기력했다. 대책도 대안도 없었다. 의병이 궐기한 것도 자신의 재산을 지키고자 분발한 지방 양반이 나서면서 시작된 일이었다. 곳곳에서 의병과 승병이 일어난 곳에는 일반 백성과 천민과 노비들이 가담하였고 싸움이 거듭된 후여서 관군에 편입되기도 하였다. 전쟁 중에도 일부 서인은 누군가를 질투하였고 최전선에서 싸우는 장수를 모함하였다.

어김없이 산과 들에는 진달래가 피었다. 왜군이 물러가고도 여섯 달이나 미적거린 선조는 대신들의 간청에도 불안해했다.

"어리석은 백성들이 모반을 꾀할지 어찌 아느냐."

"전하, 환궁하소서."

"궁에 불을 지른 자들이 아니더냐. 다시 또 짐을 향해 화살을 겨누면 어찌할 것인가."

"전하, 그럴 리가 없사옵니다. 속히 환궁하소서."

"당장은 비도 오고 길이 미끄러우니 어렵도다."

"전하, 왜군이 물러간 지 여섯 달이 지났사옵니다. 한양에는 명나라 장수가 지키고 있사오니 환궁하소서."

"그렇지. 명군이 도성에 있지."

드디어 선조의 명이 떨어지고 호종 인원은 왕을 앞세워 한양으로 돌아왔으나 궁궐은 불타 없어지고 갈 곳이 마땅치 않았다. 왕은 화마에서 살아남은 덕수궁에 임시거처로 머물렀다. 임금이 제일 먼저 한 일은 의주 파천에 동행한 호종공신들에게 상을 내리는 일이었다. 백여 명 남짓한 호종 공신들이 각각의 직책과 직위에 따라 상을 받았다.

몸과 마음이 지쳐버린 백성들은 아팠다. 집이 불타거나 도망간 노비들로 조정 대신들도 시름이 깊었다. 씨앗이 없어 파종할 시기를 놓쳐버린 농토와 환란 중에 사라져 버린 땅과 농사지을 노비들이 사라진 양반 관리들은 추노꾼을 고용하여 도망가 버린 노비를 쫓았다.

"어머니, 겸아."

다시 돌아온 한양에서 허준은 가족과 상봉했다. 겸이 의젓한 풍모로 아버지를 반겼다. 정임이 오랜만에 만난 낭군을 바라보며 볼이 붉어졌다. 용케 씨앗을 보존한 어머니가 텃밭이며 뒤란을 가꾸어서 약초와 화초가 뒤섞여 자라고

있었다. 어머니와 정임, 겸이는 몰라보게 말라서 얼굴에는
핏기가 없었다. 그간 얼마나 고초가 심했는지 말하지 않아
도 알 것 같았다. 그날 밤 허준은 아내 정임과 두런두런 지
나간 일들을 나누며 새벽녘까지 잠을 이루지 못했다. 멀리
서 닭이 울었다.

혜민서에 환자들이 몰려들었다. 아픈 환자들은 저마다의
사연을 간직한 채 몸도 마음도 병든 채 혜민서에 찾아들었
다. 혜민서 방이 환자들로 넘쳐나자 마당에 자리를 펴고 눕
거나 궁궐 밖 도로에까지 부들자리나 갈대 자리를 펴고 기
다리는 환자들로 넘쳐났다. 퇴근을 못 하고 환자들에게 둘
러싸인 의원들이 하나둘 나자빠졌다. 그들도 지친 몸으로
너무 많은 환자를 돌보느라 병이 난 터였다. 이 일은 조정
에서도 논란이 되었다.

태의 양예수가 의원 몇을 데리고 궁 밖으로 출입했다가
돌아왔다. 그는 곧 왕에게 보고하였다.

"전하, 역병이 돌고 있습니다."

"뭐라?"

"백성들이 곳곳에서 죽어 나가고 집집이 드러누워 앓는
환자가 늘어나고 있습니다. 제 두 눈으로 확인했사옵니다."

"짐이 부덕한 탓이오. 태의는 방도를 강구하시오."

"송구합니다."

"전쟁이 끝난 지 얼마나 되었다고 또 이런 시련을 준단 말이오. 하늘이 무심하오."

"전하, 심기를 굳건히 하소서."

태의가 물러가고 왕은 시름에 잠겼다. 대전 나인이 새참으로 들인 약밥을 물리치고 골똘히 생각에 잠겼다. 측근을 모두 내보내고 홀로 있는 시간이 길어졌다. 태의는 의원들을 소집했다. 작금의 사태에 대해 서로 의견을 논하다가 돌연 왕의 심기에 대해 말을 꺼냈다.

"전하가 걱정이오."

"무슨 일이 있었습니까."

"시도 때도 없이 분노하거나 홀로 긴 시간 있거나 나인들에게 화를 냈다가도 잠잠해지기를 반복한다오."

"울화병이지 싶습니다."

허준이 말했다.

"왜 아니 그렇겠소. 전하 성미에 견디는 것도 힘드실 게요."

유의 정작이 혀를 찼다. 모두 걱정스러운 얼굴로 마주 쳐다보았으나 어쩔 도리가 없다는 듯 침묵했다.

"소인이 전하의 심기를 다스려 보겠습니다."

"무슨 수로…… 더구나 병명을 모르지 않소. 전하의 병증은 오래되었네. 괜히 나서지 말게."

태의 양예수가 만류했다. 거침없이 침술을 행하고 조정 신료들과 왕실 가족을 치료하던 태의 얼굴에 먹구름이 꼈다. 검버섯이 핀 그의 주름진 얼굴에는 지친 기색이 완연했다. 어의들이 나설 계제는 아니나 왕의 명으로 백성들의 상황을 살피러 궁 밖을 나온 의원들은 둘씩 짝을 이뤄 사대문 골목을 돌았다. 곡성이 여기저기서 터져 나왔다.

그날 저녁 양예수는 몸이 천근만근 늘어졌다. 바랑 꾸러미를 옆에 두고 그는 그대로 쓰러졌다. 그가 근무하던 내의원에는 아무도 없었다. 전염병이 돌아 의원들이 백성들을 돌보러 떠나고 텅 빈 곳에서 그는 흉통을 호소하다가 정신을 잃었다. 늦은 밤 내의원에 들어온 허준은 양예수를 발견했으나 이미 사지가 뻣뻣하게 굳어 있었다. 손을 쓸 수도 없는 상황이었다.

배고픔과 추위를 겪은 백성들의 삶은 피폐했다. 전쟁이 남긴 상흔은 오래 갔다. 지아비를 잃었거나 자식을 잃은 부모의 애통함이 곳곳에 녹아 있었다. 포로가 되어 먼 왜 나라로 끌려간 사람들은 그것으로 가족과 영영 이별이었다. 집집마다 내상이 깊었다. 어느 한 집 피해 가지 않은 전쟁의 참상은 백성들의 가슴 깊은 곳에 한과 고통을 안겼다.

백성들의 언 가슴은 풀리지 않았다. 전염병은 몸과 마음에 병이 든 백성들에게 다시 한번 더 상처를 입혔다. 초봄의 바람이 부드러워졌으나 온 나라가 조용했다.

햇순이 야들야들해진 봄날, 허준은 집에서 온 급한 연락을 받았다. 어머니가 위험하다는 전갈이었다. 의서를 집필하던 그는 서둘러 퇴궐하고 집으로 달려갔다.

"어머니 정신 차리세요."

허준은 서서히 정신을 놓아가는 어머니 손을 잡고 흔들었다. 어머니 손은 따뜻하였으나 감은 눈은 떠지지 않았다.

"어머니, 이리 가시면 소자는 어찌합니까. 정신 차리세요."

허준은 울부짖었다. 어머니가 실눈을 뜨고 허준을 쳐다보았으나 그 눈빛에는 힘이 없었다. 어머니는 고요히 허공을 응시하다가 숨을 놓았다. 역병이 지나가고 한시름 놓았나 싶었는데 허준은 갑자기 돌아가신 어머니를 붙잡고 오열했다. 전쟁 중에도 보살펴 드리지 못했고 의서를 집필한다고 궁궐에 박혀 어쩌다 얼굴을 비쳤으니 고생만 시켰다는 생각에 목이 메었다. 어머니가 미처 뿌리지 못한 약초 씨앗이 선반 대나무 바구니에 담겨 있었다. 허준은 어머니가 남긴 씨앗을 마당에 심었다. 어릴 적부터 약초 잎과 뿌리로 밥을 하고 탕을 끓여 건강을 돌보아 주던 것들이었다.

어머니의 장례를 치르고 허준은 대궐로 돌아가 의서 집필에 매달렸다. 왕의 채근이 있었고 백성들을 위해서도 쉽게 구할 수 있는 약재와 치료법을 널리 알릴 필요가 있었다. 전쟁을 겪으며 의약과 의서의 중요성을 알게 된 왕은 의서 편찬을 서두르라 재촉했다. 시급한 의학책인 언해태산집요(諺解胎産集要), 언해구급방(諺解救急方), 언해두창집요(諺解痘瘡集要) 등 3종을 먼저 편찬했다. 전쟁 전 어느 정도 번역이 진행된 터라 이른 시일 안에 언문 의서를 펴낼 수 있었다. 왕실 서고에서 피난 중에도 옮겨 놓았는데 용케 없어지지 않은 의서가 허준은 무척 반가웠다. 의서를 참고하여 고증에도 신경을 썼다. 왕은 허준을 태의로 임명했다. 나이도 제일 많았다. 허준은 잡과 급제자 중에서는 최고의 품계를 받았다. 왕의 신임은 깊었다. 대간들의 상소가 왕의 미간을 찌푸리게 했다.

"전하, 환난을 이겨낸 전하가 아니십니까."

좌의정 이덕형이 아뢰었다.

"전하, 신하들의 충정을 간압해 주시오소서."

영의정 이원익이 아뢰었다.

"전하, 전하의 심기를 어지럽힌 허 의원을 벌하소서."

우의정 이항복이 아뢰었다.

대간들의 상소가 빗발쳤다. 무슨 생각인지 왕은 꿈쩍도 안 했다. 허준은 심기가 불편했다. 조정 신료들의 상소는 고위 대신들을 넘어 유림들의 상소도 빗발쳤다. 왕은 드러누웠다. 왕의 시름이 깊어져 병이 되었다.

"전하, 왕조 이래 잡과 급제자가 이리 특별 대우를 받은 적은 없사옵니다. 물리소서."

"전하, 위계가 흔들리면 질서를 잡기가 어렵습니다. 통촉하소서."

"전하, 허준은 의원으로서 마땅히 해야 할 소임을 한 것이온데 이번 일은 과하나이다."

"전하, 한품서용 원칙이 적용되는 잡과 급제자 허준은 당하관 승진이 끝인데 어찌 이리 벼슬을 제수하십니까."

"허 의원 스스로 전하의 과분한 특명을 스스로 물려야 함에도 당연한 듯 받아들이는 것은 고금에 없는 전례입니다. 전하, 재고하소서."

선조는 귀를 막고 드디어 한 마디 내뱉었다.

"그대들이 짐의 마음을 어지럽히는구려."

정승 이하 신료들이 선조의 마음을 돌리려 하였으나 병이 깊어 감을 알고 물러섰다. 허준은 성심을 다해 왕을 살피고 처방을 내리고 약제를 손수 끓였다. 바닥에 쭈그려 앉아 숯불에 부채질하는 허준의 웅크린 등에 땀이 흘렀다. 대신들의 말이 옳았다. 어의는 왕의 병을 당연히 치료하고 보살피고 낫게 해야 하는 직책이었다. 임금은 과분한 상을 내려주었다. 마음이 졸아들고 불편하였다. 황사바람이 회오리를 일으켰다. 불꽃이 거꾸로 피며 연기가 치솟았다. 허준은 콜록거리며 기침하다가 눈물이 났다. 왕의 신임이 이리 깊을 줄은 몰랐다. 전쟁 중에 임금 옆에서 건강을 보살피고 말을 들어주고 세상 소식을 전해주었다 하더라도 도가 넘치는 은혜였다. 바람 속에 눈물과 콧물을 흘리며 부채질하는데 정작이 다가왔다.

"허 의원, 너무 심려치 마오."

"송구합니다."

"조정 대신들은 그들의 일을 하는 것이니. 그러려니 하고 넘기시오."

"저는 괜찮습니다. 다만 전하께서 저로 인해 고초를 겪으시는 것이 안타깝습니다."

"그 또한 염려 마시오. 이 일은 조용히 지나갈 것이오."

"방금 정승 대감들을 보고 오는 길이외다. 임금의 병이 깊어 가니 이번 일은 더 이상 거론하지 않기로 했다 하오."

"대감, 고맙습니다."

허준이 눈물 콧물을 옷소매에 닦으며 울먹였다.

"허 의원, 그런 일로 눈물을 보여서야 되겠소. 이 사람은 이만 가오."

정작이 뒷짐을 지고 허청허청 사라지자 허준은 더욱 슬프게 울었다. 돌림병의 영향으로 어머니 장례식도 제대로 치루지 못하고 대궐에 들어온 일이 걸려서였다.

허준은 왕의 안색을 살피러 탕을 갖고 침소에 들었다. 탕을 올렸으나 왕은 말이 없었다. 허준이 탕을 드시라고 고해도 대답이 없었다. 한참 부복해 있던 허준이 고개를 살짝 들어 임금을 쳐다보니 왕은 눈알을 굴리며 뭔가 말을 하려는데 나오지 않았다. 왕의 이마에서 진땀이 흘렀다.

"어, 어."

왕이 입을 벌려 말하려 하였으나 언어가 되지 못하였다. 허준의 가슴 안에 쿵 하고 묵직한 바윗덩이가 내려앉았다. 풍이 온 것이다. 허준은 소매를 걷어붙이고 왕의 다리를 주물렀다. 다리에 살이 빠져 뼈가 드러났다. 허리와 등을 문질렀더니 왕이 몸을 뒤치며 이맛살을 찌푸렸다. 원기가 빠지고 신장이 허한 증상이었다. 소음경의 기가 미치지 못해 생긴 궐증이었다. 허준은 약방 창고에서 직접 약재를 찾아 저울에 달았다. 먼저 양의 콩팥과 자석을 부스러뜨린 후 생강을 썰어 넣고 물 한 말을 부었다. 어느 정도 물이 줄어들자 거기에 더하여 현삼, 백작약, 백봉령, 황기, 천궁, 오미자, 계심, 당귀, 인삼, 방풍, 감초, 지골피를 넣고 물 두 되가 나올 때까지 달였다. 물이 줄어들자 찌꺼기를 건져버리고 알맞은 온도로 식힌 다음 세 번에 걸쳐 마시게 하였다. 세자 광해가 문안 인사를 여쭈러 왔으나 왕이 손짓으로 물러가라 하였다. 세자가 허준을 붙잡고 왕의 상태를 물었다.

"기가 허해 말이 어눌하고 다리에 힘이 빠져 당분간 섭생해야 하며 탕약으로 병을 다스리고 있나이다."

"허 의원 아바마마를 부탁하오. 내 허 의원만 믿겠소."

오래전에 허준으로부터 천연두를 치료받은 적이 있는 광해는 어두운 얼굴로 되돌아갔다. 광해의 문안을 받지 않으려는 왕의 태도는 이번이 처음이 아니었다. 임진왜란 때 의병과 관군을 지휘하여 전과를 기록한 광해에게 명 황제는 그를 격려하는 글을 내렸으며 선조를 비교하며 광해를 추켜세웠다. 이후 광해의 재주를 아끼던 왕은 싸늘하게 돌변했고 광해에 대한 묘한 경쟁심으로 견제했다. 이래저래 왕으로부터 내침을 당하거나 모진 말을 들으며 광해는 울분을 삭였다. 허준은 왕과 세자 사이에서 조심스러웠다. 퇴근하지 않고 밤낮으로 임금 옆에서 상태를 살피던 허준은 어느 순간 꾸벅꾸벅 졸았다.

"허 의원."

왕이 허준을 불렀다.

"전하!"

허준이 놀라 자신도 모르게 소리쳤다.

"고생 많았소. 내 그대가 잠도 안 자고 밤낮으로 짐을 살피는 걸 아오. 허 의원 공이 크오."

허준은 감격해서 전하, 전하 하고 울먹였다. 눈물이 흘렀다. 노력한 만큼 효과를 봐서 고맙고 제대로 약재를 쓴 것같아 자부심이 생겼다. 허준은 그날 내의원으로 돌아와 처방전과 약재의 수량을 꼼꼼하게 기록했다.

왕은 허준에게 벼슬을 제수하였다. 호종공신 3등급에서 정1품 양평부원군에 오른 지 삼 년이 지나지 않은 시점이었다. 의관으로서는 처음 있는 일이었다. 종1품 숭록대부(崇祿大夫) 당상관으로서 왕의 병을 고쳤다 하여 다시 정1품 보국숭록대부(輔國崇祿大夫)로 올랐다. 관례에 어긋나는 일이었다. 선조의 고집은 대단했다. 대간들의 반대 상소가 이어졌으나 귀를 틀어막았다.

"허 의원 집안 누구도 신분의 차별을 받지 아니할 것이오."

왕은 한술 더 떠 후손들의 벼슬길을 열어주었다. 신분으로 인한 차별을 받지 않는다함은 더 이상 서자 계급이 아니라 양천군으로서 정1품 품계의 위상을 누린다는 의미였다. 허준은 감격했다. 아들 겸이의 앞날을 열어준 것이었다.

14. 유배

   퇴근하려던 허준은 왕의 부름을 받았다. 무슨 일일까. 허준은 심히 염려스러웠다. 왕후를 들인 후 임금은 후사를 보는 일에 적극적이었고 허준에게 탕재를 지어 올리라 명령을 내리기도 하였다. 하늘이 도우심인가 어린 인목왕후에게서 아들이 태어나고 왕은 한동안 밝은 표정으로 내의원 의원들에게 상을 내렸다. 허준은 비단 한 필과 무명 두 필을 받았다. 적통 왕자의 탄생은 대궐에 분란을 낳았다. 세자가 있음에도 왕은 어린 영창대군에게 보위를 물려주고 싶어 했다. 광해 왕자를 견제하려는 세력이 늘어나며 궁은 암투가 심해졌다. 왕은 자신의 뜻대로 이루려는 일이 틀어질까 노심초사하였다.

   "허 의원 어서 오시오."

   왕은 어딘가 안색이 불편해 보였다. 근래에 소화도 잘 안되고 얼굴도 누리끼리한 데다 점점 검게 변해갔다. 왕은 초조했다. 영창대군이 빨리 성장해야 할 텐데 조바심에 잠을 이루지 못했다. 왕의 맥을 짚었으나 약하게 뛰었다. 중풍

증세가 도졌지만 사실대로 고할 수는 없었다. 허준은 처방을 내렸다. 내의원 소속 젊은 의원이 처방전을 들고 약재 창고로 뛰었다. 백출, 인삼, 천마, 침향, 귤껍질, 구릿대, 모과, 감초, 생강 등 순풍균기산 한 첩을 물에 달여 왕에게 올렸다. 다시 마황, 귤껍질, 천궁, 백출, 후박, 도라지, 감초, 인삼, 생강, 대추, 박하 등 인삼순기산을 준비했다.

"아무래도 내가 오래 못 살 것 같소."

"전하, 그런 말씀 마옵소서. 쾌차하실 것이옵니다."

"꿈자리가 어지러운 걸 보면 북망산이 머지않았소."

"전하, 심지를 굳건히 하소서."

왕은 시름시름 앓았다. 사지가 뻣뻣해지며 몸을 마음대로 움직이지 못했고 호흡이 불규칙했다. 조반으로 나온 타락죽을 겨우 넘긴 왕은 사람을 알아보지 못했다. 한 번 드러누운 왕은 일어나지 못했다. 약방 도제조 김응남과 부제조 오억경이 입시하여 허준 곁에서 진료를 지켜보았다. 허준은 결단을 내렸다. 만성소화 기능이 약해진데다 중풍이 오면서 간과 심장도 약하게 뛰었다. 허준은 광해 왕자에게 알림과 동시에 탕약을 준비했다. 왕은 탕약을 목 안으로 넘기지 못했다. 탕약이 입 밖으로 흘러나와 목덜미 용포를 적셨다. 허준은 왕의 머리맡에 앉아 은수저로 탕약을 정성스럽게 떠넣었다. 광해 왕자가 오고 곧이어 인목왕후가 득달같이 달려왔다. 세 살 된 영창대군은 솜이불에 싸여 궁녀가 안고 왔다. 열네 명의 왕자들, 정명공주와 열 명의 옹주가 왕의 머리맡에 둘러 앉았다. 왕이 겨우 눈을 뜨고는 광해의 손을 잡았다.

"영창대군을 부탁하노라."

왕의 목소리는 힘이 없었고 가까운 허준과 광해에게 겨우 들릴락 말락 작았다. 얼마 후 왕의 손이 스르르 맥없이 바닥으로 떨어졌다. 광해가 머리를 바닥에 찧으며 울부짖었다. 곡소리가 일제히 침전 밖으로 새어나갔다.

도승지가 인목왕후에게 옥쇄를 바쳤다. 광해가 인목왕후로부터 옥쇄를 넘겨받았다. 이로써 우여곡절 끝에 광해 왕자가 보위를 물려받았다. 조정 대신들이 태의 허준을 벌주라고 상소를 올렸다.

"전하의 옥체를 책임져야 할 허 익원에게 책임을 물어 파직하소서."

"양천군 허준은 임금의 총애를 과하게 받고도 그 책임을 다하지 못했으니 죽음으로 그 죄를 씻게 하소서."

"양천군을 벌주소서."

정승들과 판서들, 성균관 유생들마저 들고일어나 파직

상소를 올렸다. 유례없이 높은 자리까지 오른 허준에 대한 질시와 견제가 섞인 상소였다. 당하급이 최고인 잡과 의원에게 당상관에 이어 양천군 칭호에 정1품 보국숭록대부는 전례 없는 파격 인사였기에 조정 관리들의 상소는 집요했다. 막연히 의례에 따른 요식 행위가 아니라 정말로 몰아내고자 하는 의도가 엿보였다.

"허 의원은 아바마마가 오랫동안 아끼던 신하였소. 그 점을 참작하여 가까운 곳으로 유배를 보내려 하오."

임금이 된 광해 왕이 좌중을 둘러보며 말했다. 허준의 특별 대우에 불만이 있던 신료가 대뜸 간언하였다.

"양천군 허준은 선왕의 은혜를 입고도 병을 고치지 못했습니다. 하물며 그 책임을 물어 후대에 공정함을 보여야 하옵니다."

"양천군은 고희 연세로 나이가 적지 않소. 가까운 곳으로 보낼까 하오. 황해도 장단 허준의 고향 근처에 유배가 떨어졌다. 양천 허씨 집성촌 사람들로부터 보살핌을 받으라는 광해의 마음이었다. 광해 왕은 따로 허준을 불러 다독였다.

"양천군, 조금만 고생하시오."

광해 왕은 안타까운 눈으로 허준을 바라보았다. 허준은 왕을 바라보았다. 광해의 눈빛에서 진심이 느껴졌고 왕의 마음을 읽을 수 있었다. 허준은 지필묵과 화선지와 전지, 붓을 준비하여 바랑에 넣었고 집필 중이던 의서와 개인 일지를 따로 챙겼다. 허준을 호송하는 관리에게 광해 왕은 따로 잘 모시라고 당부하였다. 허준이 파주 장단 근처에 못미처 주막에서 잠시 머무를 때였다. 왕이 보낸 파발이 의주목사 황진 편에 도착하였다. 허준은 주막 마당에 돗자리를 깔고 엎드려 왕의 교지를 받들었다.

　-의주 목사 황진은 양천군 허준을 의주로 압송하여 머물게 하라.

　청천벽력 같은 소식에 허준은 잠시 망연하였다. 그러나 곧 마음을 가다듬고 길을 떠났다. 궁궐 분위기가 심상치 않음이었다. 대신들은 왕에게 밀리면 안 된다는 심정으로 집요하게 상소를 올렸을 것이었다. 성균관유생뿐만 아니라 지방 유림까지 나섰을 것이다. 광해 왕이 한발 물러났음이었다. 한양에서 같이 온 호송인원들이 말과 함께 돌아가고 의주에서 온 병사들이 허준을 인계했다. 임진년 여름비를 맞으며 임금을 호종하여 가던 그 길이었다. 피난 때에는 주변 사물이 안보이고 두려움에 긴장하여 쫓기듯 가던 길이었다. 의주 목사가 보낸 병사가 천천히 걷는 바람에 허준은 주위를 살피며 긴 장도에 올랐다. 춘분을 맞은 산길에는 진달래, 매화, 생강나무꽃이 막 봉오리를 터뜨리며 봄길을 안내했다. 호송하는 병사 두 사람도 죄인을 데려가는 게 아닌 봄 경치를 보러 나들이를 온 사람처럼 한가로웠다. 아마도 전쟁이 끝나 평화가 찾아온 것에 대한 이야기를 하는 것 같았다.

"소인은 달단이라 합니다."

"저는 요하입죠."

병사들이 자기소개를 했다. 앞으로 긴 시간 이동을 하며 소통하려면 이름 정도는 허락해도 된다는 듯 스스럼없이 말을 했다.

"이 사람은 허준이라 하오."

"알고 있수다. 유명한 어의 나리 아니십니까."

그들은 죄인으로 유배 가는 허준을 깍듯이 공대했다.

"두 분 병사는 어느 지역에서 왔소."

"회령에서 왔수다."

"달단이 말했다.

"길주에서 왔습니다."

요하가 말했다.

"회령, 길주라면 잘 아오."

허준이 반가운 마음에 아는 척했다. 회령은 가토 기요마사가 점령한 후 그 지역을 투항한 지역 유지에게 맡겨 관할하던 곳이었다. 가토 기요마사 부대를 상대로 조선 관군과 의병, 승병이 협공하여 왜적을 몰아내던 곳이기도 하였다. 여진족 지휘관의 종기를 고쳐주고 풀려난 일, 승병이 된 혜월 스님을 만난 일도 어제 일처럼 떠올랐다. 고을과 고을의 경계를 넘어가는 길은 골짜기가 깊었다. 지대가 높아지자 호흡이 가빴고 바람이 차가웠다. 자작나무 숲에 다다르자 달단이 허리춤을 잡고 숲으로 들어갔다. 오는 동안 몇 번이고 자주 숲으로 들어갔다가 배를 움켜쥐고 나왔다.

"왜 그러시오."

"아랫배가 아프고 물똥을 쌉니다. 먹은 것도 없는데 자꾸 뭐가 나옵니다."

허준은 그가 이질 설사 증세가 있음을 알았다. 바랑에서 환약을 꺼내어 주고 주막에 도착하여 침을 놓았다. 주막에서 하루를 묵으면서 달단의 설사병이 나았다,

아침부터 눈이 내렸다. 서설이었다. 가뭄으로 타들어 가던 들과 산이 눈으로 덮여 땅이 축축해졌다. 눈은 내리면서 녹았고 녹으면서 쌓였다. 소나무와 잣나무 잎갈나무가 하얀 눈을 이고 서 있는 풍경이 보기 좋았다. 길은 미끄러웠다. 넘어질 듯 넘어질 듯 휘청거리며 걸었다. 걸음이 더뎠

다. 설사병이 나은 달단이 기분 좋은지 계속 말을 했고 이야기는 끝이 없었다.

"왜놈들이 지독한 건요. 후퇴를 하면서도 챙길 건 다 챙겼지요. 도망가느라 북새통인데도 도예 기술자뿐만 아니라 아예 백자 원료인 백토를 수백 수레 실어 갔으니까요. 왜에는 백토가 없다나요."

허준은 왜군들이 가져간 조선의 나전칠기 장인과 종이 인쇄공과 종이, 궁궐의 수십만 고서를 떠올리며 아쉬움에 한숨을 내뱉었다. 여자들과 각각의 기술을 가진 남자들과 궁궐에서 사용하던 수많은 은그릇, 방짜유기, 도자기 그릇을 싹쓸이 해가는 바람에 피난에서 돌아온 임금이 신하들을 위한 잔치를 베풀고자 했으나 그릇이 없어 취소했다는 사실을 알고 있었다. 오죽 기가 막혔으면 임금 선조가 허준을 바라보며 허탈해서 쓴웃음을 지었을까. 무뢰배 야만인들이 하다하다 그릇까지 다 가져간 사건은 그들의 열악한 문화를 역으로 보여준 것이었다.

기온이 점점 내려갔다. 달단과 요하는 초봄에 내리는 눈이 자연스러운 듯 무심했다. 짚신과 버선이 젖어 발이 무거웠다. 너른 암반 지대에서 잠시 쉬었다. 버선을 벗어 물을 짜내고 다시 신었다. 발이 시려 빨갛게 발등이 부어 시큰거렸다. 달단과 요하는 짐승의 가죽으로 만든 가죽신을 신고 있었는데 허준은 그들의 가죽신에 자꾸 눈길이 갔다. 건너편 자작나무 숲이 지금까지 만난 세상과 구별 짓듯 순백의 대지로 손짓했다. 그 길을 지나갈 터였다.

"임금님의 수라상은 특별하겠지요."

요하가 허준에게 물었다. 갑자기 받은 질문이라 답하기가 애매했다. 허준은 전국 각지에서 진상되는 곡물과 특산품과 가금류와 육고기와 바다 생선과 강의 물고기, 산채와 죽순 같은 재료를 설명했다. 그 재료를 가지고 궁중 숙수들이 최고의 솜씨로 12첩 수라상을 올리면 왕은 음식을 남겼다. 왕이 남긴 음식은 궁녀들이 나누어 먹었다. 그 이야기를 듣는 요하와 달단의 눈빛이 반짝거렸다.

요하는 아버지가 여진족으로서 요동의 강 동쪽에서 조선으로 귀화하여 만호 벼슬을 하였다고 소개했다. 달단은 만주 지역의 몽골족으로 아버지가 두만강 북쪽 7백여 리 떨어진 곳으로부터 귀화하여 천호벼슬을 받아 정착했다고 말했다. 허준은 그들의 신분이 궁금하여 물어보았다.

"두만강 7백 리 꽤 먼 곳으로부터 왔구려."

"유목민으로 떠돌다가 의무적으로 부역도 하고 조세도 바치고 농사짓는 법을 배워 정착해 사는 것이 사람 사는 것 같아 좋았지요."

"우리 여진족이야 일찍 강 동쪽 요하를 건너 국경마을에
정착한 지 오래되어 이제는 조선 백성이오."

그들은 이성계 장군을 따라 조선에 정착하여 높은 벼슬
을 받은 이지란의 이야기도 했다. 두만강이나 압록강 유역
에는 여진인이 건너와 자리를 잡고 조선인으로 살아가는
이야기, 명나라에 동지사로 가는 사신단을 안내하여 연경
에 다녀온 이야기를 했다.

"요동 벌판은 얼마나 뭔 곳이오."

"요동 벌판은 일천이백여 리 됩니다. 산도 없고 평지로
구성되어 하늘과 땅이 바다처럼 넓은 곳이지요."

"황량하고 거칠어서 농사짓고 살 땅이 못됩니다."

"말을 키우고 군사 훈련을 하면 되겠구려."

"말 먹이와 병사들 식량은 어찌 조달하고 그런 말씀을 하
시는 겁니까."

허준은 말문이 막혔다. 농사지을 땅이 없어 배고픔을 겪
는 숱한 백성들을 생각하면 그 너른 땅을 쓸 수 없다는 게
이해가 안 되었다.

"명국에 갔으면 풍물과 풍습이 조선과 다르겠구려."

"명국은 온갖 민족이 섞여 살아 고을마다 풍속이 다릅니다."

허준은 공자와 맹자 주자가 살았던 요동 벌판 너머 그 먼 나라를 그려 보았다. 서점에 진열된 서책을 사서 맘껏 읽어 보고 싶고 고서와 의서를 연구하거나 사상가를 키운 하늘과 바람과 공기를 느껴보고 싶다는 생각했다. 젖은 발이 얼어 퉁퉁 부었다. 걸음을 걷지 못해 비틀거렸고 발은 점점 부어올라 통증이 심했다.

요하와 달단은 주막을 찾았다. 주막에는 먼 길을 가는 듯한 선비가 꾀죄죄한 몰골로 방구석을 차지하고 있는데 궁핍해 보였다. 허준은 선비를 쓱 훑어보고는 여러 날 굶었음을 직감했다. 국밥을 시켜 먹고 요하와 달단 식대를 내주었는데 아무래도 구석의 선비가 걸렸다. 선비에게도 국밥을 한 그릇 사주고 인사를 했다,

"허준이라 하오. 지금은 죄인 신분으로 관북지방으로 가는 중이오."

"한양 사는 이 진사라 하오 성명은 상락이오. 전쟁이 끝나 집으로 가는 중이오."

"전쟁이 끝난 지 한참 되었소만 모르셨소."

"왜 모르겠습니까. 피난 중에 모친이 돌아가셔서 상을 치르고 그냥 떠나기가 안타까워 머물다 집으로 가는 데 가족들이 살아 있을지 걱정이오."

허준은 놀랐다. 한편으로는 어머니가 간절히 그리웠다. 이 진사가 허준을 쳐다보고는 다시 요하와 달단에게 곁눈질을 주며 호기심에 물었다.

"도성은 어찌 돌아갑니까."

"제 자리를 찾으려면 아직 멀었소. 환난을 겪은 후 피난에서 돌아와 집을 잃어버린 백성들이 다리 밑에 임시로 나무 기둥을 세우고 기거하거나 거적을 쓰고 거지처럼 사는 이가 수두룩하오."

"도망 다니는 노비들을 많이 만났소. 산속 굴에 피신하여 사는데 도망친 노비들이 민가를 털거나 밭작물을 훔쳐 먹거나 주인집 물건을 훔쳐 달아나다 헐값에 팔아먹는 일이 많았지요."

"노비들뿐이겠소. 일반 백성들도 굶주림에 남의 집 담을 넘는 일이 나라님의 근심을 부채질했지요."

"지방에서 농사를 담당하던 외거노비들이 씨앗 종자마저 홀랑 먹어버려 식량 사정이 나빠졌소. 전쟁은 사람을 짐승으로 만들기도 하나 보오."

"어느 양반은 피난길에 노비들을 먹일 양식마저 떨어지자 모두 내보냈다 하더이다."

"이 진사께서는 어찌 전쟁을 피해 사셨습니까."

"말도 마오. 지방 관아의 수령으로 있는 어릴 적 친구나 관청으로부터 양식을 조금씩 얻어먹었지요. 암자 스님에게 도움을 받거나 지역 양반에게 손을 벌렸지요. 모르는 체하는 양반도 있었지만 어머니를 핑계로 도와달라고 했더니 보리와 콩, 간장, 소금, 잡곡을 얻을 수 있었습니다. 씻지도 못하고 먹지도 못해 전쟁이 막바지에 이르러 어머니가 설사병으로 돌아가셨습니다. 집사람은 딸들을 데리고 한양에 남았고 맏아들과 어머니를 모시고 선산에 묘를 돌보러 갔다가 그만 전쟁이 나버렸지요. 발이 묶여 오도 가도 못 하고 떠돌았습니다."

"아드님은 어찌 되셨소."

"한양의 안사람과 딸들이 걱정되어 집으로 돌려보냈는데 무슨 영문인지 소식이 끊어졌습니다. 먹을 것도 없고 돈도 떨어져서 구걸하며 한양으로 가는 중입니다."

"거참 안됐구려."

거지꼴로 귀가하는 이 진사와 비록 양반이긴 하나 유배 중인 허준 모두 딱했다. 누가 누구를 염려할 입장은 못 되었다. 전쟁이 낳은 비극이었다.

산속에서 샘물을 떠 마시거나 사냥꾼이나 약초꾼이 다니던 길을 따라 산막에서 묵기도 하면서 의주에 다다른 것은 봄이 깊어갈 무렵이었다. 의주 관아에서 현감에게 인계한 후 달단과 요하와는 헤어졌다. 그들은 몹시도 아쉬워하면서 몸 건강히 계시다가 돌아가라고 축복의 말을 했다.

허준이 닿은 곳은 왜군의 발호가 유독 심했던 맹산 근처였다. 진달래가 피어 온 산이 붉었다. 현감 강유(姜維)가 마침 오두막 하나가 비어 있으니 그곳에서 기거하라며 사방 오 리 이상 밖을 벗어나면 안 된다고 지침을 말했다. 마을 촌장인 허 영감이 곡주를 한 병 들고 찾아왔다.

"의원 나리, 현감이 특별히 부탁하고 갔으니 어려운 일이 있으면 말하십시오."

허 영감이 돌아가자 혼자 덩그러니 빈집에 남은 허준은 마당에 서서 주변을 둘러보았다. 지세가 험해 골이 깊고 산이 높았다. 높은 봉우리로 구름이 넘어가고 있었다. 나무와 숲의 냄새가 고요한 대기 중에 떠다녔다. 그 냄새는 오래 쌓이고 쌓여 뭉쳐서 떠다니는 듯 깊고 강렬했다. 허준은 깊은숨을 몰아 내쉬었다가 숲의 냄새를 힘껏 들이마셨다. 뱃속의 찌꺼기까지 날려버릴 나무 냄새에 허준은 마음을 가라앉혔다. 붉은 모래바람이 집안을 들었다 났다 하며 불었다. 지붕이 들썩거렸다. 푹 꺼진 아궁이에 장작을 집어넣었으나 오래 두어 삭아버린 고목은 잘 타지 않아 연기가 자욱

했다. 연기를 마시고 기침을 심하게 했더니 어지러웠다. 마당에 나와 다시 숲의 냄새, 생나무가지 냄새를 들이마셨다. 부엌 구석에 둔 항아리에는 소금이 바닥에 남아 있었다. 주인은 전쟁 통에 피난 가서 돌아오지 못했거나 죽었을 터였다. 집 안팎에 황토 냄새, 마른 나뭇가지 냄새, 풀냄새, 마른 잎이 삭아 부서지며 나는 냄새가 떠다녔다. 외로움이 고여 있었다. 밤이 되자 몹시 추웠다. 몸을 웅크린 채 잠을 설치고 일어나자 등허리가 뻐근했다. 온돌바닥에는 미지근한 온기가 올라왔다.

햇볕이 푸근해졌다. 허준은 정임이 찔러 넣어준 천주머니에서 씨앗을 꺼내 마당 가에 뿌리고 흙으로 덮었다. 어머니가 그러했듯 허준도 약초 씨앗을 귀하게 보관하였다. 아내 정임이 허준을 위해 얼마나 세심한 배려를 했는지 도라지, 더덕, 엄나무, 오가피, 들깨, 당귀, 황귀, 천궁, 미역취, 곰취, 둥굴레 씨앗을 골고루 싸서 보냈다. 약초로서뿐만 아니라 반찬으로 애용하라는 깊은 뜻이 숨어 있었다. 봄에 나는 모든 잎은 나물이자 약이 됨을 박수온으로부터 어머니로부터 생초 유의태 스승댁에서 알게 된 사실이었다.

오두막 아궁이에 불을 넣고 있으려니 현감 강유가 아전을 시켜 보리쌀 서 말, 콩 한 말, 간장 한 되를 갖다주었다.

저녁때는 마을 촌장이 소금에 절인 짠 김치와 떡을 가져왔는데 제일 반가운 것은 탁주였다. 촌장과 마주 앉아 탁주를 마셨다. 전쟁의 상흔이 남아 있어서 지독한 왜놈들이라는 표현을 써가며 지난 난리 때의 이야기를 했다. 특히 여진족과 가토 기요마사 군이 싸운 일, 가토 기요마사와 의병이 싸운 일을 얘기할 때는 술이 들어가서인지 처음 만났을 때 점잖던 촌장의 목소리가 높아졌다.

"집안 식구 중에 왜놈에게 변을 당한 집이 한 집 건너 하나씩은 다 나왔으니까요. 마을에서 부녀자가 왜놈에게 겁탈당한 일은 부지기수요. 얼굴이 반반하게 고운 처녀와 유부녀들은 포로로 잡혀 그들이 데려갔지요. 치마가 찢기고 속옷이 벗겨진 채로 겨우 허리둘레를 천으로 감싼 채 끌려가던 유부녀 중에는 큰소리로 어느 고을 아무개 선비 부인 연안 이씨가 왜군에게 끌려간다오, 소리치는 경우를 봤습니다. 가족에게 전해달란 뜻이었지요."

허준은 촌장과 탁주를 마시며 가슴이 아팠다. 사람, 땅, 동물, 집, 무생물에 이르기까지 전 국토가 유린당한 그 일은 잊을래야 잊을 수 없는 상처요 고통이었다. 칠 년 동안 이 땅에서 일어난 야만적인 폭력은 백성들의 가슴 속에 커다란 동굴을 깊이 파놓았다. 의병으로 전쟁에 뛰어들었던 노비들, 양반 주인과 피난을 떠났던 노비들, 이웃의 재산과 재물을 약탈했던 양민들, 죽은 조선 백성의 머리를 베어 머리털을 밀어낸 후 왜놈을 베었다고 공적을 타내려던 일반 백성들 그야말로 아비규환이었다. 전쟁은 인간을 얼마나 이중적이고 야수로 변하게 하는지 모두가 겪은 참상이었다. 그 모든 것들을 몸소 겪은 백성들은 전쟁이 끝난 후에도 시름시름 아팠다. 이유도 모르고 아팠다. 몸과 마음이 약해진 틈에 전염병이 돌았다. 설사와 곽란에 시달리는 사람들이 늘어났다. 임금과 조정 관리들을 바라보는 백성들 가슴 속에 반감과 저항이 싹텄다. 직접 전투에 참가했던 노비들은 나라를 지켜냈다는 자부심과 자의식에 눈을 떴다.

"소인은 막내딸을 난리 통에 잃었습지요. 혼인을 앞두고 있었는데 달래와 냉이를 캐러 들에 홀로 나갔다가 왜놈들에게 발각되어 끌려갔지요. 저항을 얼마나 심하게 했는지 그놈들이 번갈아 가며 겁탈하고는 숲에 버려뒀지요. 해가 넘어갈 무렵 돌아오지 않는 딸을 찾으러 나갔는데 어기적 어기적 힘겹게 걸어오던 딸이 나를 보고는 아버지, 그러고는 쓰러졌어요. 저고리는 벗겨지고 치마는 찢어진 채 핏자국이 얼룩얼룩했어요. 둘러업고 집에 와서 살펴보니 성한 곳이 없었어요. 속옷도 입지 않았는데 천 조각처럼 누더기가 된 치마를 벗기고 옷을 갈아입히려다가 몸을 살피는데 음부가 벌겋게 부었고 허벅지는 온통 멍 자국이었어요. 그 날 밤을 넘기지 못하고 저세상으로 가버렸어요."

촌장이 건너편 산등성이를 하염없이 바라보았다. 허준이 대꾸를 못 하고 있는데 촌장이 가야겠다고 일어섰다. 온 나라가 온 백성이 앓고 있었다. 지방 관아는 어려운 중에 백성들에게 공물을 거뒀다. 집이 불타고 농작물이 갈아엎어지고 밭을 가는 소가 죽었는데도 사정을 봐주지 않았다. 전국에 땅을 갖고 있던 양반은 농사를 짓는 외거노비에게 세를 받으러 갔다가 불타 없어진 농막과 텅 빈 곡식 창고를 보면서도 닦달했고 외거노비 가족이 밤사이 도망치는 일이 비일비재했다. 도망쳤다가 먹고사는 일이 팍팍하여 도로 찾아와 잘못을 빌고 주저앉은 노비도 있었다.

달빛이 환한 밤, 고을 촌장은 비틀거리며 어기적어기적 돌아갔다. 뭐라 흥얼흥얼 중얼거렸는데 바람 소리 때문에 잘 들리지 않았다. 아마도 울음소리였던 것 같았다. 혼자 덩그러니 남은 허준은 가족을 생각했으나 곧 벼루에 물을 부어 먹을 갈았다. 선왕과 한 약속을 상기했고 어려운 백성들에게 도움이 될 의서를 써야 했다. 일지를 참고해 가며 허준은 의서 집필에 몰두했다.

우선 크게 다섯 가지로 분류하였다. 화선지에 제목을 달아 벽에 붙였다.

하나. 내경편
둘. 외형편
셋. 잡병편
넷. 탕액편
다섯. 침구편

다섯 가지로 분류한 다음 세부 항목을 적었다. 병증과 치료 방법을 중심으로 나누었다. 내용은 내과의 질병을 다룬 내경 편, 외과의 질병을 다룬 외형 편, 내과와 외과를 제외한 여러 가지 병증을 다룬 잡병편, 약물에 관한 지식을 다룬 탕액편, 침을 통해서 병을 고치는 방법을 설명한 침구편이다.

아무도 방해하거나 찾아오는 이가 없었다. 진도는 빨랐다. 참고할 책이 많지 않으나 바랑에 넣어온 서너 권의 책을 수시로 들춰보며 토를 달았다. 우리나라의 의서는 물론 중국의 의서까지 활용했다. 간간이 마을 사람이 아프다고 찾아오면 처방을 써주고 결과를 확인했다. 처방은 되도록이면 복잡한 약재가 아닌 단방을 써줬다. 주로 주변에서 쉽게 구할 수 있는 것들로 신경 썼다. 예를 들면 이런 것이다.

건곽란을 치료할 때
처방 : 소금을 큰 숟가락으로 하나씩 누렇게 되도록 덖어 한 되에 풀어서 먹어 토하고 설사하면 낫는다

곽란으로 죽을 것 같을 때
처방 : 엄지손가락만 한 생강을 물 한 되에 넣고 달여 즙을 내어 먹으면 곧 낫는다

미친 개한테 물렸을 때
처방 : 갈근(칡뿌리)을 짓찧어 즙을 내어 먹기도 하고 씻기도 한 다음 찌꺼기를 상처에 붙인다

여러 가지 물건에 중독되었을 때
처방 : 갈근즙이나 쪽잎즙이나 지장수를 마신다.(본초)

오래된 천식일 때
처방 : 단인삼탕으로 다스린다. 기가 허하여 생긴 천식은 인

삼 한 조각을 물에 달여 자주 먹는다.(입문)

오래된 천식 두 번째

처방 : 소라조환으로 다스린다. 무씨, 주엽열매, 천남성, 하늘타리씨, 조가비가루를 가루 내어 꿀을 탄 생각즙에 고루 반죽한 다음 환약을 만들어 입에 머금고 녹여 먹는다.(강목)

여러 가지 학질의 증후와 치료

학질의 종류만도 풍학, 한학, 열학, 습학, 담학, 식학, 노학, 귀학, 역학, 장학, 해학 등이 있는데 각각의 치료법과 처방은 아래와 같다. 육두구 초두구 각각 2개와 후박 2치, 감초, 생강 두 덩어리를 썰어 2첩으로 하고 여기에 대추 2알, 오매 한 알을 넣어 물에 달인 다음 따뜻하게 하여 빈속에 먹는다.(유취)

기존의 의서를 참고하고 끝에 참고도서를 써넣었다. 허준은 붓을 멈추고 잠시 문밖을 내다보았다. 뭔가 가슴이 답답해오고 더 이상 집필이 어려움을 느꼈다. 꼭 필요한 의서가 없었기에 아쉬움이 컸다. 왜란이 끝나고 도성으로 돌아온 허준은 서고에서 수십만 권의 책이 유실됐음을 알고 놀라 의서를 살펴보았다. 『의방유취』[1] 266권이 모두 사라진 것을 알았다. 왜놈들이 왕실 서고에서 싹쓸이하여 배로 실어 날랐는데 책뿐만 아니라 왕실의 도자기 그릇류, 방짜유기[2], 놋수저와 놋대야 모든 물건을 실어 날랐다. 조선군이 맥을 못 추고 넋 놓고 있을 때 왜군은 장수들의 진두지휘 아래 서화 벼루 붓 먹 모든 재화를 가져갔다. 왜적은 도요토미 히데요시에게 전리품으로 문서를 작성하여 올리고 그들 왜왕의 지하 수장고에 조선의 물품을 처박아 두었다. 가슴이 쿵 내려앉으며 두 다리에 힘이 풀렸다. 세종 때 집현전 부교리 김예몽, 유성원 등 문관과 어의 전순의 김유지가 모든 치료법이 적힌 책을 분류하여 정리한 의학대백과 사전이었다. 양이 방대하여 삼십 년에 걸쳐 다시 간추리고 정리하여 266권으로 펴낸 알짜배기 의학서였다. 특히 의학적 지식뿐만 아니라 고래로부터 민간에 전해지는 속방(俗訪)을 참고하여 흔히 걸리는 질병에 대한 처방이 다양하게 적혀

---

1 의방유취(醫方類聚): 1445년(조선 세종 27년)에 완성된 의학서이다. 『의방유취』는 책 이름 그대로 임상적 처방을 병증에 따라서 분류 집성한 것으로 세종이 집현전 부교리 김예몽(金禮蒙), 유성원(柳誠源) 등 여러 문관과 유의(儒醫)에게 명하여 모든 의방(醫方)을 수집·분류하여 1서(一書)로 합편하였다.
2 방짜유기: 품질이 좋은 놋쇠를 녹여 부은 다음 다시 두드려 만든 그릇.

있는 귀중한 책이었다. 음식 및 값싼 약재로 손쉽게 구하여 치료할 수 있는, 백성들에게 꼭 필요한 보물이었다. 의방유취는 세종조에서 시작하여 여러 대를 거치면서 더 간결하고 일목요연하게 정리하여 편찬했으므로 왕실에서도 어의들에게도 필요한 의서였다. 선조 임금은 어의를 불러 이른 시일 안에 백성들을 위한 의서를 편찬하도록 했다. 허준은 의방유취에서 많은 부분 영감을 받았다. 세종임금에서 문종, 단종, 세조에 이르도록 어의를 지낸 전순의 의관은 음식이 약과 같다는 말을 남긴 사람이다. 그는 노비 출신이었으나 의술이 뛰어나 왕의 총애를 받았다. 어의에서 물러난 뒤에는 행적을 알 수가 없었다. 노비 출신 의원을 누가 기억이나 하랴. 허준은 전순의를 생각하자 또 가슴이 답답했다.

마루에 앉아 먼 산을 바라보며 한숨짓는데 아들 겸이가 왔다. 허준은 기쁨에 가슴이 벌렁거렸다. 아들은 바라만 보아도 듬직했다. 겸이 큰절을 올렸다. 울컥 감정이 북받쳤다. 곁에서 지켜주지 못한 자식이었다. 전쟁 중에도 임금을 모시고 피난을 가느라 함께 하지 못한 아들이었다. 어려서는 의원에서 연습생 노릇 하느라 바빴고 내의원에 입시해서는 왕실 가족과 대신들의 치료를 담당하느라 집은 뒷전이었다. 가장의 몫을 아들에게 맡기고 바깥으로 돈 아비를 찾아온 아들, 허준은 미안한 마음에 가슴이 먹먹했다.

"어머니는 잘 계시느냐."

"예 별고 없으십니다. 다만……."

"다만."

"아버님의 안위만 걱정하십니다."

"나는 무탈하다."

"다행입니다."

두 사람은 짧은 안부를 나누고는 더 이상 할 말이 없었다. 마주 앉아 다정한 대화를 나눠 본 기억이 없으니 서로 어색했다.

"아버님, 겨울 땔나무를 준비하러 산에 다녀오겠습니다."

허준은 할 말이 없었다. 겸이 지게를 지고 마당을 나가자 허준은 아궁이에 불을 지폈다. 아들을 위해 밥을 지으며 마음이 따뜻했다. 보리쌀을 안치고 부엌에 쭈그려 앉아 어린 날 어렵기만 한 아버지를 떠올렸다. 서자인 허준을 적자 형제들과 차별 없이 키워주고 글 공부를 시켜준 분이었다. 양천 허씨 가문의 돌림자를 따서 이름을 외자로 지어줬을 때 어머니는 울었다고 했다. 다른 서얼들과 달리 충분히 중국의 경서를 읽고 유학자 집안 친구들과 학문을 나누고 교유하며 보낸 것은 아버지의 덕이었다. 겸이는 열흘 남짓 머물며 겨울 땔감을 준비하여 처마 밑에 쌓아놓고 떠났다.

가끔 마을 촌장이나 아전, 현감이 탁주나 소주를 갖다주었다. 안주로는 마당 가에서 자라는 곰취나 미역취를 뜯어다 된장에 찍어 먹었다. 그들이 소주를 갖다주고 그냥 돌아가는 날에는 혼자 술을 마셨다. 가족을 생각하니 미안하고 왕을 생각하니 불충한 것 같아 술을 잔뜩 마시고 잤다. 아침에는 된장을 따뜻한 물에 풀어 해장했다. 된장국은 소화가 안 되거나 술병에는 효과가 좋았다. 먹는 음식이 부실한 허준은 때때로 위장이 약해서 자주 설사를 했다. 그럴 때면 어머니가 만들어 준 환약이 생각나서 스스로 만들어 보았다. 쑥은 몸을 따뜻하게 하기도 하지만 속을 다스렸다. 소화가 안 될 때는 쑥을 끓인 물을 마셨다.

몇 날이 흘렀다. 입추가 지나 멀리 북쪽 산 능선에서부터 단풍이 물들기 시작하였다. 마당에 내려가 밖을 서성이는데 마을의 당산나무 밑으로 검은 그림자가 느릿느릿 걸어오며 지팡이로 허공을 휘저었다. 좀 특이한 양반이네 그러고 유심히 살피는데 검은 그림자 한참 뒤에 어린 소년이 보퉁이를 들고 따라왔다. 부자지간인가, 그러며 심심하던 차에 흥미 있게 지켜보았다. 검은 그림자는 도포에 장삼 자락을 휘날리며 걸었는데 여전히 지팡이를 휘휘 저으며 걸어왔다. 그 행색이 낯익었다.

"저리 가, 저리 가!"

스님이 지팡이를 허공에 휘두르며 소리를 지를 때 허준의 얼굴에 웃음이 피어올랐다.

"스님, 아직도 귀신을 쫓으십니까."

"이 마을에는 웬 잡귀가 이리 많은지, 원. 굶어 죽은 귀신, 병에 걸려 죽은 귀신, 칼 맞아 죽은 귀신 에휴, 산 귀신보다 죽은 귀신이 더 많으니 어쩌누. 같이 살아야지."

혜월스님이 흰 수염을 날리며 마당에 성큼 들어섰다.

"허 의원, 목이 마르네. 곡주나 한 잔 내오게."

"잠깐 기다리십시오."

허준은 부엌 선반에 올려놓은 탁주를 갖고 나와 사발 가득 채웠다. 마당 가에서 미역취와 곰취를 뜯고 생더덕을 잘게 찢어 된장과 함께 안주로 내왔다. 조금 후 쭈뼛거리며 들어서는 소년을 만났다.

"명복아, 이리 오너라. 스승께 인사 올려라."

소년이 쪼르르 달려오더니 허준 앞에서 넙죽 절을 했다.

허준이 당황하여 혜월을 쳐다보았다.

"잘 가르쳐서 명의 만들어 주게나. 조선에 필요한 인재이니."

"스님, 제가 어떻게."

"허어, 자네도 누군가에게 도움을 받지 않았나."

혜월이 수염을 쓰다듬으며 먼 산을 바라보았다.

"전쟁 통에 만난 아일세. 나도 이제 황천길 갈 날이 얼마 남지 않았고. 저 아이가 눈에 밟혀서 그러하네."

가까이에서 본 혜월은 그사이 더 쪼그라든 늙은이가 되어 있었다. 어림짐작해 봐도 나이가 구순에 이를 것이었다. 칠순에 이른 허준과 구순의 혜월이 마주 앉아 술을 마셨다. 혜월은 아직도 허준을 유의태 스승 밑에서 일하던 도령 취급했다. 세월이 두 사람을 이만큼 멀리 데려다 놓았는데도 불구하고.

"스님, 저 명복이란 아이는 어떻게 데려오신 겁니까."

"난리 통에 어미를 잃었다네. 왜놈들이 마구잡이로 백성들을 도륙하지 않았나. 저 아이 어미도 피난을 가다 왜군을 만나 몹쓸 짓을 당하고 반항하자 죽여버린 거지. 어미 시신 옆에서 울고 있길래 땅을 파고 묻어주고는 주막에 맡겨놨다가 전쟁이 끝나서 데려온 것일세."

"제 처지가 이런데 괜찮을까요."

"이 사람, 그런 소리 말게. 조정 양반들이 유배 가서 자식들을 낳지 않던가."

허준은 유희춘이 유배 중에 시중을 들던 노비 처녀를 첩으로 들인 후 딸 넷을 낳아 기른 것을 알고 있었다. 선비 중의 선비인 유희춘은 어여쁜 딸들이 노비로 일생을 살 것을 염려한 나머지 재산이 모일 때마다 한 명씩 한 명씩 속량시켜 양민 신분을 갖도록 한 사실은 친척 지인이 다 알았다. 유희춘은 자식들이 평생 노비로 살 것을 가슴 아파하고 괴로워한 평범한 아버지였다. 타고 다니던 말을 팔아 속량시키거나 농사를 짓거나 녹봉을 아껴 네 명의 딸을 일반 양민으로 만들기까지 팔 년의 세월을 보냈다. 딸을 혼인시킨 뒤에도 양민 신분으로 바꾸어 주려 애썼으니 딸들에 대한 지극한 애틋함이었다. 아마도 그는 안 입고 안 먹고 아껴가며 모은 재산으로 딸들을 속량시켰을 것이다. 그런 후 그는 병이 들어 시름시름 앓다가 죽었다. 유희춘이 담양 본가에 귀향해 있을 때도 벼슬을 제수받아 한양에 있을 때도 허준은 그의 집에 불려 가 부인을 치료해 준 적이 있었다. 부인은 자주 아팠다. 말년에는 유희춘도 자주 아팠다. 청렴한 선비였던 그는 고위 관직에 있었음에도 살림이 빠듯했는데 절약을 실천하며 알뜰하게 살았다.

그날 밤 혜월과 허준은 새벽녘까지 두런두런 이야기를 나누었다. 명복은 구석에서 웅크려 잠이 들었고 동이 부옇게 터올 무렵에야 허준은 깜박 잠에 빠졌다. 해가 중천에 떠올랐을 때 허준은 일어났다. 혜월은 보이지 않고 명복이 아궁이에 불을 때고 있다.

"스님은 어디 가셨느냐."

"떠나셨습니다."

"무슨 말을 남기셨느냐."

"깨우지 말라 하셨습니다."

"불을 지필 줄 아느냐."

"밥도 할 줄 압니다."

"호오, 기특하구나."

허준은 명복에게 호감이 생겼다. 숯불에 귀리죽을 끓여 명복과 나누어 먹고 허준은 종이를 펼쳤다. 명복이 옆에서 벼루에 먹을 갈았다. 바지런하고 똘똘한 아이였다. 틈틈이 마을 사람이 머리가 아프거나 소변이 안 나오거나 배가 아프다고 찾아왔다. 허준은 처방을 써주고 결과를 알려달라고 매번 말했다.

명복이 오고 나서 집 안팎이 깔끔해졌다. 물을 길어오고 심부름했다. 현감에게 편지를 보내거나 촌장에게 심부름을 보내면 빼먹지 않고 제대로 전달했다. 가끔은 썩은 나뭇가지를 구해왔다. 큰 토막은 아니어도 작은 나뭇가지를 모아 짊어지고 오는 명복은 아이가 아니라 어른이었다. 전쟁이 아이를 어른으로 만들어버렸다.

허준은 현감의 동의를 얻어 인근 산에서 겨울을 대비할 땔나무를 했다. 겸이 땔나무를 준비해 두었으나 터무니없이 부족했다. 겨울을 이겨내려면 모아놓은 나무로는 어림없었다. 쓰러져 삭은 나무를 모아 나뭇단으로 만들고 솔가지를 긁어모아 자루에 담았다. 명복이 작은 나뭇가지들을 모아 짊어질 만큼 꾸렸다. 진눈깨비가 날렸다. 한로가 지났으니 본격적인 추위가 닥칠 터였다. 북쪽에서 불어오는 바람이 거셌다. 집집이 김장을 해놓고 겨울 채비를 마쳤다. 촌장이 소금에 절인 배추를 한 동이 갖다주고 현감이 배추 열 포기, 무 스무 개, 소금 석 되를 말에 실어 주고 갔다.

기침 환자가 늘어났다. 좁은 방에 기침 소리가 가득했다. 날이 추워지면서 고뿔 환자가 늘어나나 했는데 마을 사람들 모두 설사와 토사곽란을 앓았다. 허준은 뭔가 심각한 사태를 감지하고 명복을 시켜 현감에게 편지를 보냈다. 명복이 편지를 가지고 출발한 지 얼마 지나지 않아 현감이 도착했다. 현감의 얼굴에 수심이 가득했다.

"허 의원, 큰일이 났습니다. 돌림병이 퍼지고 있소."

"대책은 있으십니까."

"마을 경계에 보초를 세워 병자들은 진입을 못 하게 막고 있습니다만."

"잘하셨습니다. 관청 약재 창고에 예비 상비약이 얼마나 있습니까."

"조금 있긴 합니다만 그걸로는 부족합니다."

"집집이 기본 상비약을 준비해 뒀을 겁니다. 상황을 살펴봐야겠습니다."

"같이 가시죠."

현감과 허준이 마을을 돌아보러 마당을 나섰다. 촌장이 합류했다. 몇 발짝 가지 않아 곡소리가 났다. 거적문을 들춰보았더니 비쩍 말라 나무토막 같은 남자와 여자가 누워 있고 아이가 울고 있다. 허준이 들어가 살피니 호흡이 끊어지고 손발이 찼다. 죽은 지 며칠 지난 시신이었다. 현감이 그들을 감싸고 있던 이불을 둘둘 말았다. 관노 둘이 지게에 짊어졌다. 마을에서도 떨어진 공동묘지에 묻어주게 했다. 십 리나 이십 리 떨어진 마을을 갈 때는 관아에서 말을 빌려주어 타고 갔다. 이웃 마을에 도착했을 때 사람들의 증세가 비슷했다. 열이 나고 두통이 있으며 허리가 아파 움직이지 못하는 증세가 비슷했다. 집마다 드러누운 환자들이 신음소릴 내고 있었다. 허준이 환자의 상태를 확인했는데 열이 나고 두통이 심했다. 대부분의 사람이 열이 나고 허리가 아프며 입이 헐어 음식을 잘 삼키지 못했다. 허준은 유행성 온역이라 진단했다.

"유행성 온역이 확실합니다."

"치료할 수 있겠소."

"이른 시간 안에 효율성을 따진다면 방법은 있습니다만."

"그게 무엇이오. 내 협조하리다."

"관청 마당에 큰 솥을 걸어 주십시오. 가마솥에 탕약을 끓여야겠습니다. 이를테면 보릿고개에 백성들이 굶어 아사 지경에 이르면 활인서에서 가마솥에 죽을 끓여 배급하는 것과 같지요."

"허 참, 허 참."

현감이 수염을 쓰다듬으며 곤란한 표정을 짓더니 고개를 주억거렸다.

"좋습니다. 그 방법을 써봅시다. 이 일을 써서 조정에 장계를 올릴 테니 허 의원께선 탕약을 준비하도록 하시오."

이번에는 촌장을 돌아보고 부탁했다. 집마다 보관하고 있는 상비약을 조금씩 구해달라고 했다.

"강활, 독활, 시호, 전호, 적봉령, 인삼, 지각, 도라지, 천궁, 형개, 방풍, 감초가 우선 필요합니다."

허준은 지난 말복 무렵 겸이 다녀가며 정임이 보낸 보따리를 떠올렸다. 객지에서 유배 생활을 하느라 혹시 아플까봐 지아비를 위해 보낸 상비약이 들어 있었다. 위급할 때 쓰라고 보낸 약재를 이곳 백성을 위해 쓰다니 허준은 정임이 고마웠다. 마을 사람들이 보여준 친절에 보답할 차례였다. 정임이 골고루 보낸 약재는 사계절을 두고 구한 귀한 약재였다. 시호, 전호, 칡뿌리, 적작약, 형개, 석고, 뽕나무 껍질 뿌리, 생강, 승마 외에도 귀한 인삼과 말린 버섯을 보냈다. 관청 마당에 백성들이 줄을 서서 탕약을 한 사발씩 얻어 마셨다. 촌장이 안내하여 각자 자기 집에서 사용하던 사발을 들고 왔다. 처음에는 약한 병증을 치료하는 탕약을 썼다. 몸에 습기가 침투하여 한기가 돌고 오한이 나며 발열이 심하고 두통과 사지에 마비통이 오며 몸이 저린 증상에 쓰는 패독산을 처방하였다.

강활, 독활, 시호, 전호, 형개, 방풍, 복령, 지골피, 생지황, 차전자에 인삼과 생강, 대추, 작약을 추가했다. 며칠 동안 관청 마당에는 탕약 끓이는 냄새가 진동했다. 그 냄새는 마을 골목과 뒷길과 안길을 휘돌아 들판을 내달았으며 깊은 골짜기에 사는 산지기나 숯을 굽는 숯막에도 도달하여 온 고을이 탕약 냄새로 가득했다. 생전 처음 겪는 일이라 집안에 콕 박혀 있던 백성들이 냄새를 따라 조심스럽게 걸어 나왔다. 현감은 동헌 마당을 기웃거리는 백성들에게 탕약 한 사발씩 퍼먹이라 일렀고 이방, 병방, 관노들까지 나서서 허준이 만든 탕약을 백성들에게 나누어 주었다. 사람들이 모여들자 줄을 세워 한 사발씩 마시게 했다. 어린아이, 젊은이, 늙은이, 아픈 환자들, 살아 있는 모든 사람들이 탕약을 삼켰다. 누군가 마시다가 흘린 약을 개와 고양이가 핥아먹으며 온 고을이 어의가 끓인 탕약을 마시고 돌아가 깊은 잠을 잤다. 이렇듯 며칠간 애쓴 결과 백성들 사이에 차도가 있었다. 더 이상 역병이 유행하지 않았고 환자가 생기지 않았다. 현감이 허준의 손을 덥석 잡으며 벅찬 감정에 목이 메었다.

"어의 영감, 내 이번 노고를 전하께 올리겠소."

그러고는 아전을 시켜 백미 한 말, 콩 두 말, 보리 서 말, 소금 석 되, 간장 두 되를 보냈다. 저녁에는 현감이 직접 소주와 청주를 가져왔는데 꿩고기를 따로 싸 왔다. 밤이 늦도록 현감과 허준이 술을 마셨다. 임진년을 기점으로 하여 유난히 돌림병이 많았다. 피폐해진 산하는 전염병으로 신음했고 백성들은 죽어나는 일이 빈번했다. 왕은 언문 한의서를 독촉하여 번역서를 편찬하도록 했고 허준이 급하게 펴낸 책이 여러 권이었다. 왕의 교지가 언문으로 내려왔다. 백성들이 읽을 수 있도록 언문 교지를 내린 건 처음이었다.

현감 강유가 올린 장계를 임금 광해가 여러 대신들 앞에서 읽었다.

— 맹산 현감 강유 삼가 전하께 올리나이다. 작금의 평안도 서북 지역에 번진 온역으로 돌림병이 확산하였음에 전하께 근심이 될까 하였으나 유배 중인 양천군이 방도를 찾아 환자들을 고쳤사옵니다. 양천군은 열악한 상황에서도 병을 앓는 백성들을 외면하지 않고 적극 치료함으로써 전하의 근심을 덜었사오니 혜량해 주옵소서 ……

조정 대신들이 술렁였다. 왕은 대신들을 한 바퀴 휘둘러보며 말했다.

"양천군을 조만간 해배할까 하오."

"전하, 망극하옵니다."

아무도 토를 달지 않았다. 돌림병이 지나가자 허준은 다시 의서 집필에 몰두했다. 기온이 내려가고 칼바람이 들이

쳤다. 아궁이 불이 거꾸로 나오며 방이 차가웠다. 허준은 굴뚝을 헐어내고 안을 들여다보았다. 굴뚝이 진흙으로 콱 막혀 있었다. 호미와 삽으로 진흙을 파내고 굴뚝을 다시 올렸다. 비로소 아궁이에 불이 잘 타들어 갔다. 허준은 틈틈이 명복에게 글을 가르쳤다. 의원이 되려면 글공부가 필요했다. 추위가 점점 심해졌다. 눈이 내리는 날이 많았다. 함박눈이 펑펑 쏟아지면 한 자나 쌓였다. 허준은 마당의 눈을 쓸다가 점점 불어나는 눈을 감당하지 못하고 그대로 내버려 두었다.

눈송이가 하늘을 까맣게 덮었다. 눈이 내리는데 고요했다. 허준은 하늘을 쳐다보았다. 허공에서 맴을 돌며 떨어지는 검은 눈송이가 들을 덮고 산을 덮어 천지가 하얀 순백의 왕국이었다. 모든 시름을 아픔을 덮고 평화가 지속되었으면 싶었다. 이곳에 오고부터 눈이 여러 차례 내렸다. 눈은 쌓이고 쌓여 거대한 산봉우리와 골짜기를 만들어 어미 잃은 짐승들이 울부짖었다. 밤이면 야생 짐승이 울부짖는 소리가 창호지를 뚫고 들어왔다. 명복이 무섭다며 파고들어 왔다. 이불을 덮어주고 토닥거려 주면 명복이 고른 숨을 쉬며 꿈속으로 들었다. 사람들은 아궁이에 불을 가득가득 때고는 두더지처럼 방에 웅크리고 살았다.

허준은 명복에게 글을 가르치거나 의서를 집필하거나 시경을 읽었다.

아들 겸이 땔감을 준비해 준 덕에 방이 따뜻했다. 설이 다가오자 현감이 아전 편에 멧돼지 다리 한 짝, 떡, 만두, 백미 한 말, 거친 쌀 두 말, 보리쌀 두 말, 콩 한 말, 버선 두 켤레, 무명 한 필을 보내왔다. 촌장이 조와 수수쌀 두 말, 들깨 두 되, 간장 두 되를 갖고 왔다. 병을 치료받은 사람들 몇몇이 각각 쇠기름을 굳힌 초와 나무를 깎아 만든 촛대, 꿩 한 마리, 소금에 절인 조기, 숯, 청주 한 병, 집안에 굴러다니던 서책 두 권을 가져왔는데 중국 고서와 병법서였다. 무관시험을 준비하던 사람이 읽던 책 같았다. 설날이 되자 집마다 굴뚝에 연기가 힘차게 올라갔다. 기름 냄새가 마을 길을 떠다녔고 아이들이 눈을 뭉쳐서 던지며 놀거나 연을 높이 띄웠다.

해가 바뀌어 골짜기에 눈이 녹아 물이 세차게 흘렀다. 정월이 되자 아낙들이 눈 녹은 물을 길어다 메주를 쑤어 된장과 간장을 담갔다. 지난가을 가마솥에 콩을 삶아서 매달아 놓은 메주가 추운 겨울을 넘기며 숙성된 터여서 집마다 맑은 샘물에 천연소금을 풀어 메주를 띄웠다. 촌장이 허준에게 메주 두 덩이를 갖다주었다. 허준은 비어 있는 항아리에 소금물을 담아 메주를 띄우고 깨끗한 돌로 눌러놓았다. 유배가 언제까지 길어질지 알 수 없는 상황에서 허준은 먹을 양식을 준비해 놓아야 했다. 명복이 오고부터 양식을 걱정해야 하니 신경이 쓰였다. 혼자 있을 때는 있으면 있는 대로 없으면 없는 대로 때로는 굶기도 하면서 지냈다. 식구가 한 명 더 느니 보통 신경 쓰이는 게 아니었다. 명복을 보면 아들 겸이가 생각났다. 어릴 적 겸이에게 아비로서 제대로 해주지 못한 것을 명복에게 해주려는 자신을 발견하고 놀랐다. 언문을 뗀 명복에게 소학을 공부시켰다. 곧잘 따라왔다.

"공부는 할 만하냐."

"소인은 대감처럼 의원이 될 것인데 죽자 사자 할 것이옵니다."

"허어, 그만한 이유라도 있더냐."

"소인 어미 아비가 약 한 첩 쓰지 못하고 병으로 죽었나이다."

"어미 아비를 기리는 마음이 기특하구나."

"어미 아비 얼굴이 가물가물하고 기억이 잘 나지 않사옵니다. 난리 통에 춥고 배고프고 아픈 기억밖에는 없사옵니다."

"안됐기는 하다마는 모든 백성이 그리하였다."

허준은 명복을 물끄러미 바라보았다. 죽기 살기로 공부한 다니 제힘으로 살아갈 것이었다. 안심되면서 겹이가 또 생각났다. 선왕 선조의 병을 고쳤을 때 높은 벼슬을 제수받았고 이후 허준 가문 6대에 이르도록 면천을 터준 터여서 아무 거리낌 없이 후손은 벼슬길이 열렸다. 특별한 은혜였다. 선왕은 전란 중에 약해진 마음을 종종 내보였는데 우울증에 걸린 왕을 위해 허준은 탕을 끓여 올리고는 했다. 인삼을 끓여 꿀을 두세 숟가락 넣거나 모과를 끓인 물에 꿀을 넣어 올렸다. 선왕의 특별한 후의에 이어 광해 왕 역시 허준을 신뢰하였다. 보답하는 길은 의서를 쓰는 일인데 답보 상태에 머물러 있었다. 답답한 마음에 먼 산을 바라보노라니 아지랑이가 아른아른 피어오르며 햇빛이 눈을 찔렀다.

허준은 명복을 데리고 자주 산을 탔다. 이름 모를 풀과 잡초들, 나무와 열매를 명복에게 보여주고 효능을 설명하느라 걸음이 더뎠다.

"한의학에서 약과 음식은 근원이 같느니라. 약재 중 상당수는 식재료로도 사용하지."

"……."

"예를 들어 밥으로 활용한 식재료에는 멥쌀, 보리, 검은 참깨, 좁쌀, 기장쌀, 연밥 등이 있다. 찹쌀, 팥, 콩, 율무, 메밀, 녹두, 삼씨, 가시연밥, 잣, 들깨, 유백피3 등은 죽의 재료로도 활용하는데 우리 몸에는 보약이니라.”

“대감마님의 말씀을 들으면 들을수록 신비합니다요.”

“마을에서 꿩을 잡아 어떻게 하더냐.”

“그야 만두를 빚어 먹거나 탕을 끓여 먹지요. 헌데 왜 물으시는지요.”

“꿩과 암탉은 식용으로도 쓰지만 좋은 약으로도 쓰이는 게다.”

“명심하겠습니다.”

“고양이, 살쾡이, 여우 같은 야생 짐승도 좋은 약재니라.”

“살아있는 모든 생명이 약재가 되옵니까.”

“거 질문 한 번 잘했다.”

허준은 허허 웃더니 명복을 흐뭇한 미소로 바라보았다. 하나를 알려주면 열 가지를 꿰는 명복이 기특하고도 대견했다. 어린 시절 아들 겸이와 함께 해주지 못한 일이 걸릴

---

3 유백피(楡白皮): 느릅나무 속껍질

때마다 허준은 명복에게 애정을 쏟았다. 혜월 스님이 데려온 아이이기도 했지만 홀로 유배지에서 말동무해주고 심부름을 제대로 하는 명복에게 정이 흠뻑 들었다.

"붕어나 잉어, 가물치나 향어 같은 물고기는 임산부에게 그만이지. 기름과 단백질이 많아 영양공급을 해주고 아기에게도 젖이 잘 나오는 거란다."

허준은 여기까지 설명하다가 명복이 아직 어린아이임에 스스로 겸연쩍어 헛웃음을 지었다. 정임이 겸이를 가졌을 때 아무것도 해주지 못한 게 심중에 깊이 걸려 있었음인지 어린 명복에게 객쩍은 소리를 하고 있는 자신이 부끄러웠다. 어머니가 해주던 모든 음식은 약이었다. 허준은 어머니가 끓여주던 토란국이 생각나 입맛을 다셨다. 특히 토란국에 들깻가루를 넣고 표고버섯이나 느타리버섯을 몇 가닥 넣으면 보양식이 따로 없었다.

굵은 멸치에 다시마를 넣어 된장을 풀고 쇠비름이나 배추, 혹은 머위나 아욱을 넣어 끓인 국은 정말 구수했다. 이날따라 허준은 어머니가 해준 음식이 자꾸 떠올랐다. 명복에게 많은 것들을 한꺼번에 가르치려다 보니 어머니와 함께 살던 어린 시절 일이 사무치게 그리웠다. 원추리나 쑥갓 유채 같은 식물은 꽃을 볼 수 있고 생으로 무치거나 삶아서 나물로도 먹었다. 그러고 보면 어머니는 약손이었다. 모든 식물이 어머니의 손을 거치면 괜찮은 음식이 되었다. 아내 정임은 어느 정도 어머니의 손맛을 따라가는 것 같았다. 장수 음식에 관해서도 어머니는 여느 의원보다 못하지 않았다. 그건 배워서가 아니라 대대로 유전되어 내려오는 직관 같았다. 본능이 어머니의 손맛을 키워주는 것도 한몫했다. 약선(藥膳)요리는 도인이나 신선처럼 오래 살게 해 주는 효험이 있다고 전해 들었는데 천마나 인삼, 하수오, 구기자 같은 것을 이용한 음식이었다. 자연에서 나는 것들을 요모조모 활용하는 어머니의 음식은 그대로 아내 정임에게 전수되었다.

15. 다시 봄

아스라한 낭떠러지에 핀 진달래가 이날따라 더 붉었다. 앞산 뒷산에 핀 진달래에 허준은 집 생각이 간절했다. 해마다 어김없이 꽃은 피고 나비가 날고 새가 우짖는데 인간만이 땅에 묶여 자유롭지 못하다니, 허준은 화사한 봄의 정경을 바라보며 혼자 중얼거렸다. 하늘에는 새 떼가 바람을 가르며 날고 들에는 벌과 나비가 꽃을 찾아 옮겨 다녔다. 허준은 작은 미물이 사람보다 낫다는 생각에 문득 처연해졌다.

진달래꽃이 피면 어머니는 찹쌀가루를 빻아 반죽하여 화전을 구웠다. 달궈진 솥뚜껑에 들기름을 두르고 동그란 찹쌀 반죽에 꽃잎을 펼쳐 익히면 활짝 피어난 한 송이 꽃이 접시에 담겼다. 어머니가 돌아가신 후에는 정임이 그 일을 했다. 오늘따라 아내 정임이 만들어 준 화전에 막걸리를 마시고 싶은 마음이 간절했다. 지난가을 겸이가 다녀가면서 정임이 가끔 허리가 아프고 무릎이 안 좋다고 하였다. 유배가 아니었으면 진즉 침술 요법으로 정임을 보살폈을 터인데 지금은 너무 멀리 있었다. 멀고도 먼 집이 생각나서 허준은 가슴안에 횅하게 바람이 들어왔다. 명복이 앞산에서 진달래 가지를 꺾어왔다. 빈 항아리에 담가놓고 감상하는데 촌장이 찾아왔다. 대바구니에 화전을 담아 가져 왔길래 금방 돌아가나 싶었는데 쭈뼛거리며 말을 아꼈다.

"무슨 할 말이 있는 게요."

"저 그게 의원님 유배가 곧 풀려 한양으로 가신다는 소문이 있습니다."

"누가 그런 말을 합디까."

"그런 소문이 지난겨울부터 돌았습니다."

"헛소문이오."

허준은 부정하면서도 한편으로는 반신반의했다.

"그 말을 전하려고 오셨습니까."

"그게 아니라 마을 아이들에게 글공부를 좀 시켜주셨으면 합니다."

"서당이 없습니까."

"글깨나 배웠다는 양반은 무과급제나 생원 진사 시험에라도 붙으면 말단 직책을 받아 떠나버렸지요. 서당은 폐가가 된 지 오래되었습죠."

허준은 곰곰 생각하다가 번개처럼 머리를 스치는 계획이 있었다.

"좋습니다. 그 대신 삯으로 약초 한 가지씩 구해다 주십시오."

"약초라고요?"

촌장은 눈을 끔벅이며 골똘히 생각에 빠졌다.

"어렵게 생각할 일이 아닙니다. 지난번 돌림병 때 집집이 상비약으로 약초를 갖고 있던데 산에서 나는 황기, 당귀, 천궁, 산도라지, 겨우살이 같은 것을 말합니다."

"아 그 정도야 충분히 드릴 수가 있습니다. 널린 게 약초니까요."

이리하여 허준은 아이들을 위해 기꺼이 오두막을 개방했다. 현감에게 부탁하여 종이를 구했다. 쓰고 버린 종이 뒷장을 재활용하였다. 책이 부족하여 손수 한 자를 써서 통째로 외우게 했다. 의원 이전에 허준은 공자를 숭상하는 유학자였다. 서책을 많이 읽었고 중국 경서에도 통달했다. 신분 차이에 갇혀 실력을 드러내지 못했을 뿐이었다. 아이들의 글을 읽는 소리가 흙 담장을 넘어갔다.

"이리 나오지 못할까?"

한참 천자문을 합창하는데 아이의 아비가 찾아왔다. 수염이 덥수룩한 중년의 사내였다.

"당장 나오지 않으면 다리몽뎅이를 부러뜨려 놓을 테다."

사내가 고함을 치자 덕수라는 사내아이가 울면서 일어났다. 아이들의 글 읽는 소리가 뚝 그쳤다. 모두들 두려움에 질린 눈으로 사내를 쳐다보았다. 평소에도 술을 마시고 내 아이 남의 아이 할 것 없이 멱살을 잡고 흔들거나 뒤통수를 때리거나 욕을 해서 아이들은 그를 보면 무서워 도망쳤다.

"무슨 일이십니까."

"의원 나리가 내 아들놈 인생 책임져 줄 거요? 사냥꾼으로 살 자식인데 글을 배워 헛바람이 들면 책임질 거냐고!"

사내가 마당에 있던 나뭇단을 걷어찼다. 덕수가 허준을 쳐다보았다. 그 눈에는 간절함이 담겨 있었다. 허준으로서는 결정을 내려야 했다.

"덕수야, 공부하기를 원하느냐."

"네, 저는 공부하여 임금님을 호위하는 무사가 되고 싶습니다."

"후회하지 않겠느냐."

"후회하지 않습니다."

허준은 덕수의 눈에서 강렬한 염원을 보았다. 허준이 일어나 마당으로 나갔다. 사내가 움찔하며 뒤로 물러나더니 다시 큰소리를 쳤다.

"술을 드신 것 같은데 다른 날 오시지요."

허준이 점잖게 타일렀다. 사내는 핏기가 도는 눈알을 굴리며 흙담에 기대어 놓았던 작대기를 집어 들었다.

　"네 놈이 뭔데 내 아들을 붙잡고 놔주지 않는 것이냐. 내관아에 고발할 테다!"

　사내가 작대기를 휘두르며 달려들었다. 조금 후 사내가 어이쿠 비명을 지르며 나동그라졌다. 허준이 다리를 길게 뻗어 작대기를 든 사내의 팔을 걸어차 버렸다. 작대기가 저만큼 날아가고 사내가 어이구구, 나 죽네, 그러며 엄살을 부렸다.

　"아무리 자식이라도 까막눈은 면하게 해줘야 하지 않겠소. 사냥꾼이 되든, 심마니가 되든 글을 알아야 셈을 하고 세상을 살아갈 수 있는 법이오. 애비가 되어 갖고 자식의 앞길을 막을 셈이오!"

　허준이 일갈하자 사내가 조용해졌다. 조금 후 사내가 일어나더니 비실비실 사라졌다. 허준이 방으로 들어오자 아이들이 손뼉을 쳤다. 마을에는 허준이 무술을 한다고 소문이 났다.

　아이들을 돌려보내고 허준은 마음이 허전했다. 채워지지 않는 빈 항아리 같은 마음 안으로 바람이 휘몰아쳤다. 유배가 풀릴 거라는 소문은 어떻게 났을까. 선왕이 죽으면 그

왕을 담당했던 어의는 유배를 보냈다. 다만 관례에 따라 요식행위로 보내는 경우가 있는데 어쩌다 운이 나쁘면 잊혀지기도 하였다. 난이 일어나거나 대궐에 변고가 생기거나 종친들이 골치 아픈 일을 도모했을 때였다. 종친들은 정치에 관여하지는 않았다. 다만 자기들의 영역이나 영리를 침해당할 때 모여 침범이 대부분이었다. 하늘이 하는 일을 사람에게 어떻게 죄를 물릴 수 있을까. 해가 바뀌었는데도 도성에서는 소식이 없었다. 왕은 허준을 잊은 것일까. 정무에 바쁘시겠지. 전쟁 후 궁이며 논밭이며 불타고 무너진 집을 복구하느라 조정과 백성들 모두 정신없는 나날을 보내고 있을 터였다. 봄 산에 진달래가 번져가는데 허준은 망연히 붉게 피어난 꽃들을 바라보았다. 고희에 이르른 나이도 돌아보았다.

…… 저 산 너머에 도성으로 가는 길이 열리겠지.

허준은 첩첩이 포개진 산 능선으로 망연히 시선을 주었다. 골짜기는 깊고 깊어서 새들의 울음이 메아리로 돌아왔다. 바람이 골을 타고 내려와 평지를 휘돌아 나가며 높은 능선을 오르지 못 하고 산의 초입에 흩어졌다. 겹겹이 포개어진 산맥과 능선이 무겁게 허준의 가슴을 눌렀다. 저 산을 넘고 또 넘어 끝없이 걸으면 어쩌면 집에 다다를 것이었다.

걸을 수만 있다면 몇 날 며칠이라도 걸을 수만 있다면……
허준은 허약해진 몸과 가늘어진 다리를 내려다보았다. 높은 산맥과 능선이 견딜 수 없는 높이로 허준을 압박했다. 지난 시절 전쟁을 겪고 신분 차별의 아픔을 겪었음에도 아직 뼈저린 고통이 남아 있다는 게 믿기지 않았다.

날이 저물어 새들이 숲으로 돌아간 저녁이었다. 아슴푸레한 대기 속으로 검은 나뭇가지가 흔들렸다. 산등성이 위로 초저녁달이 떠오르고 별이 점점이 반짝였다. 바람이 선뜩하게 몸속으로 파고들어 왔다. 허준은 어두워지는 산맥과 골짜기를 오래오래 응시하며 서 있었다.

날이 밝자 허준은 마루에 나가 앉아 골짜기 계곡을 하염없이 바라보았다. 새가 건너편 산으로 날아갈 뿐 주위는 고요했다. 조반으로 물 한 사발을 마신 터여서 배 속이 허전했다. 허준은 이날따라 아내 정임이 더욱 생각났다. 산토끼도 여우도 곰도 굴속으로 들어갔는지 짐승의 기척도 나지 않았다. 허준은 눈을 지그시 감았다. 먼 곳에서 먼지 냄새가 코끝에 닿았다. 그건 분명 이질적인 냄새였다. 평소 주위에서 풍겨오는 익숙하거나 친밀한 냄새가 아닌 분명 낯선 바람이었다. 허준은 눈을 떴다.

"이곳에 뭐 얻어먹을 게 있다고."

멀리서 남루한 차림새의 중늙은이가 지팡이를 짚으며 걸어오고 있었다. 다리가 불편한지 걸음걸이가 똑바르지 않고 휘청거렸다. 머리에 질끈 동여맨 띠는 꼬질꼬질 때가 묻어 있고 거친 삼베 저고리는 헤어져 기운 곳이 많아 영락없는 거지였다.

　"어인 일로 오셨소."

　허준은 그 거지가 반가워 먼저 말을 걸었다.

　"잠시 쉬어갈까 하고 들렀습니다."

　"이리 와서 앉으시오. 내 물 한 사발 드리리다."

　거지가 마루에 털썩 주저앉는데 고약한 냄새가 났다. 짚신은 다 해져서 발가락이 삐져나오고 바짓가랑이도 찢어져서 속살이 보였다. 허준은 항아리에서 물을 떠다 주며 거지 늙은이를 바라보았다. 거지 늙은이도 허준을 힐끔거리며 물을 한 사발 마셨다.

　"어?"

　"어?"

　두 사람은 동시에 서로에게 손가락을 들어 가리켰다. 낯익은 얼굴인데 어디서 보았는지 기억이 희미했으나 분명 어디선가 만난 사이였다.

　"도련님."

중늙은이가 먼저 기억을 되살려 허준을 알아보았고 곧이어 허준도 그가 오래전에 산문을 떠난 상좌승임을 알아보았다. 두 사람은 손을 맞잡았다. 상좌승의 눈에 눈물이 비치는 듯했다. 허준의 눈가가 벌개졌다.

"꼴이 그게 뭡니까."

"그러는 도련님은 그 연세에 유배나 오시고."

"어쩌다 거지꼴이 되셨습니까."

"전쟁 탓이지요."

허준은 아무 대꾸를 못 하고 상좌승을 뜯어보았다. 수염이 희끗희끗 자란 그는 부쩍 나이 들어 보였고 볼살도 홀쭉해서 아픈 병자 같았다.

"어디서 어떻게 지냈습니까."

"내 인생이 한순간에 다 지나가 버렸지요. 그때 산문을 나와 여기저기 탁발하며 떠돌다가 역병으로 부모를 잃은 양민 처자를 만나 살림을 꾸렸지요. 꿈같은 나날이었어요. 계집아이도 태어났는데 난리 통에 고열에 시달리다 죽고 안사람은 왜놈에게 끌려가 소식을 모릅니다. 혹시라도 시신이라도 찾을까 싶어 부인을 찾아 전국을 유랑하고 있습니다."

"고생이 많구려."

"부처님이 그러셨지요. 태어남이 곧 고통이라고. 그래도 한때 가정을 꾸려 살 때는 가난했어도 행복했지요. 그 짧은 행복이 하룻밤 꿈처럼 사라져 버렸어요."

"……."

허준은 망연히 산등성이를 쳐다보며 한숨지었다.

"마을을 떠돌다가 도련님 소식은 들었습니다. 어의가 되셨고 유배를 왔다고요."

"그러고 보니 스님이 어의가 되라고 부추겼는데 그리 되었어요."

"말이 씨가 된다고 진짜 어의가 되리라고는 꿈에도 생각 못 했습니다. 그냥 도련님 처지가 딱해서 던져 본 말인데 이리될 줄 누가 알았겠습니까."

"빈말도 때로는 열매가 된답니다. 배가 고플 텐데 잠깐 기다리시오."

허준은 부엌 아궁이에 솔가지를 지폈다. 장작에 불이 붙자 보리쌀을 씻어 솥에 안쳤다. 밥을 지어 짠지와 함께 마루로 내왔다. 상좌승이 마루에 드러누워 코를 골며 자고 있다. 그 모습을 물끄러미 내려다보는데 코끝이 시큰하며 가슴이 먹먹했다. 상좌승의 몰골은 며칠 굶은 사람 같았고 머리는 감지 않아 헝클어져서 몇 올 남지 않은 백발이 꼬여서 제멋대로였다. 허준은 상좌승이 일어날 때까지 기다렸다.

그가 팔을 휘저으며 누군가를 불렀다. 상좌승의 목소리에 울음이 차 있고 숨이 막히는 듯 컥컥거렸다.

"일어나시오, 일어나시오."

허준이 상좌승을 흔들어 깨웠다. 그가 부스스 일어나 앉아 보리밥과 허준을 번갈아 보더니 밥그릇을 집어 들고 입에 퍼넣는데 순식간에 그릇이 비었다. 허준은 자신의 몫으로 담은 보리밥을 덜어 상좌승 그릇에 담아주었다. 그가 눈치를 보다가 두 그릇을 다 비웠다. 물을 마시고 트림을 한 상좌승이 정신이 돌아왔는지 기지개를 켰다. 목숨은 모진 법이었다. 전쟁 후 역병으로 쓰러진 부모 옆에서 떡을 손에 쥐고 있던 아이의 공포에 질린 눈빛과 적군에게 비굴하게 빌던 사람들의 모습이 어제 일인 듯 선했다.

바람이 차가워졌다. 두 사람은 방으로 들어가 따뜻한 아랫목에 발을 넣고 지나간 이야기를 풀어놓았다. 숙정이 정임으로 살아가는 이야기를 할 때 상좌승의 눈이 커지며 그의 얼굴에 생기가 돌았다.

"그때 도련님 흑심을 이미 알아보았었지요."

"아직도 도련님입니까."

"소승에게는 영원한 도련님이지요. 서얼이라 하여도 양반댁 귀한 도련님이었으니까요."

"스님만이 그리 생각해 주었습니다."

"그때 도련님 숙부댁은 인근에서 알아주는 양반이었고 풍족한 집안이었지요. 절 식구들을 먹여 살렸으니까요."

"중들이 절을 떠나고 사찰이 무너지고 할 때도 숙부님은 몰래몰래 양식을 대주셨지요. 아마 그런 덕을 쌓았기에 후손이 잘되는 것입니다. 도련님이 어의 영감이 된 걸 보면."

"별말씀을 다 하십니다. 그러고 보니 스님 법명도 모르는 채로 살아왔습니다."

"법명은 이제 와 알아 무엇하겠습니까. 모르시는 게 나을 겁니다."

"그래도 거지꼴로 다니시는 것은 보기가 민망합니다."

상좌승과 허준은 밤이 깊어 가도록 지난 이야기를 풀어 놓았다. 따스하고 정겨운 밤이었다. 특히 어린 날의 숙정 아기씨 이야기를 할 때면 상좌승이 더 열을 올렸다. 허준은 아내 정임을 그리다가 잠이 들었다. 상좌승과의 사흘이 눈 깜짝할 사이에 지나갔다. 기력을 회복한 상좌승은 한결 편안한 얼굴이었다. 금방이라도 쓰러질 듯 형편없던 몰골이 었는데 기름기가 돌고 여유가 생겼다.

나흘째 되는 날 상좌승이 다시 길을 떠났다. 허준은 빨래

할 때 갈아입으라고 정임이 보내준 옷 한 벌을 상좌승에게 내주었다.

"살다 보니 유배 온 죄인에게 옷을 얻어 입습니다."

"원래 그 옷은 내 것이 아닙니다. 입는 사람이 임자이지요."

"도련님, 도를 깨쳤습니다. 강녕하시고 곧 유배가 풀릴 것입니다."

"스님, 지나가다가 또 들르시오."

상좌승은 깨끗한 옷으로 갈아입고 짚신도 새것으로 갈아 신었다. 지팡이 소리가 멀리 아득하게 들릴 때까지 허준은 마당에 서 있었다.

16. 동의보감을 완성하다

자작나무 숲이 환했다. 하얀 몸체로 서 있는 나무에 연둣빛이 팔랑거렸다. 허준은 자작나무 숲에 서서 주위를 두리번거렸다. 끝도 없이 뻗은 가지들이 수분을 머금고 생명의 약동을 보여주는 듯했다. 청량하고 맑은 기운이 가득했다. 허준은 두 팔을 벌려 맑은 청향을 깊이 들이마셨다. 몸이 가뿐했다. 언덕 너머에서 말발굽 소리가 들렸다. 말발굽 소리는 점점 가까워졌다. 조금 후 저 앞에서 아들 겸이 화려한 관복을 입고 달려왔다.

"준아!"

허준이 손을 내밀어 겸이를 잡으려 했다 손은 잡히지 않고 허공에다 헛손질했다. 준아, 준아! 허준은 소리치며 부르다가 눈을 떴다.

"내가 낮잠을 자다니, 이상한 꿈도 다 있구나."

허준은 서안에 올려둔 처방일지를 내려다보았다. 의서를 집필하다가 깜박 잠이 든 모양이었다. 문을 열고 밖을 내다보니 명복이 작은 돌멩이로 공기놀이하고 있다. 오늘은 한양 소식을 들을 겸 현감에게 편지를 보내야겠다고 마음먹었다. 의주에서 사계절이 지나가고도 봄과 여름을 보냈다. 초가을의 선선한 바람이 여름의 마지막 열기를 식혔다. 수수와 귀리 조가 고개를 꺾은 채 익어가고 참새 떼가 바지런히 날아다니는 평화로운 정경이었다. 허준은 오랜만에 낮잠에서 깨어나 기분이 좋았다. 꿈에서 아들 겸이를 만난 것도 햇볕이 누그러진 것도 환자들이 찾아오지 않는 것도 나른한 평화로움을 가져다주었다.

"대감, 대감."

현감이 관찰사와 의주 목사를 대동하고 나타났다. 놀란 것은 아들 겸이 그들 일행 뒤에 있다가 말에서 내렸다, 의주 목사 황진이 목청을 높여 말했다.

"양천군 허준은 전하의 교지를 받으시오."

허준은 마당에 돗자리를 펴고 무릎을 꿇었다. 의주 목사가 교지를 읽는 동안 촌장과 마을 사람들이 몰려들었다. 유배를 풀고 돌아오라는 왕의 교지였다. 현감이 닭고기와 꿩고기, 소주를 가져와 마당에서 축하 잔을 건넸다. 의주 목사가 술을 한 잔 권하고 허준이 답례 술을 따랐다. 조용히 있던 아들 겸이 비로소 근황을 전했다.

"아버님, 전하의 명으로 파주 부사로 등급이 올랐습니다"

"기쁘구나. 장하다."

허준은 감격하여 목이 메었다. 선왕의 배려로 초시 복시를 거쳐 문과 시험에 합격한 겸이는 그동안 작은 고을의 수령으로 있었다.

"전하께서 저를 따로 불러 아버님을 모셔 오라 하셨습니다."

허준은 감개무량했다. 술을 한 잔 마신 의주 목사와 관찰사가 돌아가고 현감과 촌장이 남았다. 촌장은 몹시 아쉬워했다. 무엇보다도 현감이 특히 서운해했다.

"양천군 대감, 이번에 궁으로 돌아가시면 저를 기억해주십시오."

"허허, 어찌 잊겠소이까."

허준은 오랜만에 크게 웃었다. 흰 수염이 흔들렸다. 그의 나이 일흔둘, 눈썹과 머리카락이 하얗게 세 산신령처럼 보였다. 저녁이 되자 촌장이 마을 사람을 앞세워 떡과 술 고기를 가져왔다. 그간의 정을 잊지 못해 아쉬워했다.

짐은 간단했다. 여벌 옷도 없었다. 종이, 벼루, 붓과 의서와 처방 일지를 챙겼다. 현감이 이웃 마을 여우고개까지 배웅했다. 명복이 겸이와 같이 말을 타고 허준은 따로 혼자 말을 탔다. 호송하는 관원 두 사람도 유쾌한 듯 자기네끼리 웃으며 뒤에 따라왔다. 높은 산에 단풍이 들어 화려한 수를 놓았다. 주막에서 쉬어가며 허준은 아들 겸이와 그간의 사정을 이야기했다. 주로 정임이 이야기였다. 유배가 끝나 돌아오는 길은 소풍과 같았다. 산길에 핀 이름 모를 꽃을 보면서도 허준의 마음이 애틋했다. 겸이 발령받은 파주 관아에서 하루를 묵었다. 아전들이 신임 부사를 위해 음식을 마련하여 올렸다. 소문이 났는지 그들도 축하했다. 노루고기와 꿩고기, 전병과 떡, 청주를 준비하여 올렸다. 허준은 마음껏 마시고 취했다. 화무십일홍이라…… 허준은 중얼거리며 대취했다. 겸이 이부자리를 봐줘서 객방에서 자고 명복은 관청의 노비 방에서 따로 잤다. 겸이 이불을 여분으로 가져와 아버지 옆에 누웠다. 허준은 술을 많이 마셨음에도 정신이 말짱했다. 겸이 잘 자라 주어 과거시험에도 합격하여 벼슬을 하는 게 신통하고 고마웠다.

아침에는 조기구이와 쌀밥에 미역국이 나왔다. 겸이 관노에게 시켜 밤을 삶아서 보자기에 싸주고 잣을 한 됫박 바랑에 넣어주었다. 허준은 아들 겸이와 작별했다. 이제 명복과 관원 두 명과 길을 떠났다. 점심 무렵 겸이가 싸준 도시락을 먹고 길을 재촉했다. 마포나루가 가까울 무렵 날이 저물어 주막에서 묵고 그다음 날 출발했다. 강을 건너는데 뱃사공이 노래를 불렀다. 노 젓는 소리와 뱃사공의 목소리가 어우러져 물결에 흘러갔다. 강은 깊고 고요했다.

> 저 강 건너 당신이 손짓하네
> 가지마오, 가지마오
> 배가 사라지고 바람이 부네
> 우리의 시간은 어디로 흘러갔나
> 바람이 지나간 그곳에
> 내 마음을 실어 보내오

노래가사가 애달팠다. 허준이 눈가에 얼핏 스치는 눈물을 닦았다. 뱃사공이 허준을 흘깃 쳐다보고는 부연 설명을 했다. 난리 통에 이별을 한 사람들 이야기라고, 배가 없어 피난을 떠나지 못해 부른 노래라고 했다. 슬플 때나 기쁠 때나 노래를 지어 불렀던 사람들, 노동할 때나 이별 후에도 노래를 부르는 사람들이 조선 민중이었다.

사시(오전9시~11시) 무렵 집에 도착하니 집안이 조용했다. 뒷마당으로 돌아나가자 정임이 장독대 앞에서 두 손을 모아잡고 기원을 하고 있다. 흰 사발에 담긴 청량수가 가을볕에 물결무늬를 만들며 바람에 흔들렸다. 늙은 아내는 돌

아앉아 울었다. 아내의 얼굴이 낯설어서 허준은 헛기침만
해댔다. 복숭앗빛 볼을 가졌던 젊은 아내는 어디로 가고 주
름이 자글자글한 늙은 할멈이 눈앞에 앉아 있는 현실이 허
준은 믿어지지 않았다. 허준은 우는 아내 정임의 손을 잡았
다. 손가락에 낀 은반지가 헐거웠다. 손은 거칠어서 마른
나무껍질 같았다. 정임은 퉁퉁 부은 눈으로 흘깃 허준을 쳐
다보고는 다시 또 울었다.

"당신은 여전히 곱고 어여쁜 내 아내요."

허준의 한 마디에 정임의 울음소리가 더 커졌다.

"대감은 어찌 그리 변하셨습니까. 세월이 원망스럽습니다."

정임이 훌쩍이며 할 말을 했다. 정임이 늙어 할머니가 될
동안 허준도 기력이 쇠잔한 노인이 되어 두 늙은 부부는 서
로에게서 거울을 보듯 자신의 모습을 보았다. 명복이를 정
임에게 소개했다. 명복이 큰절을 올렸다.

"설마 그동안 후실을 들여 아이를 만들어 온 것은 아니겠
지요."

정임의 농담에 허준은 마음이 편안해졌다.

"전하를 뵈어야 하오. 관복을 좀 내어주구려."

허준은 정임이 곱게 다림질해 놓은 관복을 입고 임금을
뵈었다. 임금 광해는 늠름한 군주가 되어 허준을 반겼다.

"양천군, 고생 많았소. 태의가 돌아오니 든든하오."

"전하, 성은이 망극하옵니다."

허준은 바닥에 엎드려 이마를 조아렸다.

"몸을 추스르고 다시 나와 짐 옆에서 살펴주시오."

"전하, 소신은 이제 늙어 손도 떨리고 기력이 쇠잔하여 중임을 맡기 어려울 듯합니다. 허락하신다면 의서를 집필하고 싶사옵니다."

"그것도 좋은 생각이오. 등청하여 내의원에 머물면서 신입 의원들에게 가르침을 주오."

"성은이 망극하옵니다."

허준은 대전을 물러나 와 내의원으로 돌아왔다. 예전의 어의들은 모두 물러나고 새로운 얼굴들로 채워져 있다. 내의원은 낯설었다. 젊고 열의에 찬 의원들이 오래전의 자신을 보는 듯했다. 책상에 앉으니 비로소 안정감이 들며 피곤이 몰려왔다. 허준은 잠시 눈을 감았다. 내의원에서의 오십여 년이 빠르게 펼쳐졌다.

기러기 떼가 하늘을 날며 시끄러웠다. 찬 이슬이 맺히기 시작하는 한로라 추수가 끝난 논이 많았다. 정임은 떡을 만들어 이웃에 돌렸다. 일곱 계절이 지나간 동안 정임은 홀로 지아비를 위해 빌었다. 장독간에 정화수를 떠 놓고 매일 빌었다. 정임은 육전을 부치고 민어를 굽고 나물을 몇 가지 무쳤다. 말린 장록과 고사리, 도라지, 더덕, 묵은 엄나무 순을 볶거나 무쳤다. 소주를 준비하여 상에 올리니 푸짐했다. 허준은 오랜만에 정임이 마련한 저녁상을 받고 마음이 따뜻해졌다. 허준과 정임이 술잔에 소주를 따라 같이 마셨다. 온갖 풍상을 겪고 돌아온 집에서 늙은 아내와 밥상을 마주하고 보니 그간 겪은 시련은 지금 이 순간을 위한 과정이었다는 느낌이 들었다. 돌아보면 아내 정임이 있음으로써 어떤 풍랑과 세파에도 견딜힘을 주었다. 시간이 지나고 보니 곁에 정임이 늘 있었다. 늙은 아내 정임이 옆에 남았다. 깊고 너른 강을 건널 때의 풍경처럼 고요함과 잔잔한 평화가 머물렀다.

내의원에서의 허준은 본격적인 집필에만 몰두했다. 구석방에서 글을 쓰는 허준에게 아무도 간섭하지 않고 부르지 않아 그는 잊혀진 존재였다. 해 뜨는 시각에 등청하면 해가 질 무렵 퇴근했다. 때때로 등잔불을 켜놓고 오랜 시간 서책을 들여다보기도 했다. 등유의 그을음이 그림자를 만들며 흔들렸다. 허준은 침침한 눈을 비비며 서책에 집중했다. 참고도서는 부족했지만 남아 있는 의서를 뒤적이며 보충하고 새로운 경험과 사실을 추가했다. 능력이 부족하다 싶을 때는 예전 동료들이 생각났다. 처음 선조의 명으로 다섯 사람이 시작할 때만 하여도 금방 끝날 줄 알았다. 유의 정작이 있었으면…… 허준은 그가 아쉬웠다. 함께 의서에 손을 댔던 사람들이 생각났다. 비록 엄하기는 했으나 뛰어난 수의였던 양예수, 틱틱거리며 바른 소리를 해댔지만 결국 이해의 폭이 깊던 김응탁, 이명원, 정예남이 있었더라면 훨씬 수월했을 것이었다. 한정수는 전란이 일어나자 가족을 데리고 피난을 가버렸다. 그 후 다시 나타나지 않았다. 유배지에서 정리한 분량은 꽤 되지만 아직 많은 부분이 남아 있었다.

고대부터 조선 초기에 펴낸 의서를 옆에 두고 필요한 부분은 참고하여 표를 달았다. 경맥과 관련하여 본초강목에서 발췌한 것은 밑에 괄호 안에 본초강목이라 적어 넣었다. 혜민서에서 작성한 처방과 치료일지도 참고하였다. 어느 순간 사람은 자연이며 곧 자연은 스스로 치유하고 증상은 병이 낫기 위한 치유의 과정임을 깨달았다. 자연에서 태어난 사람은 자연에서 얻어지는 약으로 치유가 가능했다. 자연의 순리에 맞춰 먹고 자고 생활하면 병이 나지 않으니 세상의 모든 병은 욕심이 과해서 얻어진 것이었다. 허준은 때때로 약초를 그림으로 그려 넣었다.

겨울이 지나고 봄이 왔다. 허준은 내의원 책상에서 몸을 떼지 않았다. 날이 더워졌다. 허준은 조금씩 기력이 떨어졌으나 궁궐 서고에 보관 중인 수백 권의 책을 참고해 가며 치열하게 작업을 했다.

여름의 무더위가 절정에 이를 때였다. 드디어 작업이 끝났다. 허준은 붓을 내려놓고 단전호흡했다. 심신이 맑아짐을 느꼈다. 왜적이 탈취해 간 『의방유취』는 두고두고 아쉬움이 남았다. 허준은 제목을 고심했다. 동방의 보배로운 거울이라는 뜻으로 『동의보감(東醫寶鑑)』이라 썼다. 25권 25책으로 묶었다.

대전 마루바닥에 부복한 허준은 손이 떨리고 가슴이 울렸다. 허준이 올린 동의보감을 내관이 왕께 올렸다. 임금 광해는 용상에서 내려와 손수 허준의 손을 맞잡아 일으켰다.

"양천군, 고생하셨소. 아바마마 생전에 꿈꿨던 일을 이제 이루니 기쁘기 그지없소."

"전하, 황공하옵니다."

왕은 양천군 허준에게 좋은 말 한 필을 하사했다. 선왕 선조 때에 사슴가죽을 하사받은 이래 두 번째 귀한 선물이었다. 전란 후라 물자가 귀했다. 왕은 그 점을 언급했다. 원

본은 훈련도감에서 수십 권의 책으로 편찬하여 각 지방 관아에 내려보냈다.

허청허청 집으로 돌아오는 허준의 몸이 허깨비처럼 발이 들렸다. 몸 안의 장기가 모두 빠져나간 듯 텅 비어버린 느낌이었다. 허준은 발걸음이 휘청거렸다. 아내 정임이 대문 밖에 나와 서성였다. 비틀거리는 허준을 본 정임이 달려왔다. 허준의 팔을 부축한 정임의 눈에 눈시울이 붉어졌다. 강단 있고 근력 넘치던 남편 허준의 몸이 검불처럼 가벼웠다. 손안에 잡힌 허준의 팔은 깡말라서 마른 나무 막대기를 붙잡은 것 같았다. 오래 모르고 지낸 세월이었다.

마루에 앉아 먼 산을 바라보는 허준의 눈빛이 공허했다. 텅 빈 그의 눈에 아득한 산맥이 들어왔다. 산 능선의 나무들이 아련했다.

장편소설 허준 해설

　조선시대 서얼 계급은 양반인 아버지의 핏줄을 타고났으나 어머니가 노비이거나 천인이면 어머니의 신분을 따라 노비가 되어야 했다. 생활 환경 측면에서는 서얼이나 아버지가 독립하기 전이나 아버지가 생존해 있는 동안은 양반으로 살아간다. 껍데기는 양반이지만 실제 사회에서는 대접을 못 받는다. 과거시험을 볼 수 없고 양반 계급과 교유할 수 없었다. 양반이 지배하는 신분제 사회에서 그들 무리에 속하지 못하면 어디에도 속할 수 없는 계급이 서얼이었다. 서얼 중에서도 중인 계급에 속하는 의원은 왕이나 왕실 가족을 치료함으로써 신분 상승을 누릴 수 있었다.

　허준은 좋은 가문과 좋은 환경에서 글공부하고 양반 친구들과의 교류도 있었다. 외자 돌림을 쓰는 가문의 이름을 따서 아버지로부터 이름을 받는 행운을 누렸다. 이후 허준의 직계 후손들 모두 외자 이름을 쓴다. 허준의 치열한 노력으로 그는 자신뿐만 아니라 후손들의 면천을 받는다. 허준의 후손은 대대로 벼슬을 한다. 허준의 아들 겸이는 파주

부사로 제수받기도 하는데 광해군 때의 일이다.

　허준과 관련하여 일찍이 드라마나 책으로 나온 적이 있어서 어떻게 구성할까 고민하였다. 실존 인물인 허준은 영광 김씨 외가로부터 약재에 관련한 학습을 일찍부터 하였던 듯하다. 또한 성인이 되어 어머니를 모시고 독립하여야만 했다. 안채에는 본부인인 마님이 존재하였고 적자인 이복형제들이 있었음으로 허준은 어떻든 간에 가장으로서의 책무를 다해야 했다. 허준은 유학의 가풍을 이어받아 중국의 경전을 공부하고 깨우쳤는데 이것이 약재를 공부하는 데에도 도움이 되었던 듯하다.

　조선시대 의사는 오늘날처럼 긴 시간 스승 밑에서 경험을 쌓아야 했다. 허준은 생초 마을의 유의태에게 의탁하여 오랜 시간 수련을 거친 것으로 전해진다. 소설에서 허준은 유의태 문하에서 경험을 쌓는 것으로 설정하였다. 물 긷는 일에서부터 겨울 땔감 하기, 봄이면 산나물 채취와 여름이면 버섯 채취, 가을이면 열매와 뿌리를 채취하여 자루에 묶어 지게에 지고 약재를 보관하는 창고방에서 분류했다. 일일이 약초 이름을 써놓지 않아도 눈으로 보고 척척 알아맞혀야 할 정도로 약초와 친하게 지내는 사이 정기 과거 시험 방이 붙는다. 삼 년에 한 번 치르는 식년시는 초시 복시 문과뿐만 아니라 의사는 잡과라 하여 따로 뽑았다. 전국에서 몰려온 과거시험은 오늘날의 고시와 비슷하다. 수천 명이 응시하는데 기십 명을 뽑으니 경쟁이 치열했다.

허준은 무관인 아버지의 영향으로 무술에 대해서는 기본 기가 있었던 것 같다. 또한 고래로부터 내려오는 무술인들이 하는 기수련법인 단전호흡을 통해 몸의 건강을 유지하기도 한다. 허준이 어머니의 명으로 산청 땅을 밟은 것은 할아버지 허곤이 산청군수와 경상우도수사를 지낸 연고가 작용한다. 괴나리봇짐에 짚신을 두세 켤레 달아매고 남쪽으로 향하는 허준은 길에서 동무를 만난다. 혜월 스님과의 만남은 허준을 유의태에게 안내하는 인연으로 이어진다. 앞날에 대한 막연한 불안으로 집을 떠난 허준에게 혜월과의 만남은 이후 그의 인생에 큰 영향을 미친다. 사람은 어떤 인물을 만나느냐에 따라 인생이 달라짐을 허준을 통해 보여준다.

스승 유의태 밑에서 일하는 동안 그는 뛰어난 머리와 학식으로 동료들보다 더 빨리 익히고 깨우쳐서 스승의 총애를 받는다. 질시와 모함으로 내쳐져 멀리 전라도 지역을 유랑하며 지내기도 한다. 담양에서 유희춘을 만나며 이후 유희춘이 한양에 상경하여 벼슬을 지낼 때도 인연이 이어진다.

유희춘 부인의 병을 고쳐주고 유희춘 당사자의 병을 고치기도 하면서 그들의 인연은 쭉 이어진다. 실제로 유희춘은 이조판서 홍담을 통해 허준을 내의원에 추천하기도 한다.

과거시험에 합격하고 내의원에 근무하며 선조 임금의 아들 광해군의 두창(천연두)을 치료하고 선조의 후궁 인빈 김씨 소생 왕자를 치료하며 왕의 신임을 얻는다. 임진왜란이 일어나자 허준은 왕을 호종하여 평양성을 거쳐 의주까지 피난 행렬에 따라간다. 몇 년 동안 가족과 떨어진 채 왕을 호위하며 자주 우울증에 빠진 임금을 상대하는 것도 허준의 몫이었다.

의주는 압록강이 가깝고 중국 명나라와도 강을 사이에 둔 국경지대다. 여진족이 수시로 출몰하여 백성들을 위협하는 함경도와도 가깝다. 여진족이 두만강을 건너와 조선 땅에 자리 잡고 사는 마을도 있었다. 임란 때 가토 기요마사가 순식간에 함경도를 점령하여 정세가 혼란에 빠졌을 때 허준은 도원수 김명원과 평안도 순찰사 이원익을 따라 진지에 도착하여 다친 병사들을 치료한다. 왕의 보필을 하지 않고 아군 진지를 따라다니며 병사들을 치료한 내용은 작가의 상상에 의한 허구이다.

픽션과 넌픽션 사이에서 고민하며 역사소설이라는 테두리를 벗어나지 못했다. 웬만하면 역사적인 기록이나 사건을 따랐고 부득이한 경우에는 작가적 상상력을 덧입혔다. 허준이 해배하여 한강을 건널 때 뱃사공이 부른 노래는 그 시대 상황을 감안하여 지어낸 가사다. 임진왜란 때 도성 안 백성들은 한강을 건너려 했으나 배가 없어 건너지 못했다. 먼저 건넌 가족과 헤어지기도 하였다. 육이오 때 미군이 한강 다리를 파괴하면서 많은 서울 시민이 강을 건너지 못해 피난을 가지 못한 사례가 있다. 이것은 평행이론과도 닿아 있다. 역사는 반복되는 것인가. 선조 일행이 탄 배는 왕이 건너자마자 불태워졌다.

조선시대 양반 관료는 저기 편이 아니면 비판하고 귀양 보내고 죽였다. 임진왜란 중에도 그들은 시기하고 질투하며 뜻이 맞지 않는 정치적 견해나 이익이 다른 개인이나 집단을 모함했다. 영의정 이산해가 임란 중 대신들의 상소를 받아 파직당하고 류성룡 또한 조정 관리들의 비판 상소로 피난을 가는 도중 파직당해서 의주에 이르기까지 직책 없이 임금을 호종했다. 이순신이 모함과 질시로 감옥에 갇혀 죽을 뻔한 위기에서 류성룡이 구해준 일은 우리 민족에게 천우신조의 기회였다. 권율 장군 또한 비판 상소로 파직당해 죽을 뻔하다가 류성룡의 적극적인 옹호로 살아났다. 위기에서 살아난 이순신과 권율은 임란 때 나라를 구했다.

조선시대에는 많은 의원이 있었다. 마을마다 의원과 약방이 있었고 수많은 의원이 과거시험을 보러 도성으로 향했다. 그중에서 허준은 특별한 인물이다. 허준은 실력과 지식을 겸비한 그 시대 최고의 의사였다. 오늘날 대통령 주치의가 있듯이 그 시대 왕과 왕실 가족의 주치의가 어의였다. 때때로 정승이나 그 가족이 아플 때 왕은 어의를 보내 치료하게 하기도 한다.

동의보감 편찬을 시작할 때는 왕실의 어의들이 동참했다. 양예수, 정예남, 김응탁, 이명원, 유의 정작 등 여러 사람들이 함께 작업했다. 임진왜란이 일어나면서 이 일은 흐지부지된다. 전쟁이 끝나고 허준은 나 홀로 의서 집필을 이어간다. 특히 유배 기간에 진도가 빠르게 진행된다. 유배가 끝났을 때 허준은 칠십 이세가 된 노인임에도 침침해진 눈을 비비며 등유에 심지를 올리고 책을 쓴다. 그는 스스로 의서 집필이 살아생전 마지막 소임임을 아는 듯했다. 의서는 중국 의서와 고려, 조선과 고대 의서를 참고하여 어느 책에서 인용했는지 일일이 밝혔다.

기록에 의하면 허준의 외가는 담양이다. 영광 김씨 어머니는 소실 출신의 서녀였다. 외숙부 김시흡은 어머니와 이복남매로 서로 왕래하는 사이였던 듯하다. 김시흡은 교유하는 양반 친구들과 주변 인물들을 허준과 연결해 준다. 특히 허준의 외가 친척 중에는 의서를 집필한 인물이 있는데 그 시대에는 의원이 의서를 펴내기보다 양반 관료가 책을 펴내는 일이 있었다. 세종조에 편찬한 의학서는 문관 출신의 관료가 주관이 되어 책을 쓰고 내의원 어의는 주로 수동적으로 참여한다. 계급사회의 신분제 때문이다. 세종조 전 순의 라는 어의는 노비 출신으로 뛰어난 의술을 발휘했으나 그의 사후 기록이 거의 없음은 그의 출신 때문이다.

허준이 직접 스승 유의태의 몸을 해부했다는 기록은 없다. 다만 중국 의서『황제내경』앞장에 인체해부도가 실렸고『성호사설』에 군수와 참판을 지낸 의원 전유형이 시신을 3번 해부했다는 기록이 있는 것으로 보아 허준은 문헌을 통한 해부학적 지식을 쌓았을 것으로 보인다. 허준의 해부학적 지식은 비교적 정확하다. 임진왜란 중 의병장으로 활약한 전유형은 죽은 왜군 시신 세 명을 해부했다고 알려진다. 그는 〈오감도〉라는 인체해부도를 남긴다. 광해군과 왕비의 병을 치료했다고도 전해지는 전유형은 의술에도 능한 선비였다. 임진왜란이 끝난 후 광해군 시대에는 광주목사와 형조참판을 지낸 것으로 나오는데 어의 허준과도 어떻게든 연결이 될 터이나 기록에는 없다. 아마도 허준이 서얼 출신이라 직접적인 교류는 없으나 인체해부도에 대해서는 어떤 식으로든 허준이 영향을 받았을 확률이 높다.

『동의보감』의 주요 특징은 자연 치유법을 강조했다는 점이다. 중국 의서와 조선 의학의 핵심을 잘 정리하였고 기존 의서(醫書)를 충분히 활용하여 집필했다. 『의방유취(醫方類聚)』·『향약집성방(鄕藥集成方)』·『의림촬요(醫林撮要)』와 같은 수 종(種)의 조선 의서를 참고하면서 인용처를 밝혔다. 편찬 방식이 뛰어난 점도 주목할 만하다. 목차 2권은 오늘날 백과사전의 색인 구실을 할 정도로 상세하다. 본문의 관련 내용은 참조를 가능하게 하였고 자료의 인용처를 일일이 밝힘으로써 신뢰도를 높였다. 제목과 본문 내용은 큰 활자와 작은 활자를 써서 구별하게 한 것도 장점이다. 그 당시 『동의보감』은 중국과 일본에도 영향을 끼쳤다. 『동의보감』은 번역이 되어 간행되었으며 간행 직후부터 조선을 대표하는 의서로 자리잡았다. 18세기 이후 『동의보감』은 국제적인 책이 되었다. 『동의보감』은 간행 이후 현재까지 중국에서 대략 30여 차례 간행되었고, 일본에서도 두 차례 간행되었다. 특히 중국에서 대단한 인기를 누렸으나, 중국 의서 가운데 『동의보감』과 성격이 비슷한 종합의서로서 『동의보감』보다 많이 찍은 책은 불과 수종에 불과하다. 이와 같이

『동의보감』은 국내 및 국제적인 영향을 인정받아 2009년 7월 제9차 유네스코 기록유산 국제자문위원회에서 유네스코 세계기록문화유산으로 등재되었다.

허준은 약재와 약초에 대단한 능력을 보인다. 이는 외가의 영향을 받았을 것이다. 외가 친척 중에는 일찍 약초의 효능에 대한 해박한 지식과 연구를 한 인물들이 있었고 한의학에 밝았다. 선조 임금 시절에 허준은 6대에 이르기까지 신분을 면해준다는 말을 듣고 광해조 때는 허준의 자손들을 면천시키라는 명을 받는다. 이후 허준의 문중 족보에는 아들 겸을 비롯하여 대대로 벼슬을 제수받는다. 허준이 의원의 신분을 뛰어넘어 워낙 높은 자리(종1품, 정1품)까지 올랐으므로 음서의 혜택을 입을 수 있게 된다. 음서란 후손이 과거시험을 보지 않고도 벼슬을 할 수 있는 제도를 말한다. 허준의 가문 족보에는 이후 6대에 이르기까지 벼슬을 제수받은 기록이 남아 있다. 일찍이 서얼 출신으로서 이토록 혜택을 받은 이는 없었다.

허준이 뛰어난 의원이기는 하나 그의 신분은 서자였고 중인계급에 속했으므로 그에 관한 자세한 기록이 전해지지는 않는다. 그의 태어난 연대도 잘 나와 있지 않아서 그 시대에 펴낸 유희춘의 『미암일기』를 참고하여 추측할 뿐이다.

허준의 스승 유의태는 실존 인물이지만 허준이 살았던 백 년 뒤의 인물이다. 거창 출신의 유이태는 생초로 옮겨 의술을 펴는데 꽤 명망 있는 의사였다. 임금의 부름에도 나가지 않아 탄핵받기도 하지만 그는 오로지 의원의 길을 가는 인물이다. 드라마 작가가 만든 허준과 유의태의 관계는 이후 고착된다. 그 후 허준의 스승이 유의태라는 관계를 벗어나지 못하고 뛰어넘지 못한 채 작금에 이르렀다. 시대는 달라도 실존 인물이기 때문이다. 허준이 어의 양예수에게 의술의 영향을 받았다는 설과 외가댁 친척의 영향을 받았다는 설이 있다. 두 가지 모두 어느 정도는 일리가 있는 말이다. 분명 누군가에게 영향을 받았겠지만 궁극에는 스스로 노력하여 자기 인생과 후손의 살길을 열어준 것은 확실하다.

허준은 약초에 대해서 방대한 지식을 습득한다. 지리산이 가까운 생초와 왕산, 산청(산음)지방의 풍부한 약초 산지와도 관련이 있는 듯하다. 또한 외가가 있는 담양에서 의술을 펼칠 때 근방 고을의 들과 산에서 채취한 약초를 통해 경험을 쌓았다. 현재 한의과 대학에서 동의보감을 교재로 쓸 만큼 시대성이 있으며 4백여 년 전에 씌어졌음에도 지금까지 영향을 미치는 것은 분명 의미 있는 일이다.

허준 연보

1539년 중종 34년, 허준 1세 용천부사였던 아버지 허론과
그의 소실인 어머니 영광 김씨 사이에서 서자로
태어났다. 허준이 태어난 곳은 경기도 양천현 파
릉리(현재 서울시 강서구 등촌동 능안마을)로 알려
져 있으나 아버지가 근무했던 평안도 용천과 전
라도 부안, 또는 어머니의 고향인 전라도 장성
등으로 보는 견해가 있다.

1569년 선조 2년, 허준 31세 허준과 친분이 있던 유희춘이 이
조판서 홍담에게 내의원 천거를 하였다는 설이 있
다. 이때 허준이 내의원에 입시한 것으로 추정함.

1571년 선조 4년, 허준 33세 종4품 내의원 첨정 벼슬을 제
수받고 의관이 된다.

1573년 선조 6년, 허준 35세 정3품 당하관(堂下官)인 통훈
대부 내의원정(內醫院正)에 오른다.

1575년 선조 8년, 허준 37세 어의 안광익과 함께 선조를 진
료함.

1581년   선조 14년, 허준 43세 선조의 명으로 한의학의 기
        본인 진맥(診脈)에 관한 의서 『찬도방론맥결집성
        (纂圖方論脈訣集成)』 편찬작업에 착수하다.

1587년   선조 20년, 허준 49세 태의 양예수 등과 선조를 진
        료하여 경과가 좋아 호피(虎皮)를 상으로 받는다.

1590년   선조 23년, 허준 52세 두창(천연두)에 걸린 왕자 광
        해군을 치료하여 완쾌시킨다.

1591년   선조 24년, 허준 53세 광해군을 치료한 공으로 정3
        품 당상관(堂上官)인 통정대부 벼슬을 받는다. 내
        의원 부제조가 된다.

1592년   선조 25년, 허준 54세 임진왜란 일어남. 허준은 선
        조를 따라 의주로 피난 행렬에 동참한다.

1596년   선조 29년, 허준 58세 종2품 가의대부(嘉義大夫)로
        제수됨. 궁중의 어의들과 『동의보감』 편찬작업에
        착수함.

1600년   선조 34년, 허준 63세 내의원의 수의가 됨. 정헌대
        부 지중추부사로 승진. 중단했던 동의보감 편찬
        작업을 단독으로 이어서 함. 의서 『언해구급방』
        『언해두창집요』 편찬.

1604년   선조 37년, 허준 66세 임진왜란 때 선조를 호종한

공으로 호종공신(扈從功臣) 3등에 책록됨.

1606년 선조 39년, 허준 68세 본관인 양천의 읍호를 받아 양평군(陽平君)이 된다. 품계가 승진하여 종1품 숭록대부(崇綠大夫)에 오른다. 이어 선조가 보국 숭록대부를 내리려 했으나 사간원과 사헌부의 반발로 실현되지 못함.

1608년 선조 41년, 허준 70세 선조가 승하한다. 허준은 어의로서 책임을 지고 의주로 유배된다. 유배지에서 『동의보감』 집필에 몰두한다.

1609년 광해군 원년, 허준 71세 유배에서 풀려난다.

1610년 광해군 2년, 허준 72세 『동의보감』 25권 25책 완성한다.

1612년 광해군 4년, 허준 74세 선조 14년에 허준이 완성했던 『찬도방론맥결집성』이 내의원에서 간행된다.

1613년 광해군 5년, 허준 75세 훈련도감에서 『동의보감』이 목활자로 간행된다.

1615년 광해군 7년, 허준 77세 허준 사망. 허준이 죽은 후 광해군에 의해 정1품 보국숭록대부 양평부원군 작위가 부여된다.

1991년 9월 30일 재미 교포 이양재에 의해 비무장지대 안

해발 159m에 위치한 산에서 허준의 묘소를 발견한다. 양천군 허준이라 쓰인 묘석이 발견되며 허준 사후 376년 만에 그의 무덤이 세상에 드러난다. 현재 경기도 파주시 진동면 하포리에 있으며 그의 묘는 경기도 기념물 제128호로 지정된다.

2009년 『동의보감』이 유네스코 세계기록문화유산으로 등재된다.

2015년 『동의보감』이 국보 제319-3호로 승격된다.

장편소설 허준을 전후한 한국사 연표

1420년 집현전 설치. 평안도에 수전(水田) 경작이 보급됨.

1421년 주자소, 인쇄기 동판을 개조하여 식자가 바르고 인쇄가 빠르게 함. 사형수는 반드시 삼심을 거치게 하는 금부 삼복법을 세움.

1423년 불교를 선교 양교로 정리. 조선통보를 주조.

1424년 절을 선교 양종 36사로 통합.

1425년 처음으로 구리돈(동전)을 사용함. 저화 사용을 금지하고 동전을 전용.

1426년 일본에 대한 개항장으로 부산포·내이포·염포의 3포를 한정함.

1427년 박연, 새로 만든 석경(石磬) 1가(架) 12매를 바침.

1428년 한성부의 인구 10만 3천 3백 28명으로 조사됨.

1429년 명나라에 사신을 보내 금·은세공의 면제를 요청.

1430년 박연의 건의로 조하에 아악을 사용함.

1432년 『팔도지리지』·『삼강행실도』 편찬.

1433년 압록강 건너 여진족을 무찌름.

1434년 이천, 동활자 갑인자를 만들어 냄.

　　　　동북면에 6진을 설치하기 시작함.

1437년 장영실 등, 해시계인 현주일구 등을 만듦.

　　　　『농사직설』을 각 감사에 보급.

1438년 김시습의 『금오신화』 간행됨.

1441년 장영실, 측우기와 수표를 발명.

1443년 통신사를 일본에 보내어 대마도주와 세견선을 50

　　　　척으로 약정하는 계해약조를 체결. 훈민정음을 창

　　　　제. 동양의학백과인 『의방유취』 편찬.

1444년 집현전, 『고금운회(古今韻會)』를 언해.

1445년 권제 등, 『용비언천가』 10권 편찬.

1446년 훈민정음을 반포.

1447년 『석보상절』·『동국정운』 편찬.

1448년 경복궁 안에 내불당을 만듦.

　　　　신숙주 등, 『동국정운』 6권을 간행 반포.

1449년 『월인천강지곡』을 간행함.

　　　　권제 등이 『고려사』를 개찬.

1451년 김종서, 새로 찬술한 『고려사』 136권을 바침.

1454년 이징옥, 반란을 일으킴.

　　　　양성지, 『황극치평도』를 편찬하여 바침.

1455년 단종 물러나고 수양대군 즉위함.

1457년 단종, 사약을 받고 죽임을 당함.

1458년 『고려사』 완성됨

1459년 양성지, 『잠서(蠶書)』를 새로 지음.

『월인석보』 25권 간행.

1460년 신숙주 등, 두만강 밖의 여진족을 정벌.

1461년 신숙주 등, 『북정록』 편찬.

1462년 『능엄경언해』 10권을 간행.

1463년 『법화경언해』 7권 간행.

1464년 김수온 등 『금강경』을 언해.

1465년 원각사 완성.

1466년 과전법을 폐지하고 직전법을 실시함.

1467년 이시애, 난을 일으켰다, 잡혀 죽음.

1469년 『경국대전』 완성.

1498년 무오사화.

1504년 갑자사화. 언문익명서 사건 발생.

1506년 중종반정이 일어남. 언문청 폐지.

1510년 삼포왜란 일어남. 일본과 관계 단절.

1519년 향약 실시.

1543년 기묘사화.

1545년 을사사화.

1555년 을묘왜변.

1559년 황해도에서 임꺽정의 난 일어남.

1589년 기축옥사.

1592년 제1차 조-일전쟁(임진왜란).

1593년 수세에 몰린 일본이 명에 휴전을 제의.

1597년 제2차 조-일전쟁(정유재란).

1598년 왜군의 철수로 왜란(倭亂) 종결.

1609년 일본과 국교 재개. 삼포 다시 개항.

1610년 허준, 『동의보감』 간행.

1613년 영창대군 강화도 유배. 계축옥사.

1618년 후금 정벌 위한 원군 요청으로 강홍립을 도원수로
　　　　삼고 파병.

1623년 서인, 광해군을 폐하고 정권을 잡음(인조반정).

1624년 이괄, 반란을 일으킴.

1627년 제1차 조-청전쟁(정묘호란).

1636년 제2차 조-청전쟁(병자호란).

1644년 김육, 중국 연경에서 시헌력 들여옴.

1645년 소현세자, 서울로 돌아옴. 최명길 등 돌아옴.

1646년 임경업, 청나라에서 풀려나옴.

1650년 이 무렵 『악장가사』 간행됨.

1651년 윤선도, 「어부사시사」를 지음.

1653년, 하멜 일행, 제주도에 표착함.

1654년 나선 정벌(羅禪征伐).

1657년 송시열, 시정 18조를 상소함.

1658년 조총수 1백 명, 러시아인을 치러 감.

1660년 제1차 예송(禮訟).

1663년 소를 잡는 자는 살인한 자와 같은 죄로 벌하기로 함.

1666년 네덜란드인 하멜 등 8명, 일본으로 도망.

1668년 거제에서 구리를 산출.

　　　　김좌명, 동철로써 주자(실록자).

　　　　네덜란드인 하멜 『하멜 표류기』 펴냄.

　　　　전국에 전염병 창궐.

1669년 송시열의 건의로 같은 성씨끼리 결혼을 금함.

1671년 전국에 대기근 발생.

1678년 상평통보를 주조함

1685년 이양선(異樣船) 출몰.

1689년 송시열, 귀양갔다 사사됨.

1694년 일본인의 울릉도 왕래를 금하도록 요구함.

　　　　갑술옥사 일어남.

1696년 안용복, 일본에 가서 왜인의 울릉도 출입을 항의.

1697년 쓰시마, 일본인의 울릉도 왕래를 일본 막부가 금지
　　　 하였음을 동래부사에게 알려 옴.

　　　 장길산의 농민군 봉기.

1708년 전국적으로 대동법 시행.

1712년 백두산 정계비를 세움.

1717년 『송시열 문집』을 간행시킴.

1725년 탕평책을 실시함.

1728년 이인좌 등 반란을 일으킴.

1744년 『속대전』 완성.

1750년 균역법을 실시함.

1762년 사도세자 죽음.

1763년 고구마가 쓰시마에서 전래됨.

1769년 유형원의 『반계수록』 간행됨.

1772년 갑인자를 개주한 활자 임진자 주조됨.

1776년 영조 죽음. 정조 즉위. 규장각 설치됨.

1777년 갑인자를 개주한 활자 정유자 주조됨.

1781년 『규장총목』 이룩됨.

1783년 이승훈, 연경에서 포르투갈 선교사에게 영세를 받
　　　 음.

1785년 천주교도들이 한성에 몰래 교회를 세움.

1790년 정약용 귀양감. 『무예도보통지』 이룩됨.

1791년 신해통공(辛亥通共) 실시. 신해박해 일어남.

1794년 청나라 신부 주문모, 조선에 몰래 들어옴.

1796년 『규장전운』 펴냄. 수원부성 이룩됨.

1799년 정조 어제 〈홍재전서〉 이룩됨.

1800년 정조 죽음. 순조 즉위.

1801년 신유사옥.